SOKRATES
Der kafkASKe Fortsetzungsroman

Sokrates – der kafkASKe Fortsetzungsroman

geschrieben von Uri Bülbül

unter Berücksichtigung von Motiven, Anregungen, Kritik und Textpassagen von ask-usern und anderen:

www.ask.fm/Klugdiarrhoe

Ähnlichkeiten mit lebenden Personen und vorhandenen Profilen sind manchmal zufällig und manchmal gewollt.

Wer lesen kann, wird lesen, wer Verstand hat, wird verstehen.

Für die KulturAkademie-Ruhr

Mit freundlicher Unterstützung von

Herstellung und Verlag: BoD –

Books on Demand, Norderstedt
www.bod.de

©Alle Rechte bei Uri Bülbül

ISBN 978-3-7386-1368-1

SOKRATES – der kafkASKe Roman

Worum es geht...

Die Idee zu SOKRATES kam mir auf dem Frage-Antwort-Forum ask.fm, auf der es um weltanschauliche Fragen im weitesten Sinne geht. Konnte es so etwas wie eine Sondereinheit der Polizei geben, in der Beamte als verdeckte Ermittler im Social Media aktiv sind? Darauf basierend begann ich meine Geschichte zu spinnen. Nach den Vorbildern, die ich gerne zitiere oder als Hommage an sie aufgreife, beginnt die Geschichte mit einer Verhaftung wie bei dem berühmten und unnachahmlichen Franz Kafka: «Jemand mußte Josef K. verleumdet haben, denn ohne daß er etwas Böses getan hätte, wurde er eines Morgens verhaftet.»[1] Lassen wir ruhig offen, ob meine Hauptfigur, die eines morgens verhaftet wird, nichts Böses getan oder gedacht hat. Es konnte ruhig ein wenig hard boiled zugehen und musste nicht gar so gesittet beginnen wie «Der Prozess», wobei Kafkas Gesittetheit immer auch ein unterschwelliges Rumoren der Triebwelt in sich birgt. Aber man muss auch wissen, wann es Zeit ist, seine Vorbilder los zu lassen, um nicht in eine Epigonenschreibe zu verfallen, sondern sich eine Würde zu bewahren, die die Souveränität der eigenen Ästhetik erfordert. Beizeiten wird die Geschichte sicher auf den «Prozess» ebenso zurückkommen wie auf den berühmten Athener, dem ja bekanntlich auch der Prozess gemacht wurde, was kein gutes Ende nahm.

Auf www.ask.fm/Klugdiarrhoe findet man aber auch den Link zum Google-Dokument, das mit jeder Folge aktualisiert wird und für Kommentare offen ist.

---

1 http://gutenberg.spiegel.de/buch/der-prozess-157/2

SOKRATES – der kafkASKe Roman

Ask.fm macht es eigentlich nicht leicht, dort einen Fortsetzungsroman zu platzieren. Schon die chronologische Reihung der Antworten erschwert das Verfolgen des Romans über mehrere Folgen. Aber für einen Hypertextverliebten wie mich stellt das kein Hindernis dar, zumal man leicht *Google-Docs* zu Hilfe nehmend, andere Personen zur Mitarbeit am Text, zu Kommentaren und Fragen einladen kann.

Dieser Einladung gefolgt sind anfangs Milena Hoffmann und Franz Hempel. Besonders Milena Hoffmann hat die Figur der jungen Kommissarin entscheidend mitgeprägt. Im Grunde könnten die Kommentare und Fragen zu SOKRATES auf der Plattform so funktionieren wie Zurufe aus dem Publikum beim Impro-Theater. Weitergehende Kooperationen oder gar ein kollaboratives Schreiben sind angesichts der Stofffülle und der epischen Breite, die das Experiment angenommen hat, nicht mehr so leicht möglich und erfordern, je weiter die Geschichte voranschreitet, größere Meisterschaft in der Schriftstellerei bei demjenigen, der in die Kollaboration eintreten will. Denn je weiter architektonisch ein Bauwerk vorangeschritten ist, desto schwieriger ist es für einen Neueinsteiger entscheidende und gewichtige Dinge darin zu platzieren.

Zunächst als eine eigene und eigenständige Arbeit in der Fülle meiner Prosa gedacht, hat sich SOKRATES in Richtung meines Hypertextromans ZERFAHRENHEIT entwickelt. Der vorgegebene knapp 3000 Zeichen umfassende Antwortraum ist aber ein schöner Anreiz, einen bestimmten Schreibrhythmus einzuhalten und sich Schritt für Schritt fort zu bewegen.

Hinzu kommt, dass ein user sich mit seinem Profil

SOKRATES – der kafkASKe Roman

www.ask.fm/Maulwurfkuchen alias Basti als sehr kooperativ erwiesen hat und ständig an dem Roman mit Fragen und Ideen mitwirkt. Auch wenn er sich hinter einer naiven Sprache verschanzt, spiegelt er die Idee der Kollaboration bestens wider:

> *und ich will auch, dass in der Geschichte eine ganz hohe Wendeltreppe einfach so mitten auf einer Wiese steht, und die Treppe so hoch ist, dass wenn man oben ankommt, man auf einem anderen Planet ist :3*

> *aber du kannst den Schneemann auch ersetzen durch ein Zebra mit Flügeln, falls der Schneemann dir nicht gefällt oder so :3*

> *aber wenn du meine Pläne alle mit einbaust, kannst du doch deine Pläne trotzdem auch alle mit einbauen und die von den anderen Leuten auch, weil wenn du welche von meinen einfach weglassen würdest, wären das halt weniger und wenn es weniger wären, würde die ganze Geschichte automatisch kürzer sein*

> *als wie sie wäre, wenn alle Pläne mit drin wären und wenn die Geschichte kürzer ist, bedeutet das ja, dass falls die Geschichte vielleicht irgendwann ein richtiges Buch werden sollte, dann ist es besser, wenn die Geschichte länger ist, weil das Buch dann dicker ist als es wäre, wenn sie kürzer wäre*

> *und wenn du mehr Geld kriegst, kannst du dir irgendwann vielleicht, wenn du Lust hast, selber einen Vulkan kaufen und da drin ein Dino-Ei finden oder so ein Holzhaus im Wald oder so und deshalb ist es besser, wenn du meine*

SOKRATES – der kafkASKe Roman

Pläne auch alle mit einbaust, damit die Geschichte lang wird :3

Bastis Ideen und Vorschläge sind meistens darauf bedacht, die Geschichte in eine absurd-phantastische Richtung zu ziehen, so dass, wenn sie alle nacheinander weg und ausschließlich realisiert würden, eine absurde Fantasy-Groteske entstünde. Daher steuere ich immer wieder dagegen, ohne aber die Dialektik zwischen uns aufzugeben und Basti zu ignorieren, da dies die Geschichte eindeutig verarmen ließe.

Vermutlich steckt hinter Basti alias www.ask.fm/Maulwurfkuchen ein höchst intelligenter Kopf, der in dem Kollaborationsspiel um den Roman SOKRATES seine Position und Rolle darin gefunden hat, dass er dem elaborierten und literarisch gebildeten postmodernen Schreiber, der mit Anspielungen und Zitaten aufwartet, einen restringierten Zurufer entgegensetzt, um eine epische Verankerung und Erdung zu schaffen.

Die meisten Menschen sind vom romantischen Autorenbild beseelt: man schreibt individuell, allein, autark, originell und schöpft nicht aus einem vorhandenen Pool mit einem Team schreibender Menschen. Ich hingegen suche ganz kommunistisch das Zusammenwirken der Menschen, in dem geistiges Eigentum zum Gemeingut wird, weil es Gemeingut ist; denn niemand erfindet seine Kultur, seine Sprache, seine Geschichten ganz allein, isoliert und schöpft aus sich heraus, sondern immer befindet sich die menschliche Kreativität in einem sie speisenden Kontext. Wer diesen Kontext ignoriert, verarmt in seiner Kreativität, was den Geniekultautoren auch tatsächlich passiert. Für Kritik schwer zugänglich und ebenso für Anregungen verharren sie im Irrtum, alles aus sich selbst heraus schöpfen zu können, vor dem leeren Blatt oder in der Schreibblockade. Und wenn sie etwas schreiben, was sie mit Stolz erfüllt, entsteht oft Abgedroschenes.

Die Kollaborationsidee soll keineswegs einem stumpfen Kollektivismus das Wort reden; vielmehr geht es darum, als Individuum im Kollektiv dialektisch aufgehoben zu sein und damit auch in einer besseren und höheren Position, aber auch: aufgehoben im Sinne von beschützt und bewahrt. Ich folge einem kommunikativen Kunst- und Literaturideal, in dem Produktions- und Rezeptionsprozesse nicht Einbahnstraßen sind, sondern tatsächlich ein Interagieren voraussetzen, worin jedes Teammitglied seinen eigenen Platz, seine Rolle und Position findet und den Gesamtprozess einmalig und individuell bereichert.

In einer ebensolchen Dialektik nehme ich auch die literarischen Vorbilder und Traditionen auf; nicht nachahmend und nachbildend ihren Erfolg zu kopieren, sondern in einen konzertanten Dialog zu treten, der in seiner Gesamtheit erst eine schöne und neue Symphonie ergibt.

Insofern schreibe ich dieses Vorwort auch in der Hoffnung für die kommenden Folgen im Netz und die Bände im Buch Zurufer und Kollaborateure zu finden. Nicht dass das Buch ohne sie nicht entstehen könnte, mit ihnen aber könnte es ein anderes Buch werden oder zu einem Literaturverständnis führen, das seine bürgerlich-romantischen Eierschalen abstreift und mit neuen Techniken neue Produktionsprozesse ermöglicht. Das ist auch der Aspekt, der das kommunale Integrationszentrum Essen und die KulturAkademie-Ruhr interessieren sollte.

Das stellt übrigens auch Eigentums- und Urheberrechte in Frage und erfordert auch einen schmerzhaften Eingriff in das eigene Schaffen, in dem auch ich mir die Frage stelle, ob ich bereit bin, MEINE Figuren, Charaktere und Geschichten in den Gemeinschaftstopf zu werfen.

Andererseits aber bleibt die Redaktion und auch das Schreiben in einer Autorenhand, so dass die Kollaborationsidee nur bedingt verwirklicht wird. Denn nicht jeder kann an einer beliebigen Stelle des Textes irgendetwas schreiben und den Text verändern, ohne dass er inkonsistent wird und zusammenstürzt.

Der Autonomieästhetik des souveränen Autors ist noch keine weit entwickelte Kollaborationsästhetik mit einer funktionstüchtigen Kollaborationspoetik gegenüber gestellt worden. Natürlich sind die theoretischen Ansätze, die Autonomie-Idee des Autors zu reflektieren und hinterfragen längst da und alles andere als neu, aber praktische Folgen halten sich diesbezüglich in Grenzen, sowohl was die Literaturproduktion anbelangt als auch die dazugehörige Poetik. Zu Zeiten von Wikipedia könnte es durchaus auch eine **poesiepedia** geben, die ich nicht als Nachschlagewerk meine, sondern als ein Gemeinschaftswerk neben der Wissensproduktion auch eine Literaturproduktion und literarische Narrativen zu verankern.

Was bedeutet "kafkaesk" eigentlich? Der Ausdruck geht auf den Schriftsteller Franz Kafka zurück, der mit seinen Erzählungen und Romanen sozusagen ein eigenes Genre erschaffen hat, das man nicht anders zu beschreiben und kategorisieren weiß als mit seinem Namen. Alle literarischen Werke und darüber hinaus Situationen und Verhältnisse, die dem ähneln, was Kafkas Werk ausmacht, werden kafkaesk genannt.

SOKRATES – der kafkASKe Roman

Insofern ist der Ausdruck nicht exakt. Denn jeder mag Kafkas Werke anders für sich deuten und auch andere Ähnlichkeiten feststellen. Aber im Grunde, kann man sagen, gibt es eine Schnittmenge von Motiven: eine Vermischung von Wirklichkeit und Traum bzw. Alptraum, von einer unheimlichen und überdimensionierten Bürokratie und menschlichen Beziehungen, die sich auf seltsame Weise wandeln können.

All diese Dinge sind bei Kafka zunächst im Alltag verankert, weisen aber meistens weit aus dem Alltag heraus ins Traumhafte oder Psychodelische. Insofern ist SOKRATES eine Hommage an Kafka, knüpft aber an das an, was wir alle auf ask vorfinden können. Darüber hinaus geht es dann in unsere gesellschaftliche Wirklichkeit und von dort ins Phantastische oder Unrealistische. Aber im Grunde weiß man doch nie genau, was unrealistisch ist und was Wirklichkeit wird, was man für schier ausgeschlossen hielt. In diesem Zusammenhang denke ich nicht zuletzt an die NSU-Affäre. Eine Gruppe von Nazis kann vom Verfassungsschutz toleriert oder gefördert (was man nicht genau weiß und wo die Grenzen zerfließen) mordend durchs Land ziehen, während die Polizei ihre Ermittlungen darauf konzentriert, hinter den Opfern die Täter zu vermuten.

Der Fortsetzungsroman heißt deswegen kafkASK und nicht kafkaesk, weil ich das Kafkaeske sozusagen auf ask.fm anwende und auch kollaborativ andere ask-user mit in den Roman einbeziehe, zugleich aber auch in dieser Plattform und ihren Profilen etwas wieder zu erkennen glaube, was für mich kafkaesk anmutet. Hierbei müssen die Zensurmechanismen erwähnt werde, die es auf ask.fm gibt; es werden Profile gemeldet, verwarnt, gesperrt, es verschwinden Antworten auf Fragen aufgrund der Zensur – was eben keine Fiktion

SOKRATES – der kafkASKe Roman

meinerseits ist, sondern gängige Praxis dieser Internetplattform. Es existiert eine anonyme ask-Redaktion, die Tagesfragen stellt, Antworten zensiert und Verwarnungen ausspricht oder eben Profile sperrt. Es existiert auch das Gerücht von Roboterprogrammen, die ask einfach nach bestimmten Stichworten durchsuchen und Antworten automatisch zensieren. Wenn das nicht eine kafkaeske Erscheinung in einer Orwellschen Welt ist!

Mit Sokrates hat die Geschichte, die sich hier entwickelt, insofern etwas zu tun, als Sokrates irgendwann in Athen der Prozess gemacht wurde. Sinnigerweise war er beschuldigt, die Jugend in Athen verführt zu haben. Überraschend wie in Kafkas Roman "Der Prozess" wird in SOKRATES die Hauptfigur eines Tages verhaftet. Auf Anraten seiner Freundin und Anwältin sucht er den Grund dafür in der Psycho-Villa des www.ask.fm/DoctorParranoia. Alles, was bisher geschah, kann man hier im klassischen Buch nachlesen.

SOKRATES – Der kafkASKe Fortsetzungsroman

Er stand unter der Dusche, als er verhaftet wurde. Er ließ sich nicht großartig stören; aber es war schon verwunderlich, dass jemand plötzlich in sein Badezimmer kam. Kurz erschrak er, hatte aber Seife auf dem Kopf und in den Augen, die er für einen Moment zu weit aufriss, wie sonst immer seine Klappe. Er lugte hinter dem Duschvorhang hervor; den Satz, dass er verhaftet sei, von einer sehr angenehmen Frauenstimme noch im Ohr, fragte er: «Wie sind Sie überhaupt in meine Wohnung gekommen?»
Die Frau machte keinerlei Anstalten, sich wegzudrehen oder das Bad zu verlassen. Statt dessen hielt sie stolz einen scheckkartengroßen Dienstausweis in die Luft: «Damit». Ihre Augen, die er jetzt sah, obwohl er es lieber gehabt hätte, wenn sie sich umdrehte, waren mindestens so schön und angenehm wie ihre Stimme. «Ich würde mich jetzt gerne abtrocknen», sagte er. Sie nahm ein Handtuch und reichte es ihm wortlos rüber.
«Sind Sie allein?» fragte er. Noch ehe sie antworten konnte, kam eine männliche Stimme drohend aus der Küche: «Nein, ich bin auch da.» Sie sah seine Enttäuschung und musste schmunzeln. Er drehte ihr den Rücken zu, um sich wenigstens halbwegs geschützt abtrocknen zu können. Schließlich band er sich hilflos und umständlich das Handtuch um die Hüften. «Verhaftet?» fragte er, «Warum das denn?» Ohne eine Antwort abzuwarten, ging er an ihr vorbei ins Wohn-, Arbeits- und Schlafzimmer. Er hatte eine

kleine Wohnung, bestehend aus diesem besagten Raum, dem Bad und der Küche.

Aus der Küche kam ein bulliger Kerl etwa 50 Jahre mit einem Bierbauch und einer offen getragenen Dienstwaffe an der Jeanshose mit einem Marmeladebrot in der Hand. «Hmmm, ich liebe selbstgemachte Marmelade», schmatzte er. «Die haben aber nicht Sie gemacht, oder?» «Doch. Aus Pflaumen aus dem eigenen Garten. Fühlen Sie sich wie zu Hause und bedienen Sie sich. Sind Sie überhaupt Polizisten?» Er hätte besser auf die kräftige und trotz des Bierbauchs stramme Statur des Bullen achten sollen. Jetzt war es zu spät. Er ließ das Brot im Mund schmatzend verschwinden und plötzlich sauste ein Fausthieb auf die Nase des Frischgeduschten. Ihm wurde schwarz vor Augen und er fand sich auf seinem Teppichboden wieder. Die Stimme des Bullen klang etwas entfernt, aber er konnte sie trotzdem gut verstehen: «Ja, wir sind Polizisten. Und das war mein Ausweis.»

Das Blut troff auf den Teppich. Er wollte wieder auf die Beine, da kam die Schönheit aus dem Bad und ihn traf ein heftiger Tritt in den Magen. Als seine Sinne halbwegs wiederkehrten, hörte er ihre Stimme: «Widerstand gegen die Staatsgewalt. Er widersetzt sich auch noch seiner Verhaftung!» Er brachte gerade mal ein «Nein, nein» heraus. Plötzlich legte sie eine Mütterlichkeit an den Tag, die ihm Angst machte: «Ziehen Sie sich schnell an, sonst werden Sie sich noch erkälten!» Damit hielt sie ihm eine Klopapierrolle unter die bluttriefende Nase. Er hatte keine Lust mehr, etwas zu sagen; nahm wortlos die Klopapierrolle an, um die Blutung in den Griff zu

SOKRATES – der kafkASKe Roman

bekommen.

Sie betrachteten von oben herab angeekelt, wie die Klopapierrolle zusehends dünner und der Berg mit Blut durchtränktem Klopapier vor ihm immer größer wurde; er zitterte mittlerweile am ganzen Körper. «Erbärmlich», sagte sie, «so können wir ihn nicht mitnehmen. Er blutet uns das ganze Auto voll!» «Das macht er doch mit Absicht, damit wir ihn nicht mitnehmen», entgegnete ihr Kollege und fügte etwas hinzu, was ihn erstarren ließ: «Wir sollten ihn einfach erschießen. Dann könnte er uns nicht entkommen.» Sie kicherte: «Gute Idee! Wir sollten alle Verhafteten einfach erschießen. Auf der Flucht erschossen. Das würde uns viel Arbeit im Außendienst ersparen.» «Ja, wie du richtig sagst: IM AUßENDIENST! Dafür hätten wir mehr Schreibkram.» Er begann wieder zu zittern und an eine Stillung seiner Blutung war nicht zu denken. Sie wollen mir nur Angst machen, sagte er zu sich selbst. Das war der einzig klare Gedanke, zu dem er fähig war. Seine Augen tränten vor Schmerz. «Lass uns gehen. Wir holen ihn ein andermal.» «Noch einmal Glück gehabt, Großfresse!» sagte der Bullige. Dann gingen sie. Er hörte, wie die Wohnungstür zugezogen wurde.

Minutenlang konnte er sich nicht rühren, bis er schier erfroren zitternd und bibbernd sich endlich auf sein Bett setzen und sich in seine Wolldecke einwickeln konnte. Sie waren nun weg, aber wann würden sie wieder kommen? Eine halbe Stunde später? Eine Stunde später? Am nächsten Tag? Wieviel Zeit blieb ihm überhaupt? Plötzlich hatte er es eilig, sich anzuziehen - warm anzuziehen! Er wollte keine Sekunde mehr verlieren. Aber kaum war er angezogen, schon stellte er fest, dass er sich einen neuen Pullover aus dem Schrank nehmen musste, weil der, den er angezogen hatte, schon voller Blut war. Er lauschte ängstlich in den Hausflur, ob Schritte zu hören waren. Er hatte auch niemanden weggehen gehört. Also schlich er vorsichtig an die Wohnungstür und lauschte, so konzentriert, wie er nur konnte. Als er nichts hörte, riskierte er einen Blick durch den Spion. Der Hausflur schien leer. Er wischte sich mit dem Ärmel die Nase und öffnete leise und vorsichtig die Wohnungstür, um den Kopf in den Hausflur zu strecken und sich davon zu überzeugen, ob seine Peiniger tatsächlich weg waren. Es schien so. Schnell schloss er die Wohnungstür mehrmals ab.

Nachdem er sich im Bad nun viel ruhiger geworden so etwas wie eine Nottamponade aus Wattebäuschen gebastelt hatte, griff er zum Telefon. «Ayleen? Ich muss dich ganz dringend sprechen. Bitte, können wir uns so schnell wie möglich...» «Uri?» «Ja..., ja doch, ich bin's! Können wir uns treffen?» Sie hatte ihn im ersten Moment gar nicht erkannt; umso schneller aber begriff sie, dass es sich um einen dringenden und wirklichen Notfall handeln musste. «Wir treffen uns im Café gegenüber dem Augusta Krankenhaus», schlug er vor. Seine Stimme war wirklich schwer zu erkennen, als würde er sich beim Sprechen die Nase zu halten. «Aber das ist doch gar nicht in deiner Nähe», gab sie zu bedenken.

«Nein, aber in der Nähe des Krankenhauses», erwiderte er. Eine dreiviertel Stunde später stand er im Café vor ihr, und Ayleen konnte einen kleinen Aufschrei nicht unterdrücken: «Oh mein Gott! Wie siehst du denn aus?» Sie wollte ihn umarmen, aber er wich einen kleinen Schritt zurück. «Warst du schon drüben in der Notaufnahme?» Er schüttelte ganz vorsichtig den Kopf. «Lass uns erst was trinken. Ich muss dir unbedingt etwas erzählen.» Sie hörte ihm gespannt mit weit aufgerissenen Augen und einem halb offenen Mund zu und schüttelte am Ende den Kopf. «Wenn ich die story meiner Freundin Gundel Gaukel Ey erzähle, kann ich mir nur zu gut ausmalen, was sie sagen wird: „Sie lassen mich etwas paranoid werden, diese beiden Figuren. Welche Polizisten verhalten sich so? Wie verschafften sie sich Zutritt? Wieso wird die Polizistin/Frau zuerst in die Dusche geschickt oder weshalb geht sie zuerst rein? Ich hätte es umgekehrt besser gefunden, da man nie weiß was auf einen wartet und eine Frau ist einem Mann meist körperlich unterlegen - sofern sie nicht gerade exzessiv Bodybuilding betreibt.

Der Mann hätte sie schlagen können oder ernst verletzen bis der dicke Polizist schlussendlich eingreift.

Ebenso hat mich diese Gewalt etwas irritiert und verunsichert. Die Polizisten kommen mir nicht vor wie zivilisierte Beamte, sondern wie irgendwelche Landbullen die ihr Mittagessen mit Kühen und Schafen einnehmen."[2] Bei der Bemerkung mit den Landbullen musste selbst er etwas lachen, was sofort mit Schmerzen am ganzen Kopf verbunden war: «Aua! Bitte Ayleen, lass den Quatsch!» «Ja, Gundel Gaukel Ey denkt eben, dass alle Männer mordsmuskulös sind und ganz schön brutal. Du kleiner Sesselfurzer könntest höchstens einen Giftgasangriff starten, wenn du dir vor Angst die Hosen voll machst! Aber das will sich Gundel lieber nicht ausmalen.» «Ich habe jetzt andere Sorgen als das, was sich deine ask-freundin ausmalt oder nicht», brummte er.

«Ich kümmere mich um die juristische Seite der Angelegenheit, aber das Ganze scheint mir noch eine weitere Dimension zu haben», sagte Ayleen wieder ernst geworden. Sie hatte ihre

---

[2] http://ask.fm/HeuteBinIch14/answer/107457813871

SOKRATES – der kafkASKe Roman

Zulassung als Rechtsanwältin vor etwa drei Monaten erhalten. «Was für eine andere Dimension?» fragte er und staunte nicht schlecht über Ayleens Antwort: «Du musst ins Irrenhaus.» Empört machte er einen Satz nach oben auf seinem Stuhl: «Wie bitte?» Aber sie legte ihre Hand auf die seine, was eine warme, süße Honigwelle durch ihn hindurch strömen ließ: «Beruhige dich! Ich sehe schon, du hast noch nie etwas von Doctor Parranoia gehört. Er wohnt auf diesem Landschloss am südöstlichen Ende der Stadt, wenn du durch das kleine Fachwerkhausdorf fährst und dann nach rechts Richtung Venusberg abbiegst. Du fährst dann noch etwa drei Kilometer, bis du das Anwesen dieses Psychiaters erreichst.» «Ja, danke für die Wegbeschreibung, aber du hältst mich für irre, nicht wahr?» fragte er und wollte doch aufstehen und gehen, aber das Gefühl an seiner Hand war zu schön, um sie wegzuziehen. «Nein, dass du eine derartige Selbstverstümmelung durchführst, nur um mir eine Geschichte aufzutischen, traue ich selbst dir nicht zu. Du musst wissen, dass sich Doctor Parranoia (@DoctorParranoia) mit den seltsamsten Fällen befasst und auch als Gerichtsgutachter arbeitet; aber er erledigt noch mehr für Polizei und Justiz. Geh und sprich mit ihm, dann wirst du schon verstehen, was ich meine.» «Er wird mich einfach da behalten in seinem Sanatorium, stimmt's?» fragte er kläglich. Sie streichelte vorsichtig, warm und weich seine Wange: «Ach du! Die einzigen, die dich da behalten, werden die da drüben sein, wenn du deine Nase untersuchen lässt. Komm! Wir gehen zusammen in die Notaufnahme», sagte sie und gab der Kellnerin ein Zeichen. «Zusammen oder getrennt?» «Zusammen», sagte Ayleen.

Die Notaufnahme war überfüllt. Eine alte Schwester nahm sich verbittert seiner an, betrachtete kurz die Nase und ging dann sofort zu den Formalitäten über: Versicherungskarte, Identität, Geburtsdatum, Geburtsort, Staatsangehörigkeit, Adresse. Es dauerte. Als er endlich im Wartezimmer Platz nehmen konnte, musste Ayleen gehen. Sie hatte keine Zeit mehr, mit ihm die Warteprozedur durchzustehen. Zum Abschied nahm sie ihn vorsichtig in den Arm und versprach ihm, sich um die Angelegenheit zu kümmern.

«Und du! Sobald du hier raus bist und dich stark genug fühlst, fährst du zum Doc. Klar? Es hat nichts damit zu tun, ob ich dir glaube oder nicht. Du musst mit ihm sprechen. Das ist ganz wichtig. Er kann dir viel besser helfen als ein Anwalt in dieser Sache. Bitte, vertrau mir!» Da saß er nun im Wartezimmer und beobachtete die anderen Patienten. Was für eine Sache? fragte er sich? Was soll das für eine Sache sein? Seine Nase schmerzte, sein Kopf dröhnte. Scheinbar glaubte ihm Ayleen kein Wort; aber das war ganz ungewöhnlich für sie. Für gewöhnlich hatten sie ein sehr vertrauensvolles Verhältnis zueinander; und er hatte Ayleen noch nie irgend einen Blödsinn erzählt.

Ich bin totmüde, der Tag war so super anstrengend, und ich habe mir eine Erkältung eingefangen, aber so ganz ohne eine Spur auf ask zu hinterlassen, finde ich keine Ruhe. Es wird Zeit für die nächste Folge (Nr.5) des kafkASKen Fortsetzungsromans; und bald gibt es einen Blick ins Polizeipräsidium...

«Was ist denn mit Ihnen passiert?» fragte die Schwester, als er endlich an die Reihe kam. Er wurde erst in einen kleinen Untersuchungsraum geführt und musste dort wieder eine geschlagene halbe Stunde warten. Dann kam endlich die

SOKRATES – der kafkASKe Roman

fürsorgliche Schwester mit etwa dreißig Jahren Kampferfahrung auf der Ambulanz. «Ich habe einen auf die Nase bekommen», sagte er. «Nein! Unglaublich» erwiderte sie, als sie ihm die Wattebäusche aus der Nase zog. Er musste einen kurzen Schrei unterdrücken. «Wer das gemacht hat, gehört angezeigt», murmelte sie. Er zischte ironisch vor sich hin. «So eine miese Tamponade habe ich noch nie gesehen!» sagte die Schwester und zog mit der Pinzette noch ein paar Fuseln aus der Nase. Sie blutete wieder. Er bekam von der Schwester eine kleine Verbandsrolle in die Hand gedrückt. «Hier! Halten Sie sich das unter die Nase, bis der Doktor kommt.»

Das Polizeipräsidium befand sich mitten in der Stadt, war fast größer und hässlicher und angeblich funktionaler als ein Einkaufszentrum. Überall Beton, Beton, Beton, Platten und hier und da größere Glasflächen. Ein dreizehn stöckiges Gebäude in den 70er Jahren des 20. Jahrhunderts hochgezogen; der Architekt der beste Freund des Baudezernenten und Stadtkämmerers; der dritte im Bunde der Oberstadtdirektor mit seiner Frau als Ministerialrätin im Wirtschaftsministerium des Landes. Strukturen, die ein halbes Jahrhundert alt sind, könnte man denken. Aber nichts an ihnen hatte sich in den letzten fünfzig Jahren verändert; vielmehr konnte man denken, dass hier die Zeitlosigkeit am besten herrschte, während das große damals so mächtig wirkende Gebäude als Denkmal der Exekutive an vielen Stellen deutlichen Sanierungsbedarf aufwies.

Kurz hielt ein roter Porsche an der bewachten und Video überwachten Schranke zur Tiefgarage des Gebäudes, bis eiligst die Schranke hoch ging und der Wachmann in seinem Häuschen salutierte. Am Steuer des Sportwagens, der mit quitschenden

SOKRATES – der kafkASKe Roman

Reifen die engen Kurven in die Tiefe nahm, saß der von Gundel Gaukel Ey so bezeichnete Landbulle mit seiner Kollegin. Im dritten Untergeschoss beschleunigte der Wagen auf der Ebene noch einmal mit aufheulendem Motor im ersten Gang fast bis 50 km/h und raste direkt auf eine Parklücke, die frontal mit einer Betonwand abschloss. Die Beifahrerin sah die Wand auf sich zukommen und zuckte nicht einmal mit den Wimpern. Es war sein beliebtes Spiel, wenn er wütend wurde. Und sie würde bestimmt nicht klein beigeben aufgrund solcher idiotischen Machtdemonstrationen. Zwischen Stoßstange und Wand waren nur wenige Millimeter als die beiden ausstiegen.

Auf dem Weg vom Auto in ihr Büro im 5. Stock sprachen sie nichts miteinander. Auf dem Gang auch nicht. Erst als er die Bürotür aufschloss und auf seinen Schreibtisch marschierte, ließ er es aus sich heraus: «Was musst du diesen Scheißtürken, Juden oder was er sonst sein mag verteidigen? Arroganter Drecksintellektueller! Zecke! Wir haben unsere Befehle, klar?» «Jawoll!» sagte sie im schneidigen Ton...

Der 6. Teil des kafkASKen Romans SOKRATES kommt... Es gibt eine seltsame Begegnung im Polizeipräsidium. Aber das wird nicht die seltsamste Begegnung sein. Bald fallen die Masken wie vertrocknete Zwiebelschalen. Aber was verbirgt sich darunter? Ab Teil 7 werden die Anregungen eingebaut :)

...schlug die Hacken zusammen und ließ den ausgestreckten Arm mit der Flachen nach unten gekehrten Handinnenfläche in den Himmel schießen zu dem entschlossensten Hitlergruß der letzten Jahrzehnte: «Sieg! Heil!» Genau in diesem Moment lugte der Staatsanwalt durch die Tür. Sie, die ihn bemerkte lief puterrot an und ließ ihren Arm peinlich berührt sinken. Ein Kloß saß plötzlich in ihrem Hals. Leopold Lauster entschied sich, so zu tun, als habe er nichts gesehen. «Ich suche AZ317! Warum ist die Akte nicht auf meinem Tisch?» «Ich wollte noch ein paar Fotos einfügen, Herr Staatsanwalt», sagte er und fischte mit einem Griff die gesuchte Akte aus dem Stapel auf seinem Tisch heraus. «Und? Haben Sie die Fotos eingefügt?» Er nickte. Beim Verlassen des Raumes vermied der Staatsanwalt den Blickkontakt mit ihr. «Ihr Kollege grinste. Ja, mit dieser Einstellung wirst du es bestimmt weit bringen. Mach einfach weiter so!» «Ich werde jetzt meinen Bericht schreiben. Und dann gehe ich nach Hause. Ich habe für heute die Schnauze voll von dir und deinen komischen Alleingängen. Du weißt, dass du es übertrieben hast mit dem Typen. Du hast nicht nach unseren Anweisungen gehandelt. Aber du kannst es einfach nicht zugeben, und lassen kannst du deine Übergriffe auch nicht!» «Schreib einfach deinen Bericht, und wir werden es dann sehen! Du bist keine drei Jahre von der Polizeiakademie und willst mir schon erklären, wie ich meine Arbeit zu tun habe? Schreib einfach deinen Bericht und quatsch mich nicht blöde zu!» Mit diesen Worten verließ er das Büro, ohne zu sagen, wohin er ging. Sie nahm hinter ihrem Computer Platz und schaltete ihn ein. Das Passwortfenster erschien, aber sie sah reglos und gedankenverloren durch den Bildschirm hindurch in die Ferne.

Ein Baum von Kerl in blauer Hose und blauem Kittel betrat behäbig das Untersuchungszimmer. Er setzte sich direkt vor den Patienten auf einen Hocker und brummte ein «Lassen Sie mal sehen!» Vorsichtig fasste er die Nase an, die angeschwollen war, doch keine Vorsicht der Welt konnte den Schmerz vermeiden, der den Patienten aufschreien ließ. «Ja, ja, gebrochen, das Näschen.

SOKRATES – der kafkASKe Roman

Wohl gegen eine Laterne gelaufen, was? Und das mit einem ordentlichen Tempo.» Er wollte widersprechen; zog es aber dann doch vor zu schweigen. Dann sollte die Laterne eben die offizielle Version werden. Was machte das für einen Unterschied? Er konnte sowieso nirgends sein Recht einklagen. «Ja, wir tamponieren die Nase und schauen mal in ein paar Tagen, was daraus geworden ist.» Dann leuchtete der Baum mit Wiener Akzent ihm noch in die Augen, prüfte die Pupillenreflexe und ließ ihn mit den Augen, seinem drohend in die Luft gestreckten Zeigefinger folgen. Mit erstaunlich kräftigen Fingern umfasste er noch die Schädeldecke des Patienten und drehte den Kopf nach rechts und links. «Ich glaube, wir müssen Sie nicht hier behalten! Wenn wir die Nase bearbeitet haben, können Sie von mir aus nach Hause. Oder möchten Sie lieber ein paar Tage bei uns bleiben?»

«Danke, Herr Doktor. Ich gehe lieber nach Hause», antwortete der Patient. Der Doktor hörte ihm schon gar nicht mehr richtig zu und konzentrierte sich auf die Tamponade der Nase.

Indessen im Polizeipräsidium:

Ihr war es gleich, was er machte, denn wie man es auch betrachtete, er benahm sich wie ein kleines Mädchen, dessen Windel nicht mehr passte. Sie lächelte bei diesem Gedanken. «Soll er doch meckern», dachte sie sich, «soll er doch!»

«Wehe du verliebst dich», er kam ihr näher, Gesicht an Gesicht. Er schaute ihr direkt in die Augen und küsste sie. Er schnaufte: «Du gehörst mir! Mir allein, und nur mir! Wenn jemand...» Er riss die Augen weit auf, zeigte seine Zähne und legte seine Hände an seinen Hals, um anzudeuten, was dann passieren würde. Sie antwortete mit ruhiger erotischer Stimme: «Ich bin meine eigene

Herrin und nehme mir selbst, was ich will.» Sein Gesicht lächelte unecht wie eine Maske (http://ask.fm/MaskenmitMasken), baute sich auf und ging mit langsamen Schritten auf sie zu und sprach ebenso ruhig wie sie: «Die Emanzipation der Frau ist ein hässlicher Fortschritt. Das System hat seitdem begonnen zu zerfallen. Aber du, du bist so schön.» Er streichelte ihre Wange. «Nein Eike, nicht!», erwiderte sie steif. Ihre Wange begann zu pochen, als er sie schlug. Er schrie hysterisch: «Habe ich dir nicht gute Manieren beigebracht?», er lachte tief «du sollst nicht lügen, Nilam! Aber da du meine Schönheit bist, verzeihe ich dir.»

Er schaute sie wieder liebevoll an. Nilam schaute zitternd an Eike vorbei. Er hockte sich neben sie und hob ihr Kinn, damit er Nilam in die Augen schauen konnte. «Du denkst du bist stark? Nein, das ist nur eine Scheinexistenz, dieser Charakterzug, du bist schwach und du brauchst mich.», er lächelte freundlich. Sein Kopf kam ihr näher, sie begann zu weinen, als er sie küsste. «Ich bin schwach?», sie begann an sich zu zweifeln, als Eike ihr das Oberteil auszog. «Es stimmt ich will nicht verletzt werden, sodass ich mir diese Maske zugelegt habe. Eike kennt mich.» Sie stöhnte bei diesem Gedanken. Eike schaute sie an: «Nicht weinen, Liebes, nicht weinen! Ich bin ja für dich da.»

Mit seinem Zeigefinger wischte er ihr die Tränen weg, zog sich selbst sein Pullover aus und küsste ihre Schultern hoch bis zu ihrem Hals. Schnaufend stieß er hervor:" Ich weiß, dass du es auch willst. Ich behandle dich gut." Nilam seufzte auf. Sie spürte ihre beginnende Erregung. Ihre Haut bebte, ihre Brüste begannen prall zu werden und ihre Nippel wurden bei jeder Berührung fest. Eike krallte sich mit seiner linken Hand in ihre Haare und sie warf ihren Nacken nach hinten. Mit seiner rechten Hand führte er ihre rechte Hand zu seinen Leisten. Er hielt im Akt inne: «Du weißt, Liebe beruht auf Gegenseitigkeit.» Nilam widerstrebte es selbst – sie sich selbst! Und doch tat sie ihm den Gefallen.[3]

Er stand auf der Straße; hatte Pillen gegen die Schmerzen bekommen, aber keine gegen die Angst. Jetzt nach Hause? Er musste zuvor unbedingt zum Schlüsseldienst und ein Sicherheitsschloss in Auftrag geben. Dieses seltsame Polizistenpaar war mit einer Plastikkarte in seine Wohnung eingedrungen; und er hatte wirklich überhaupt nichts gehört unter der Dusche und plötzlich stand sie da. Im Nachhinein war er selbst äußerst erstaunt darüber, wie ruhig er zunächst geblieben war. Aber der Schlag auf die Nase hatte ihn jeglicher Souveränität beraubt.

Nun stand er im Nieselregen und konnte sich nicht überwinden, nach Hause zu fahren. Wenige Minuten zuvor hatte er noch eine Auseinandersetzung mit dem Baum langen Notarzt gehabt, der sich weigerte den wahren Grund seiner Verletzung in die Krankenakte einzutragen. «Ich sage die Wahrheit und möchte, dass das festgehalten wird.» «Ja, ja», sagte der Arzt in gemütlichem Ton, als er seine Einträge in die Krankenakte machte. «Am Anfang der Untersuchung wollen Sie noch gegen eine Laterne gelaufen sein, und nun die Geschichte, zwei Kriminalpolizisten seien in ihre Wohnung eingedrungen, hätten Sie unter der Dusche überrascht und Ihnen dann das Nasenbein gebrochen! Was soll dieser Quatsch? Bleiben Sie lieber bei Ihrer Laternenversion!» «Das ist nicht meine Laternenversion, sondern die IHRIGE!» Davon ließ sich der Riese nicht irritieren. «Machen Sie lieber die Laternengeschichte zu Ihrer EIGENEN! Sonst

---
3 http://ask.fm/MaskenmitMasken/answer/108974076287

werden Sie noch mehr Probleme bekommen, als sie womöglich ohnehin schon haben!» brummte der Arzt in einem ruhigen Ton – so, als wäre es ihm schon fast egal, was aus seinem Patienten wird; denn er hatte seinen Job und seine Schuldigkeit getan. Ohne weitere Diskussion kritzelte er irgend etwas in die Akte und ging mit ihr unter dem Arm nach einem kurzen Händedruck ins nächste Behandlungszimmer.

Sein Patient ließ sich wenige Minuten später langsam vom Nieselregen weich machen und ärgerte sich darüber, dass seine Mißhandlung durch die Polizei nicht einmal offiziell wurde. Aber vielleicht hatte der Arzt wirklich recht, und es war ja eigentlich auch sein erster Gedanke gewesen: «Bei wem möchten Sie sich denn beschweren? Am Ende haben Sie noch eine Anzeige wegen Widerstand gegen die Staatsgewalt und falscher Anschuldigung, Irreführung der Justiz und weiß der Geier, wie all die Paragraphen heißen, mit denen man Sie zur Strecke bringen kann. Aber an mir soll's nicht liegen. Ich schreibe auf, was Sie wollen.» «Nein, nein. Schreiben Sie Unfall auf der Straße. Ich will einfach nur meine Ruhe!» «Auf der Straße? So, so. Kann denn die Dame, die Sie hierher begleitet hat, diesen Unfall auf der Straße bezeugen?» «Keine Ahnung. Ich habe sie nicht gefragt, bevor ich gegen die Laterne lief», knurrte der Patient. «Ach, sehen Sie! Diese Laternenversion hielt ich ohnehin von vornherein für etwas schwach: es ist ein häuslicher Unfall nach dem Duschen gewesen: Sie sind ausgerutscht und mit dem Kopf gegen die Tür gefallen, wobei die Türklinke Ihnen die Verletzung an der Nase zufügte.» «Ja, und ich war allein zu Hause!» «Sie können meinetwegen auch mit einer Fußballmannschaft geduscht haben; dann müssen Sie eben die Zeugen herbei bringen!» «Ich sagte ja, ich war allein

SOKRATES – der kafkASKe Roman

zu Hause.» Als Belohnung für so viel Einsicht erhielt er die Schmerztabletten aus dem Arzneischrank.

Kaum aber stand er auf der Straße, fragte er sich, ob er richtig gehandelt hatte. Man musste nicht so ängstlich sein! Gerade Angst war doch kein guter Ratgeber. Apropos guter Ratgeber; Ayleen war auch keine große Hilfe gewesen; kaum hatte sie ihm den Weg in ein Irrenhaus beschrieben, machte sie sich einfach aus dem Staub. Keine Lust zu warten, er sei ja in sicheren Händen! Ja, das sah man jetzt, wie sicher die Hände in der Ambulanz waren. Womöglich hatte ihn diese Falschaussage in weitere unabsehbare Schwierigkeiten gebracht, die vermeidbar gewesen wären, wenn er nur eine gute Rechtsberatung an seiner Seite gehabt hätte. Wer weiß, was ihm dieser Doktor Laienjurist für einen Mist eingebrockt hatte? Er schnaufte schwer durch den halb offenen Mund. Ein Unschuldiger wird von der Polizei mißhandelt und gibt es später nicht an, bringt es nicht zur Anzeige! Machte ihn nicht gerade das zu einem Verdächtigen? Was hatte er zu verbergen? Warum konnte er nicht sagen, dass zwei Kriminalbeamte in seine Wohnung eingedrungen und ihn zusammen geschlagen hatten? Jetzt war es zu spät; jetzt musste er sich auf sein Glück verlassen, das ihn allerdings verlassen zu haben schien. Er setzte sich in seinen alten Benz der E-Klasse mit Automatik-Getriebe und einem Sechszylinder-Motor. Aber er startete nicht. Er blieb einfach sitzen. Mißtrauisch schaute er in den Rückspiegel, in die Seitenspiegel, nach vorne, nach Links und nach Rechts. Nein, ich werde jetzt nicht nach Hause fahren, sagte er sich. Erst will ich ein Sicherheitsschloss an meiner Tür, damit ich mich besser verriegeln kann. Noch einmal lasse ich mich nicht unter der Dusche überraschen. Damit startete er den Wagen. Entschlossen fuhr er los, obwohl er nicht hätte sagen können, wie sein Entschluss genau lautete. Wenige Minuten später war er im Zentrum in einem Schlüsselfachgeschäft. Eine dicke ältere Frau versuchte ihn abzuschätzen, während er ihr sein Leid klagte, wie leicht man in seine Wohnung gekommen sei. Die Leichtigkeit, eine Tür zu öffnen, die nicht verschlossen, sondern nur zugezogen war, war nicht ihr Problem. Der Mann vor ihr hatte nicht nur eine schlimm aussehende verletzte Nase und große Probleme mit der Atmung beim Sprechen, er schien auch auf eine komische Art gehetzt. Solche Typen bringen unabsehbaren Ärger, schoss es ihr durch den Kopf. Er erzählte von seinem Anliegen nicht freimütig und ungezwungen, sondern eben wie einer, der etwas zu verbergen hatte. Er achtete auf seine Wortwahl und schien manchmal einen Teil des Satzes zu verschlucken, was das Gespräch der Wahrheit zu nahe bringen konnte.

«Wenige Flugstunden von der Sonne entfernt, wähne ich mich sicher und verglühe spurlos» - das könnte auch ein Satz für meinen «Helden» im kafkASKen Fortsetzungsroman SOKRATES sein. Es wird Zeit für die 10. Folge...

«Wieder ruhig schlafen - Fühlen Sie sich rundum sicher!» Diese Werbung am Schaufenster hatte viel versprochen. Direkt aus dem Krankenhaus zum Schlüsseldienst. Also stand er vor der Chefin des Ladens und erklärte ihr sein Anliegen. Vielleicht etwas zu umständlich, aber ihm fiel nun einmal das Sprechen schwer. Die dicke Frau blieb reserviert. Sie notierte sich die Adresse, nahm eine Anzahlung und vertröstete ihn auf morgen. Nein, heute sei auf gar keinen Fall mehr ein Monteur frei. Aber gleich morgen früh um 10.00 Uhr würde jemand zu ihm heraus fahren und ein Sicherheitsriegelschloss an seine Tür anbringen. Es hatte keinen

SOKRATES – der kafkASKe Roman

Sinn mit ihr zu diskutieren. Er steckte die Quittung ein und ging zu seinem Benz. Aus dem kleinen Büro , das sich im Nebenraum hinter der Ladentheke befand, kam eine junge Frau zum Vorschein. «Ich hätte doch zu ihm fahren und das Schloss anbringen können, Mama», sagte sie, «Warum hast du mich nicht gefragt?» Die Chefin schüttelte abwehrend hektisch den Kopf. «Nein, nein. Lass das mal schön morgen Jürgen und Karl machen. Ich will nicht, dass du zu so einem Irren in die Wohnung fährst!»

Sein Kopf arbeitete irgend etwas und sein Körper irgend etwas anderes. Verfolgten sie ihn? Was wollten die beiden Polizisten von ihm? Was sollte er verbrochen haben? Wessen wurde er beschuldigt? Seine Hand steckte den Schlüssel ins Zündschloss, obwohl er gar nicht los fahren wollte. Wohin auch? Konnte er sich tatsächlich nach Hause trauen? Was erwartete ihn dort? Womöglich hatten sie in seiner Abwesenheit alles auf den Kopf gestellt? Aber was konnten sie suchen? Oder anders formuliert - und diese Formulierung machte ihm durchaus Angst – WAS WOLLTEN SIE IN SEINER WOHNUNG FINDEN? Er ging kurz sein bescheidenes Leben durch: ein Hörspiel mit einem prosaisch-essayistischen Text zu einer Synopse verknüpft veröffentlicht. Hypertextspielereien auf der Suche nach einer neuen Ästhetik, nach denen sich bereits ein Arthur Schopenhauer gesehnt hatte. Der alte Griesgram wäre heute auf facebook, um alle zu schmähen und zu kritisieren. Er würde niemals aufhören, über die unendliche Hegelei als Staatsphilosophaster zu schimpfen. Ja, er war einsam. Einsam wie sein Philosophenvater. Na und? Er war weder schlecht gelaunt noch schlecht gelitten. Er hatte Freunde, Brieffreundschaften, Kontakte, Rendezvous, alles, was sein Herz begehrte. Fast alles!

SOKRATES – der kafkASKe Roman

Er hatte sich keines Vergehens schuldig gemacht. Na und? Dieses Gefühl hatten alle, die unschuldig verhaftet wurden. Aber sie wussten doch wenigstens, wessen sie beschuldigt wurden. Er wusste es nicht, hatte dafür eine gebrochene Nase und eine wirklich miserable Anwältin, die ihn zum Irrenarzt schickte: @DoctorParranoia[4] (man beachte die Schreibweise!). Es war alles ziemlich verrückt.

«Diese Ereignisse sind meiner eigenen Romanwelt entsprungen», sagte er sich. «Ich habe von meiner eigenen Phantasie eins auf die Nase bekommen: „Hier, du blöder Schriftsteller! Da hast du's! Mitten in die Fresse! Werde glücklich mit den Schmerzen, du Idiot!"» Das Auto fuhr. Es fuhr ihn irgend wohin. Es war jedenfalls nicht der Weg nach Hause. Früher nannte man so etwas «Stadtranderholungsgebiet», ein Waldstück von ordentlichen Ausmaßen, und die Straße wurde enger und kurviger. Er fuhr diese Strecke nicht oft, es war eine Gegend, in die er eigentlich äußerst selten kam. Der Wald war dichter und dunkler, als er es erwartet hatte. Die kleine Straße schlängelte sich ins Tal, wo sich ein kleines romantisches Dörfchen befand, das nun längst eingemeindet war. Viele uralte Fachwerkhäuschen zierten es und neben der Hauptstraße kleine Gässchen. Hier und da hatten sich wohlhabende Menschen ein Häuschen neu erbauen können und hatten das Dorf vergrößert ohne das idyllische Bild zu zerstören. Der Stadtteil hieß Bergersdorf. Vor hunderten von Jahren lebten hier die Bauern und Lehensleute des kleinen Bergsdrofer Fürsten. Er war Burggraf und sollte einen Handelsweg kontrollieren, der durch die hiesigen Wälder führte. Der Benz

---

4 www.ask.fm/DoctorParranoia «Nur echt mit dem doppelten 'r'. Nun, was soll ich sagen, wie soll ich mich vorstellen? Ich bin der Ergründer des Wahnsinns, ein vertrauenswürdiger Therapeut.

SOKRATES – der kafkASKe Roman

schob sich nicht zu langsam durch die kleine Hauptstraße und fuhr auf der anderen Seite des nun überquerten Tales wieder bergauf und wieder durch den Wald. Auf dieser Seite im Wald versteckt war eine etwa zweihundert Jahre alte Villa. Die Abbiegung zu ihr verpasste er, weil er zu sehr auf eine deutliche Beschilderung fixiert war. Nach einer geraumen Weile Fahrt gingen ihm zwei Dinge durch den Kopf: 1. «Das kann nicht sein! Ich muss die Abbiegung verpasst haben.» 2. «Warum fahre ich überhaupt dahin? Was will ich dort? Ich sollte besser bei Ayleen auf der Matte stehen und sie zwingen, den Mist in Ordnung zu bringen, der sich über mir zusammenbraut.» Also hielt er an.

Und beim Wenden auf der engen Straße, setzte er das Heck in den kleinen Straßengraben. Nicht tief, aber tief genug, um seinen Benz festzuhalten. Die Reifen drehten durch. Er schaltete auf „P" und stieg bei laufendem Motor aus, um sich den Schlamassel anzusehen. Jedes andere Auto käme hier weg. Nur sein Benz mit einem Anstrich von Sportlichkeit, was sich „Sportline" nannte, nicht. Er schaltete den Motor aus und die Warnblinkanlage ein. Was für ein Mist? Was sollte er jetzt tun? Er konnte das Auto unmöglich in dieser Position stehen lassen. Es ragte zur Hälfte mit der Nase in die Straße. Ein Unfall wäre vorprogrammiert. Musste er nun die Gelben Engel anrufen? Das konnte doch nicht wahr sein! Er haderte mit seinem Schicksal, als könnte er wie ein trotziges Kind sich der Realität verweigernd aus der Affäre ziehen. Hier zu übernachten erschien ihm auf jeden Fall sicherer, als zu Hause zu schlafen. Würde die Warnblinkanlage die ganze Nacht funktionieren?

Es wird höchste Zeit, das Dutzend voll zu machen mit dem kafkASKen Roman SOKRATES. Unser Held unterwegs zu

SOKRATES – der kafkASKe Roman

@DoctorParranoia, verfährt sich im Wald und bleibt im Straßengraben stecken. Wird er hier @Zodiac6000⁵ begegnen?

Zwischenspiel Zodiac

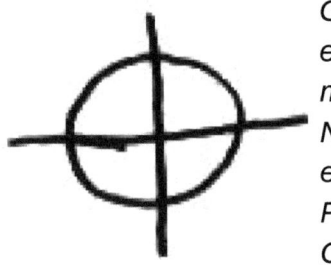

Googelt man Zodiac, gelangt man zu einem Wikipedia-Artikel über einen mysteriösen Serienkiller gleichen Namens. „Zodiac" sei das Pseudonym eines Serienmörders, der im Raum San Francisco zwischen Dezember 1968 und Oktober 1969 fünf Menschen getötet und zwei schwer verletzt habe. «Die Identität des Zodiac-Killers konnte bis heute nicht ermittelt werden», schreibt Wikipedia.⁶ Es existieren von ihm zwei verschlüsselte Schreiben, wovon einer nicht entschlüsselt werden konnte und die er nebst anderen Briefen an lokale Zeitungen sandte. Er forderte die Veröffentlichung der beiden verschlüsselten Schreiben. In dem entschlüsselten Brief geht es um die Idee, dass Zodiac nach seinem Tod im Paradies wiedergeboren würde und seine Opfer dann seine Sklaven wären. Er morde, um Sklaven für sein nächstes Leben im Paradies zu sammeln. Mit dem Namen spielte er auf das Tierkreissymbol an, was auch einem einfachen Fadenkreuz ähnelt. «Seine Opfer waren meist junge Paare, denen er an einsamen Plätzen in der <ins>San Francisco Bay Area</ins> auflauerte.

---

5 Zodiac6000 Profilbeschreibung: «Jedes menschliche Ego kann gebrochen werden. Jeder hat seine persönlichen Schwächen, die er versucht zu verstecken. Jeder hat seine sprichwörtlichen Leichen im Keller, die niemand sehen soll. Möchten Sie mir von Ihren erzählen?»

6 http://de.wikipedia.org/wiki/Zodiac-Killer

SOKRATES – der kafkASKe Roman

In seinen Schreiben brüstete er sich seiner Taten und kündigte weitere an. Während die Ermittlungsbehörden offiziell von sieben Opfern sprechen, behauptete der Zodiac-Killer in einem seiner Briefe, 37 Morde begangen zu haben.»[7]

> I LIKE KILLING PEOPLE BECAUSE IT IS SO MUCH FUN IT IS MORE FUN THAN KILLING WILD GAME IN THE FORREST BECAUSE MAN IS THE MOST DANGEROUE ANAMAL OF ALL TO KILL SOMETHING GIVES ME THE MOST THRILLING EXPERENCE IT IS EVEN BETTER THAN GETTING YOUR ROCKS OFF WITH A GIRL THE BEST PART OF IT IS THAE WHEN I DIE I WILL BE REBORN IN PARADICE AND THEI HAVE KILLED WILL BECOME MY SLAVES I WILL NOT GIVE YOU MY NAME BECAUSE YOU WILL TRY TO SLOI DOWN OR ATOP MY COLLECTIOG OF SLAVES FOR MY AFTERLIFE EBEORIETEMETHHPITI

Sowohl die Orthographie als auch die unentschlüsselten 18 Buchstaben werfen allerdings die Frage auf, ob die Entschlüsselung überhaupt als gelungen bezeichnet werden kann. Auffällig erscheint der Angriff des Serienmörders auf junge Paare in Verbindung mit seiner Bemerkung «IT IS EVEN BETTER THAN GETTING YOUR ROCKS OFF WITH A GIRL», was auch eine Interpretation in Richtung einer gestörten Sexualität zulässt.

Ich nahm fälschlicher Weise an, dass das ask-Profil Zodiac6000 eine Anspielung auf den Serienkiller sei und wurde vom Profilinhaber korrigiert, er reagiere ziemlich wütend auf diese

---

7   Wikipedia a.a.O.

Verbindung, woraufhin ich ihm den Vorschlag unterbreitete, dass ich ihn auch in einer anderen Rolle in der Geschichte unterbringen könne.

Zodiac6000 Profilbild Mai 2014

So erfand ich die Figur des psychisch gestörten Gärtners Rufus, der Zodiac6000 bewundert und gerne so wäre wie er. Er zieht sich gelegentlich auch so an wie der extravagante und legere Zodiac, der das psychiatrische Sanatorium des DoctorParranoia stellvertretend leitet und gibt sich Fremden gegenüber als Zodiac aus. Doch können Rufus und Zodiac unterschiedlicher nicht sein.

Hierzu gab es eine beantwortete Frage, noch in einem frühen Stadium des Plots:

Ich habe da eine Idee entwickelt: ich veröffentliche die Szene wie sie ist und schreibe in derselben Folge noch dazu, dass ein anderer sich als Zodiac ausgegeben hat, während du auftauchst, als er die Leiche beseitigen will. Damit hätten wir die Kuh vom Eis, oder? Uri Bülbül

Ja, klingt nach einer guten Lösung, Kamerad. Wenn ich wieder auf dem neusten Stand bin, würde ich dir auch gerne mehr Ideen meinerseits anbieten. Bald habe ich ja erst einmal Ferien. Dann lässt sich das irgendwann mal einrichten.

Die Geschichte entwickelte sich ein wenig anders, aber die Trennung zwischen Rufus und Zodiac6000 blieb. In diesem Band spielen andere Figuren und Profile eine größere Rolle als Zodiac6000, dessen Profil im Moment der Entstehung dieses Buches deaktiviert ist.[8]

SOKRATES – der kafkASKe Fortsetzungsroman Teil 12 ff

Es war ja noch nicht einmal richtig dunkel. An die zwölf Stunden hier im Wald stecken zu bleiben und zu warten war vielleicht doch nicht eine so gute Idee. Und überhaupt – worauf sollte er denn warten? Die Hilfe, die er jetzt nicht anfordern oder erhalten würde, würde er auch morgen nicht bekommen können. Und alles andere ließ sich auch sofort regeln. Er regelte aber nichts und verharrte stattdessen in seiner Trotzhaltung.

Es verging so eine gute halbe Stunde, ohne dass irgend etwas passierte. Doch dann hörte er plötzlich ein Auto von Links herannahen. Er erkannte schon am Sound einen Porsche, noch bevor seine Lichter und dann der Wagen selbst sichtbar wurden. Er hatte keine Zeit, sich zu entscheiden, ob er aussteigen oder besser sitzen bleiben sollte. Schon kam der Porsche angerast und blieb mit quitschenden Reifen direkt an seinem Benz stehen. Er traute seinen Augen nicht, und nun brach der eiskalte Angstschweiß aus – völlig unwillkürlich, unkontrolliert und unbeherrschbar. Um diese Angst zu riechen, musste man kein

---

8 Stand 15. Juni 2015

SOKRATES – der kafkASKe Roman

Polizeihund sein. Es reichte die Nase des Kommissars von der Verhaftungsaktion, der den Motor seines Wagens abstellte und gemächlich ausstieg, wobei er die verdächtige Person scharf im Auge behielt. Er legte die Dienstwaffe unter seinem Pulli frei, löste die Halterung und ließ seine Hand am Pistolengriff, während er sich von der Beifahrerseite an den Verdächtigen näherte. Die Rechte immer noch an der Waffe gab er ihm mit der linken Hand ein Zeichen, das Fenster der Beifahrertüt herunter zu lassen, woraufhin er zitternd die Zündung einschaltete, um den elektrischen Fensterheber betätigen zu können.

«Guten Tag, Polizeikontrolle. Wen haben wir denn da? Ist das nicht unser Möchtegernintellektueller, der im Bad der Polizei Widerstand leistet und die Durchsuchung seiner Wohnung behindert?» Er schwieg. Was sollte er darauf sagen? Ein Albtraum; er und sein Peiniger allein im Wald. Der Peiniger bewaffnet mit einer Polizeipistole und seinem Dienstausweis. Er ein Schutzloser mit einer gebrochenen Nase. «Geben Sie mir Ihre Papiere, Fahrzeugschein und Führerschein, bitte.» Er gehorchte einfach und konnte dabei weder seine Angst noch sein Zittern unterdrücken. «Und steigen Sie bitte langsam aus dem Wagen, drehen Sie sich mit dem Gesicht in Richtung Ihres Autos und legen Sie beide Hände langsam auf das Dach. Ich komme nun zu Ihnen und werde Ihnen Handschellen anlegen. Das dient sowohl zu Ihrem als auch zu meinem Schutz. Wir werden somit Missverständnisse vermeiden und Sie entgehen der Gefahr aus Versehen erschossen zu werden.» Er gehorchte einfach und automatisch. Vielleicht war da ja wirklich etwas dran, dass dieser wilde Bulle ihn nicht in Handschellen erschießen würde. Aber was hinderte ihn daran, danach wieder die Handschellen abzunehmen? Er hatte nicht länger Zeit, darüber nachzudenken. Die Handschellen klickten schon.

Der Kommissar trat zwei Schritte zurück. Nachdem er die Papiere sorgsam geprüft hatte, ging er zu seinem Auto und nahm das Funkgerät. «Zentrale? Alfred Ross hier. Bitte um Prüfung einer verdächtigen Person, gegen die höchstwahrscheinlich ein Haftbefehl vorliegt: Nachtigall, Uri, 27. März 1970 geboren, wohnhaft gemeldet im Kantweg 7 Sielchertal.» Es verging eine ewig scheinende Minute: «Ja, ich höre. Ja, ich habe verstanden: Haftbefehl mit Aktennotiz: Festsetzung nicht erforderlich. Ende.» Er wandte sich langsam seinem Häftling zu, der noch nicht genau wusste, ob er das Gröbste schon überstanden oder noch vor sich hatte. «Ich werde Ihnen jetzt die Handschellen wieder abnehmen. Die Personenüberprüfung hat ergeben, dass zwar gegen Sie ermittelt wird und ein Haftbefehl vorliegt. Die Vollstreckung ist aber vorerst ausgesetzt. Der Staatsanwalt wird es vermutlich von Ihrem Kooperationswillen abhängig machen.» Er hatte einen trockenen Mund und ihm wurde schwarz vor Augen, als die Handschellen abgenommen wurden. Hunderte von Fragen summten durch seinen Kopf wie ein Bienenschwarm, aber er bekam keinen einzigen Satz ausgesprochen. Der Kommissar besah sich in Ruhe die Situation des Benz und sagte: «Sie stecken wohl fest. Sie haben hier versucht zu wenden und sind stecken geblieben, stimmts?» Uri Nachtigall nickte nur. «Wohin wollten Sie? Oder haben Sie nur eine Spritztour gemacht?» Der Delinquent schüttelte den Kopf und bedauerte es sogleich, aber es war zu spät. Die Neugier des Kommissars war geweckt. «Ich suche Doctor Parranoias Villa», kam die ehrliche Antwort. Irgend ein undefinierbarer Hauch von Schatten änderte sich im Gesicht des

Kommissars. Aber diese Änderung war schwer zu deuten. «Sie sind etwa zwei Kilometer zu weit gefahren. Sie müssen hier wenden, wenn Sie können, und etwa nach zwei Kilometern kommt auf der linken Seite ein kleiner unauffälliger Waldweg, dem Sie gute tausend Meter folgen müssen. Dann fahren Sie direkt auf die Villa zu.» Damit übergab er ihm auch seine Papiere und wünschte ihm einen schönen Abend. Es schoss dem Hilflosen durch den Kopf, den Kommissar darum zu bitten, ihn aus dem Graben zu ziehen. Aber er unterdrückte die Bitte. Es war viel besser, mit seinen Problemen alleine fertig zu werden und den Kommissar so schnell wie möglich seines Weges ziehen zu lassen. Während er in sein Auto stieg, sagte er: «Ich schicke Ihnen einen Abschleppwagen.» Der Porsche beschleunigte in wenigen Sekunden von Null auf Hundert und verschwand. «Hoffentlich bricht er sich das Genick», ging es ihm durch den Kopf. Da hörte er ein anderes Auto sich nähern. Es kam in vorgeschriebener Geschwindigkeit näher, drosselte, blieb neben ihm fast stehen. Darin eine junge Frau mit dunklen Haaren und äußerst grell geschminkten Lippen und Augen. Sie warf ihm einen eiskalten, beängstigenden Blick zu, der das Blut in seinen Adern gefrieren ließ.

Eine Sekunde der größten Verachtung verstrich; dann fuhr der Wagen weiter. Er wollte nicht noch länger Zeit verlieren. Es musste etwas geschehen; seine Nase begann zu schmerzen; die Schmerzmittel ließen schon in ihrer Wirkung nach. Aber erst einmal musste er plötzlich von seinem Harndrang überwältigt an einen Baum. Er stellte sich aber so, dass er die Straße und sein Auto im Auge behalten konnte und ab und an schaute er auch über die Schulter nach hinten, als könnte plötzlich die Hexe aus dem Auto hinter ihm stehen.

«Die besten Ideen kommen einem beim Wasserlassen oder Stuhlgang», pflegte sein Vater zu sagen. «So manch eine entscheidende Schlacht wurde bereits auf dem Nachttopf entschieden. Gute Ideen brauchen nun mal Entspannung. Geh spazieren oder mach etwas anderes, wenn du mal mit einer Aufgabe nicht weiter kommst.» So lauteten die guten heuristischen Ratschläge seines Vaters. Er hätte sich nicht gewundert, wenn sein Sohn die Badewanne zu seinem Lieblingsarbeitsplatz erklärt hätte. «Archimedes hat damit die Welt verändert, mein Lieber» hätte der Vater gesagt und die hohe Wasserrechnung stillschweigend ertragen. Schließlich war er davon mehr überzeugt, dass sein Sohn etwas Großes zustande bringen würde, als sein Sohn selbst. Da nun in diesem Waldstück weder Badewanne noch WC zur Verfügung standen, musste die Idee sich beim Wasserlassen Bahn brechen. Entsprechend war sie auch mit einigen Mängeln behaftet: Eine knappe Stunde nach dem besagten heuristischen Wasserlass traf Ali, sein alevitischer Mechanikerkumpel mit seinem Abschleppwagen ein. «Nachtigall, du bist ein Idiot! Deinetwegen kann ich keinen Feierabend machen und muss hier durch die Gegend fahren! Du steckst hier fest? Das ist alles? Und deswegen behelligst du mich?» Jetzt erst bemerkte er die Nase. «Was hast du denn da gemacht?» Nun klang seine Stimme nicht mehr gar so sarkastisch. «Ein Bulle hat mir heute Vormittag das Nasenbein zertrümmert.» «Was hast du mit Bullen zu schaffen?» fragte Ali und erntete nur ein Achselzucken. «Dann behalte es halt für dich, Idiot, und sieh zu, wie du deinen Karren selbst aus dem Dreck ziehst!» «Ich würde es dir ja sagen, wenn ich wüsste, was die wollen. Plötzlich standen ein Mann und eine jüngere Frau bei mir in der Wohnung; ich unter der Dusche; die Frau im Bad...» Ali lachte. «Ja, eine gute Geschichte. Ich mach dann mal Feierabend.» «Aber wenn's doch so war!» jammerte die Nachtigall. Ali war ein kleiner kräftiger Bursche mit finsterem Aussehen. Er brachte es mit seiner Körpergröße nicht auf mehr als 1.65m und dennoch hatte er etwas Respekteinflößendes. «Und warum die Nase?» «Der Typ schlug einfach zu, weil ihm meine Nase nicht passte. Wirklich. Das ist nicht gelogen! Und ich habe auch nichts ausgefressen. Ich weiß nicht, was die von mir wollten.» Ali betätigte die Seilwinde und holte den Abschlepphaken, um ihn unter der vorderen Stoßstange in den dafür vorgesehenen Ring einzuhaken. «Aber irgend etwas müssen sie doch gesagt haben. Mach mal den Gang raus, Nachtigall, und die Handbremse los! Wie ich dich kenne, hast du sie angezogen, damit dein feststeckendes Auto nicht weg rollt. Vielleicht wollten sie aus dir das heraus prügeln, was ich auch schon immer wissen will und nicht verstehe: was machst du eigentlich den lieben langen Tag?» «Dazu muss man mich doch nicht verprügeln. Ich erzähle es doch jedem, der es wissen will.» «Ja, aber was du erzählst ist wirklich Quatsch! Da fühlte sich der Bulle verarscht und hat dir halt eine gedongt! Du hast es bestimmt nicht besser verdient.» Ali betätigte wieder die Seilwinde, dieses Mal rollte sich das Stahlseil ein und mit einem Ruck spannte es sich. Der Benz setzte sich in Bewegung und wenige Sekunden später war er frei. «Macht inklusive Anfahrt 100 €!» «Danke. Wozu brauche ich Feinde? Ich habe ja dich!» «Genau, und damit du mich auch lange hast, muss ich auch von irgend etwas leben.» «50 € und keinen Cent mehr. Bessere Geschäfte kannst du mit besseren Leuten machen. Ich verdiene nicht so viel.» Ali machte den Benz vom Haken und gab einen kräftigen Stoß mit dem Po gegen den

Kühler, so dass der Wagen wieder zurück rollte. «Pass auf, Nachtigall!» Die Nachtigall aber sprang schnell in den Wagen und zog die Handbremse an. «Ja, wenn du nur mal so fix wärst mit dem Geld verdienen!» brummte Ali, dessen Streich misslungen war. Aber er sollte noch eine zweite Chance erhalten. «Kennst du einen Kommissar namens Alfred Ross?» fragte es aus dem Auto heraus. «Ach du Scheiße! Was hast du mit dem zu tun?» entfuhr es Ali unmittelbar. «Kennst du ihn?» fragte sein Kumpel ganz aufgeregt und streckte dabei den Kopf aus dem Auto. «100 € und keinen Cent weniger», konterte Ali. «Okay, aber dafür möchte ich auch echte Informationen und nicht etwa so etwas wie ein „Nein, ich kenne ihn doch nicht" oder ähnliches!» «Ja, du bist aber ganz schön misstrauisch! Ross war früher beim Zoll, dann wurde er zu einer komischen Spezialeinheit bei der Kripo versetzt. Er soll so etwas wie verdeckte Ermittler beschützen, die in der Terrorszene ermitteln und herumspionieren. Kein sehr freundlicher Zeitgenosse. Ich hatte nur einmal persönlich mit ihm zu tun, als ich der Kripo wieder gebrauchte Zivilfahrzeuge verkaufte, die getunet waren. Er kam eines der Autos abholen und war verdammt unfreundlich; murmelte irgend etwas von Scheißtürken! Da habe ich seinem Chef gesagt, den möchte ich nie wieder auf meinem Gelände sehen.» Die Nachtigall startete den Motor. «Hey, was ist mit meinem Geld?» «Schreib's auf die Rechnung! Ich komme die Tage bei dir vorbei!» Und nach diesen Worten gab er Gas, um schnell zu DoctorParranoia zu kommen.

Zwischenspiel DoctorParranoia:

Mein lieber Patient Bülbül. Ich wünsche Ihnen eine wunderbare prä-Mitternacht. Ich möchte Sie auf diesem Wege

informieren, dass (normale) (und) -Tages-fragen nicht mehr erwünscht sind, wenngleich meine Wenigkeit die Ihren sehr zu schätzen wusste. Ich danke Ihnen vielmals dafür. - Doctor Parranoia Willkommen im Irrenhaus[9]

Ich weiß, mein lieber Doctor, dass Sie für Normalität und «normale» Tagesfragen nichts übrig haben. So habe ich meine Frage nach Humor und Komik und die andere nach Kritik und Kritikaster auch gar nicht verstanden. Es ist ein Ausdruck seltsamer Verschrobenheit, dass Sie auf diese beiden in meinen Augen nicht nur schätzens-, sondern auch beantwortenswerten Fragen nicht eingehen wollen. Sehe ich da eine Art von verkalkter Prinzipienreiterei in der unendlichen Einsamkeit Ihres Irrenhauses?

Es liegt mir nichts ferner als, aus den Fingern gesogene Fragen in die Landschaft zu setzen. Lieber arbeite ich an meinem kafkASKen Roman SOKRATES, worin ich phantastisch die Figuren und Identitäten auf ask.fm einarbeite, die mir interessant, augenfällig und spannend vorkommen. Und ganz gewisslich, mein lieber @DoctorParranoia, gehören Sie zu diesen Identitäten. Gerne möchte ich Ihnen eine entsprechend große Rolle in dem Fortsetzungsroman, dessen einzelne Folgen ich mir erlaube, Ihnen hier noch einmal aufzuzählen, einräumen. Sie haben meine Phantasie äußerst angeregt und das soll sich in dem Roman niederschlagen. Ich bin bereits auf dem Weg zu Ihnen, aber da bleiben auch andere unheimliche Begegnungen nicht aus ;) [...]

Wenn Sie sich durch eigene Erzählparts daran beteiligen und sich

---

9 http://ask.fm/DoctorParranoia «Wer sich auf den Wahn einlässt, wird Sinn finden.»

zu Wort melden möchten, wäre es mir eine große Freude, Ihre Beiträge zu empfangen und einzuarbeiten. Diesbezüglich werde ich es wagen, Sie mit ein, zwei SOKRATES-Fragen der allgemeinsten Art zu behelligen.

Hochachtungsvoll

Uri Bülbül @Klugdiarrhoe

SOKRATES – der kafkASKe Fortsetzungsroman Teil 16

Er verlangsamte nach etwa tausend Metern bereits wieder seine Fahrt. Seine Augen tränten und erschwerten ihm die Sicht, die ohnehin schon durch seine leichte Kurzsichtigkeit in Kombination mit Müdigkeit oder anderen Störfaktoren beeinträchtigt war. Aber er musste noch weitere 1500 m vor sich hin schleichen, bis er endlich den kleinen Weg auf der linken Seite erblickte. Ihm war, als würde er verfolgt. Aber im Rückspiegel war niemand zu sehen. Der Mercedes bog in den ungeteerten Waldweg ein; unter den Reifen knirschten die Kiesel. Der Wald war tief finster, und der Weg zog sich hin. Er schaltete die Scheinwerfer ein und kam sich dennoch verloren vor. Etwa wie Hänsel nur ohne Gretel. Er fühlte sich einsam, versuchte aber darüber zu lachen, indem er sich sagte: «Brauchst du ein Schwesterchen zum Händchenhalten?» Apropos Händchenhalten – Ayleen hatte ihn hier her geschickt. Sie hätte ihn besser zu Doctor Parranioa begleiten sollen anstatt in die dämliche Ambulanz. Aber seit sie geheiratet hatte, war mit ihr nicht mehr viel anzufangen. Kurz erschrak er und wurde aus seinen Gedanken gerissen, weil er einen Schatten über den Weg huschen gesehen zu haben glaubte. Vielleicht ein Tier? Erst wurde er etwas langsamer. Aber dann beschleunigte er lieber. Wollte denn der Weg gar kein Ende nehmen? So richtig schnell konnte man hier nicht fahren, und er wollte bestimmt nicht noch einmal im Graben stecken bleiben. Der Weg stieg kaum merklich an und wurde kurviger. Im Rückspiegel wie vor ihm Wald und Abenddämmerung. Er musste wieder drosseln. Eine starke Rechtskurve und dann eine lange Gerade und vor ihm spärlich beleuchtet ein Gebäude von imposanten Ausmaßen, ein Herrensitz, eine Villa ohne Schnörkel hinter einer Gartenmauer ein umgrenztes Gelände und vor ihm ein offenes Tor mit zwei Sphinxen links und rechts. Ohne zu zögern fuhr er durch das Tor und ließ sich den Gedanken durch den Kopf schießen, dass die Sphinxe wohl beim Verlassen des Gartens dem Besucher in den Rücken sozusagen mit der entscheidenden Frage fielen; ihm ein Rätsel stellten, wenn er längst nicht mehr damit rechnete und glaubte, mit heiler Haut davon kommen zu können. Aber was soll's? Es war für ihn zu spät.

Er war nun im Garten und rechts neben der Villa etwa fünfzig Schritte entfernt sah er ein Gesindehaus, das romantisch und freundlich aus seinen Fenstern leuchtete. Links führte der Weg in einer großzügigen Kurve vor den Haupteingang der Villa und rechts deutlich schmaler bemessen vor das kleine Nebenhaus, wovor der Kleinwagen der unheimlichen Begegnung von vor wenigen Minuten parkte. «Oh meine Güte, ich werde ihr hier wieder begegnen. Das kann ja heiter werden!» sprach er laut zu sich selbst, um durch eine menschliche Stimme, und sei es seine eigene, sich zu beruhigen. Aber der Klang den er zu hören bekam, war alles andere als beruhigend. Er stellte den Ganghebel seines Automatikgetriebes auf «P» und den Motor ab.

«Vielleicht ist sie die Tochter des ominösen Doctors?» spekulierte er vor sich hin, «oder die grausame Nachtschwester, die widerspenstige Patienten halbtotmorphiniert?» Wie auch immer. Er war ja schließlich kein Patient, sondern – ja, wie sollte er sich nennen? - ein Ratsuchender. Seine Freundin, die Rechtsanwältin, hatte ihm den Herrn Doctor Parranoia empfohlen. Er betete das so vor sich hin, als müsste er sich eine Rolle einprägen.

«Guten Abend!» Er erschrak sich und konnte nur schwer einen Schrei unterdrücken. Einige Schritte hinter ihm stand ein junger Mann in einem dunklen Seidenanzug, weißen Hemd mit einer leger sitzenden Krawatte um den Kragen, dessen erste Knöpfe aufgeknöpft waren. Seltsame Schatten umspielten sein schmales langes Gesicht; sowohl seine Stimme als auch seine Augen wirkten freundlich und ein wenig verträumt. Er lächelte: «Entschuldigung, ich wollte Sie nicht erschrecken. Es kommt selten ein Gast um diese Stunde hier her. Willkommen im Irrenhaus. Sie sind doch kein Patient, oder?» Der Mann mit der ramponierten Nase entspannte sich schnell, sein Lachen klang aber dennoch gepresst und nervös: «Nein, ich bin kein Patient. Noch nicht...» Schon tat ihm diese Bemerkung Leid; denn sie jagte ihm Angst ein. Sie konnte ein Unheilsbote sein. Der junge Mann schien seine Gedanken zu erraten und schmunzelte: «Zodiac mein Name.» Er kam näher und streckte ihm die Hand entgegen. «Uri Nachtigall. Und Sie? Sind Sie Patient hier?» «Nein, ich wohne hier in diesem bescheidenen Häuschen und arbeite ab und an für Herrn Doctor.» Zodiac hatte auffällig teure Schuhe an; sie hatten bestimmt ein kleines Vermögen gekostet. Er wirkte aber insgesamt so, als würde ihm die ganze Vornehmheit nichts bedeuten. Er war eben damit geboren und aufgewachsen; das Vornehme war ihm wie eine zweite Haut. Er trug sie lässig und selbstverständlich.

SOKRATES – der kafkASKe Roman

«Möchten Sie zu mir herein kommen? Ich habe den Luxus eines offenen Kamins im Wohnzimmer. Wir könnten etwas trinken und uns unterhalten. Und Sie erzählen mir, was Sie hierher treibt.»

«Danke, sehr freundlich von Ihnen. Aber ich möchte bald wieder fahren. Ich wollte nur ein paar Minütchen mit Herrn Doctor Parranoia sprechen.»

«Er wird Sie um diese Zeit nicht empfangen, fürchte ich. Wissen Sie? Jedes menschliche Ego kann gebrochen werden. Jeder hat seine persönlichen Schwächen, die er versucht zu verstecken. Jeder hat seine sprichwörtlichen Leichen im Keller, die niemand sehen soll. Möchten Sie mir von Ihren erzählen?»[10]

Das machte Uri Nachtigall Angst. Was für ein Redeschwall so plötzlich und direkt? Vielleicht war das doch ein Patient des Hauses, und womöglich einer, der unerlaubt sich im Freien aufhielt. Uri Nachtigall suchte nach einer Ausflucht. Zodiac entging das keineswegs. «Entschuldigen Sie, ich bin mal wieder mit der Tür ins Haus gefallen. Aber ich möchte Sie nicht erschrecken oder bedrängen. Ich hätte mich nur über ein wenig Gesellschaft gefreut. Sie erinnern mich an diese bekannte Sokratesbüste mit der abgebrochenen Nase. Worauf wurden Sie denn so direkt gestoßen, dass Sie sich dabei das Nasenbein brechen mussten?» Wieder sah Zodiac die nackte Angst im Gesicht seines Gegenübers, der ihn zu langweilen begann. «Ich wünsche Ihnen einen schönen Abend und grüßen Sie mir Schwester Lapidaria», sagte er, indem er sich abwandte und auf das Gesindehaus zuging, wobei er mit einem größeren Stein tänzelnd Fußball spielte.

---

10 www.ask.fm/Zodiac6000

SOKRATES – der kafkASKe Roman

Schwester Lapidaria? Das konnte nur die Hexe sein, der er schon auf dem Weg begegnet war. Beherzt trat er auf das Herrenhaus zu und klingelte am Haupteingang. Während er wartete und auf Geräusche im Haus lauschte sah er sich um. Zodiac war im Gesindehaus verschwunden, und Uri fragte sich, ob er dort ganz alleine wohnte. Die Chance das und noch mehr heraus zu bekommen, hatte er ja ausgeschlagen. Wer weiß, was ihn nun im Herrenhaus erwartete. Plötzlich wurde die Tür geöffnet, ohne dass er zuvor Schritte gehört hatte. Wieder erschrak er sich und machte einen Satz nach hinten. Zwei dunkelbraune Augen schleuderten giftige Blicke auf ihn; der grellrote Mund formte ein spöttisches Lächeln. «Da ist er ja – der Vogel aus dem Wald. Na dann, komm mal rein!» Sie beachtete sein Zögern nicht weiter, wandte sich einfach ab und ging ins Haus, ihrer Sache ganz sicher, dass er folgen würde, was er auch tat. Das Entrée war ein großer Saal, von dem mehrere Türen abgingen und eine Marmortreppe in den ersten Stock führte. Die Empfangshexe steuerte auf eine mächtige Eichentür und als sie ihre Hand auf die Klinke legte, drehte sie sich nach dem Besucher um, der wie ein Bauerntrottel mit halboffenem Mund die Deckenleuchter und die Bilder an den Wänden begaffte. Sie drückte die Türklinke demonstrativ einladend nieder, machte die Tür auf, die sich nach Innen in den Raum öffnete und sagte: «Das ist unser Kaminzimmer mit Büchern und Zeitschriften und einer Bar, an der du dich bedienen kannst. Mach es dir einfach gemütlich.» Der Raum war im alten englischen Kolonialstil eingerichtet; drei lederne Ohrensessel waren um ein Kamin gruppiert, in dem große Holzscheite gemütlich brannten und einen behaglichen Duft mit Wärme verbreiteten. «Ich kann dir auch einen Tee bringen, wenn du möchtest», sagte sie ihm, der noch immer verloren im Raum stand und nicht aufhören konnte, herum zu gaffen, als wäre er vollkommen verblödet. Mit dem Stichwort «Tee» konnte er scheinbar doch noch etwas anfangen: «Ja, gerne. Ich hätte einen Tee lieber. Einen Earl Grey.» «Mit einem Schuss Milch?» «Nein, danke, lieber mit einem Stück Zucker.» Es war ein Fehler, die gut versteckte giftige Ironie in ihrer Stimme nicht gehört zu haben: «Hör mal zu, du Schwachkopf! Wir sind hier nicht im Hotel, sondern in der Psychiatrie! Hier kannst du Pfefferminztee oder Hagebuttentee bekommen. Sonst gar nichts!»

Ihre Blicke durchbohrten ihn, als er nach Fassung rang. «Aber ich bin kein Patient» brachte er endlich heraus. Sie wandte sich gleichgültig von ihm ab und verließ den Raum.

Das Gemälde aus dem Entrée ließ ihn nicht los. Darauf war eine junge Frau in brauner Erden- und Felsenlandschaft abgebildet. Sie saß auf einem Stein in einem weißen Kleid, das ihre Beine ab den Knien frei gab, sie hatte lange rotblonde Haare, die wie im Winde zu wehen schienen, ihr Blick vom Betrachter weg auf den Himmel gerichtet, woher ein breiter Lichtstrahl die sonst eher erdige Szenerie erhellte. Mit dem linken Arm, den sie in Richtung der Lichtquelle streckte, schien sie das Licht zu sich herab rufen zu wollen, während ihre rechte Hand sich an ihre Brust beugte. Eine Schönheit, die mit den ihr eigenen Problemen beschäftigt war, barfüßig auf dem felsigen Boden mit Lilien im Schoß. Er kannte sie aus der Kunstgeschichte und die dargestellte Frauenfigur aus der griechischen Mythologie: Es war die Göttin der Unterwelt, des Totenreiches, die wunderschöne Kore, später bekannt geworden unter dem Namen Persephone. Sie auf dem Gemälde im Eingangssaal des Irrenhauses zu treffen, wühlte ihn auf. Was hatte das zu bedeuten? Kore war eine Tochter des Zeus, der sich in sie verliebte und in der Gestalt einer Schlange in sie kroch. Musste man Sigmund Freud sein, um diesen Mythos zu interpretieren? Das arme Mädchen durch die Inzucht vergiftet, wurde, als der Gott der Unterwelt sich in sie verliebte und Zeus um ihre Hand bat, widerspruchslos dem Totenkönig überlassen. Zeus stimmte der Sage nach weder zu noch lehnte er ab. Und Hades deutete das als Zustimmung und entführte das Mädchen in sein Reich. Doch Kores Mutter ließ dies nicht tatenlos geschehen und kämpfte um ihre Tochter, so dass am Ende ein Kompromiss stand: Nur die Hälfte des Jahres musste Kore als Persephone in der Unterwelt leben, die andere Hälfte durfte sie auf die Erde, zum Sonnenschein, zum lichten Leben. Das Feuer im Kamin krachte; er drehte sich lächelnd danach um. In der Tat war es hier sehr gemütlich. Und wahrscheinlich saß jetzt Zodiac auch an seinem Kaminfeuer. Vielleicht las er sogar PHAIDON, den berühmten Dialog des zum Tode verurteilten Sokrates, worin er begründete, dass Unrecht erleiden besser sei als Unrecht zu tun. Das Ganze fußte auf der Annahme der Unsterblichkeit der Seele. Uri sah sich das Bücherregal näher an: Nietzsches Werke waren dort ebenso zu finden, wie Schopenhauer, Hegel, Sigmund Freud («das passt ja wunderbar ins Wartezimmer eines Irrenhauses», dachte er), C.G. Jung, Karl Bühler mit seiner Sprachtheorie, Ludwig Wittgenstein mit seinem *Tractatus logico philosophicus* und seinen *Philosophischen Untersuchungen*. Er sah soviel Theoretisches und keine Unterhaltungsliteratur. Plötzlich erregte ein Buch seine besondere Aufmerksamkeit: *Paradieseologie*. Auf dem Buchrücken stand nur dieser Titel, so dass er das Buch aus dem Regal ziehen musste, um den Autor zu erfahren. Dabei war sein Staunen groß: Uri Nachtigall war als Autor angegeben. Hatte er tatsächlich einen

SOKRATES – der kafkASKe Roman

Namensvetter? Schließlich war klar, dass er dieses Buch unmöglich selbst geschrieben haben konnte. Daran würde er sich erinnern. Ab und an vergaß er kleinere Artikel und Beiträge in Zeitschriften, die er verfasst hatte. Aber ein ganzes Buch und dann auch noch mit einem derart ungewöhnlichen Titel? Nein, so etwas würde er sicher nicht vergessen. Sich über den angenommenen Zufall wundernd schlug er das Buch auf und stieß ein «Das gibt es doch nicht!» aus.

«Na, schon fündig geworden?» Schwester Lapidaria war unbemerkt zurück gekommen und hielt ein Tablett mit zwei Teetassen darauf in der Hand. «Komm, lass uns ein Teechen trinken und uns unterhalten. Dafür bist du doch hier, oder?» Mit weit aufgerissenem Mund streckte er ihr das Buch entgegen, was sie nicht bemerkte. Sie steuerte zielsicher mit dem Tablett den kleinen Beistelltisch am Kamin an. Ohne auf ihn zu warten setzte sie sich in einen der ledernen Ohrensessel und begann ihren Tee zu schlürfen. Er glaubte, Earl Grey zu riechen, als er im Sessel ihr gegenüber Platz nahm. Er hielt das Buch noch immer in der Hand. Sie sah ihn mit großen Augen und gespielter Aufmerksamkeit an, klimperte mit den Wimpern und schien zu warten, was ihn eher verunsicherte, als zum Reden animierte. Sie blieb stumm und wandte ihre Augen nicht von ihm ab. Die Wanduhr schlug acht. Er ließ es schweigend geschehen, als müsste er sie ausreden lassen. Willkommene Gelegenheit zum Zeitgewinn. Schwester Lapidaria aber blieb hartnäckig. «Also, also, ich wollte...», stotterte er, es war besser als gar kein Anfang, «eigentlich wollte ich Doctor Parranoia sprechen, und da habe ich im Regal ein Buch gefunden...» «Der Doktor ist um diese Zeit nicht mehr zu sprechen», antwortete sie

SOKRATES – der kafkASKe Roman

kurz angebunden, aber nicht unbedingt unfreundlich. Ihn beschäftigte im Moment dieses Buch in seiner Hand mehr als alles andere: «Der Titel stach mir ins Auge. „Paradieseologie".» Sie wandte noch immer ihren Blick nicht ab von ihm und klimperte ab und an mit den Wimpern. Er nahm einen kräftigen Schluck aus seiner Tasse. Sie hatte ihm Hagebuttentee zugedacht. Als sie ihn trinken sah, huschte ein Lächeln über ihr Gesicht wie der Schatten eines Adlers über seine Beute. «Ein ziemlich ungewöhnlicher Titel, wie ich finde», sagte er. «Ja, ein Kunstwort. Wahrscheinlich eine Eigenschöpfung des Autors, um sich wichtig zu machen.» Er nahm einen weiteren kräftigen Schluck Hagebuttentee; es war behaglich am Kaminfeuer, so dass er sich zu entspannen begann. «Schauen Sie, liebe Schwester Lapidaria, als Autor steht mein Name auf dem Buchdeckel.» Ihr Gesichtsausdruck veränderte sich schlagartig, was sein Blut in seinen Adern schockgefrieren ließ. «Wie bitte? Wie hast du mich gerade genannt?» «Ich... ich meine, Zodiac vom Gesindehaus, er...»

Sie genoss ihre Macht über ihn, und seine Angst sprach ihre mütterliche Ader an, die zu haben, ihr besonders wichtig war. In einem sanft belehrenden Ton sagte sie: «Ich heiße Feenstaub, Maja Feenstaub. Du darfst mich „Schwester Maja" nennen. Was war nun mit dem Buch?» Auf den Schreck trank er erst einmal seine Tasse leer. «Ja, das Buch trägt meinen Namen als Autor. Aber ich kann mich nicht erinnern, dieses Buch geschrieben zu haben.» Diese Formulierung, die ihn sofort ärgerte, kaum, dass er sie ausgesprochen hatte, war für Schwester Maja ein gefundenes Fressen: «Führen dich deine Gedächtnislücken zu Doctor Parranoia?» «Ich habe keine Gedächtnislücken», widersprach er sofort, «es war eine ironische Bemerkung. Ich habe dieses Buch

SOKRATES – der kafkASKe Roman

nicht geschrieben.» «Du schreibst überhaupt keine Bücher, stimmt's?» «Doch, doch. Ich bin Schriftsteller von Beruf. Aber eine „Paradieseologie" habe ich niemals geschrieben.» «Vielleicht ein Namensvetter von dir, der zufällig auch Schriftsteller ist?» Er streckte ihr das Buch entgegen: «Das hätte ich spontan auch gedacht. Aber Schwester Maja, bitte, schauen Sie sich das an! Mein Photo, meine Biographie auf der Innenseite.» Er gähnte laut. «Entschuldigen Sie, ich werde plötzlich so müde. Es ist sehr entspannend am Kaminfeuer.» «Ja, und der Tee entspannt besonders. Ich kenne übrigens ein weiteres Buch von diesem Autor hier im Regal», sagte sie. «Vielleicht ein Buch über die Hölle?» scherzte er, während sie zum Regal ging und nach einer kurzen Suche mit einem Buch zurück kam: *„Der sprechende Delphin"*. Er nahm das Buch in die Hand und fühlte seine Glieder schwer werden. Er gähnte wieder und vor seinen Augen verschwamm die Schrift, in der sein Name über dem Buchtitel geschrieben stand. «Ich werde plötzlich so müde», murmelte er, «Ich fahre jetzt besser nach Hause.» «Besser nicht» erwiderte Schwester Lapidaria, «Ich habe für dich ein Zimmer hergerichtet, du kleiner Vogel.»

Es war höchste Zeit, Feierabend zu machen. Johanna Metzger schickte ihren Bericht des Tages an den Staatsanwalt ab und beeilte sich nun, ihren Kram zusammen zu packen. Sie wollte aus dem Präsidium verschwunden sein, bevor ihr Kollege Hauptkommissar Alfred Ross auftauchte. Sie hatte ihrer Schwester, mit der sie zusammen wohnte, versprochen, heute gemeinsam zu Abend zu essen. Es war vor etwa zwei Jahren gewesen, als sie einige Wochen nachdem sie die Polizeiakademie erfolgreich absolviert und ihren Dienst angetreten hatte, müde, ja völlig erschöpft und ausgelaugt nach Hause kam und im Treppenhaus ihre Schwester vor ihrer Tür sitzend antraf. Sie rief erstaunt ihren Namen aus: «Luisa!» Und sie antwortete: «Ich gehe nicht mehr zurück, Johanna. Ich gehe nicht mehr zurück nach Hause!» Verständnisvoll umarmten sich die beiden Frauen. «Du kannst bei mir wohnen. Meine Wohnung ist groß genug für uns beide. Und Geld verdiene ich auch», sagte sie, während sie ihren Schlüssel ins Schloss steckte. Luisa hatte lediglich in einer Sporttasche ihre Schulsachen mitgenommen, da sie so unauffällig wie nur möglich das Haus verlassen wollte. Jetzt hatte sie es geschafft. Sie fühlte sich bei ihrer Schwester in Sicherheit.

In der Wohnung bekam Luisa erst einmal einen Heulkrampf. Johanna nahm sie herzlich in den Arm und hielt den Krampf durchrüttelten Körper weich und elastisch fest. Je geborgener sich Luisa fühlte, desto mehr musste sie weinen. Irgendwann zwischen zwei Schluchzern stieß sie eine Frage heraus: «Hat er das... hat er das mit dir auch gemacht?» Johanna streichelte Luisas Kopf und sagte nur «Pschsch...» Johanna fühlte Wut, Schmerz, Verzweiflung, und darüber noch mehr Wut; aber irgend etwas sagte in ihr auch, sie müsse ruhig und gelassen bleiben. Nicht einfach nur um diese Gefühle zu unterdrücken, sondern um den rechten Augenblick für die wohl verdiente Rache abzuwarten. Erst einmal musste sie Luisas Leben neu und schön einrichten. Nichts war im Moment wichtiger als das.

Am nächsten Tag nahm sich Johanna von der Arbeit frei, sie müsse etwas Dringendes für ihre Schwester erledigen, sie zöge nun plötzlich zu ihr. Die Dienstleitung hatte keine Einwände. Luisa fragte sie nach dem Wohnungsschlüssel der Eltern. «Was hast du vor?» fragte ihre kleine Schwester ängstlich. Johanna war ruhig und entschlossen; ihre Blicke sehr ernst und konzentriert. «Ich möchte deine Sachen hier her holen. Du ziehst zu mir und brauchst deine persönlichen Dinge. Und neue Klamotten holen wir dir auch; am Wochenende gehen wir gemeinsam shoppen. Ich könnte auch ein paar neue Blusen und Pulis gebrauchen.» Luisa schmunzelte: «Das wäre schön», sagte sie, «aber...» «Kein Aber! So machen wir das einfach, Schwesterchen. Willkommen in deinem neuen Zuhause!»

Damit nahm Johanna die Schlüssel ihrer Schwester und verließ die Wohnung.

SOKRATES -Der kafkASKe Fortsetzungsroman Folge 23... Wir müssen @point_man weiter auf die Folter spannen; während womöglich Uri Nachtigalls klägliches Ende naht, folgen wir in einer Rückblende in Johanna Metzgers Vergangenheit... Uri Bülbül

Es war vor mehr als zwei Jahren gewesen. Aber Johanna erinnerte sich daran, als läge das Ganze gerade mal eine Minute zurück. Nein, noch besser: als läge es überhaupt nicht zurück. Irgendetwas aus der Vergangenheit reichte direkt und unmittelbar in ihre Gegenwart hinein und flüsterte ihr ins Ohr: Mit mir gibt es keine Zukunft. Du hast keine Zukunft, du hast nur mich! Es leckte an ihrem Ohr und hauchte mit einem widerlich stinkenden Atem immer wieder diesen einen Satz ins Ohr, und klar war, dass Johanna keine Zukunft hatte.

Auf gar keinen Fall sollte es ihrer Schwester Luisa auch so gehen. Dann stand sie vor der Wohnung ihrer Eltern. Sie hatte einen unsagbar heftigen Druck auf dem Magen. Ihr Körper rebellierte. Ihr wurde schwarz vor Augen, aber Johanna gab nicht nach. Sie

SOKRATES – der kafkASKe Roman

steckte den Schlüssel ihrer Schwester ins Schloss. Die Wohnung musste um diese Zeit leer sein. Ihre Mutter war Besorgungen machen oder in ihrer ergotherapeutischen Praxis und ihr Vater auf irgend einer Baustelle weit weg auf Montage.

Franz-Joseph Metzger war von Beruf Betonmischmeister und goss Land auf, Land ab auf allen möglichen Baustellen Betonsäulen, Betonplatten, Betontürme. Er war bereits 68 Jahre alt, ein Mann von kräftiger Statur und mit strengen blaugrünen Augen. Mehr als ein kleines Schmunzeln konnte man ihm niemals entlocken. Ein raubeiniger Brummer, bei dem man hinter der harten Schale einen weichen Kern zu vermuten, allzu schnell bereit war. Ein Einzelgänger, der seine Freizeit am liebsten zu Hause im Hobbykeller verbrachte, irgendetwas bastelte, klebte, sägte oder bohrte. Er verbrachte auch viel Zeit mit seinen beiden Töchtern. Je älter sie allerdings wurden, desto seltsamer wurden seine Spiele mit ihnen.

Und als sie keine «Lust mehr auf Spiele hatte », begann das Spiel erst recht. Johanna schauderte es bei dem Gedanken. Der Versuch, mit der Mutter zu reden, erstickte schnell im Keim: «Ach komm, mach Papa doch die Freude, wenn er es so gerne hat.» Wusste sie überhaupt, wovon sie sprach? Im Nachhinein kamen Johanna berechtigte Zweifel, aber sie verzieh ihrer Mutter diese Ignoranz niemals. Aber sie sprachen auch nicht mehr darüber – genau genommen sprachen sie überhaupt nicht mehr miteinander, seit sie die Polizeilaufbahn einschlug. «Ich verstehe meine Tochter nicht», war das letzte und höchste der Gefühle, was sie von ihrer Mutter vernahm, wo doch die wunderbare Ergotherapeutin für jeden und alles Verständnis aufbringen konnte, eben nur nicht für Johanna. So erstarb die Kommunikation und flammte auch nicht wieder auf.

Als sie an jenem Tag mit Luisas Schlüssel die elterliche Wohnung betrat und einen furchtbaren Krampf in der Magengrube verspürte, war die Mutter nicht zu Hause. Eigentlich sollte auch ihr Vater nicht zu Hause sein. Er aber – er war da.

Auch in der 24. Folge von SOKRATES wird der sprechende Delphin noch nicht zu lesen sein; er begegnet uns in einem anderen Zusammenhang. Wir haben ja die Geschichte der jungen Kommissarin noch nicht zu Ende erzählt. Etwas in ihrer jungen Vergangenheit ist im Dunkeln. Uri Bülbül

Sie nahm ihn zunächst nicht wahr, weil sie ohne sich umzuschauen, direkt das Zimmer ihrer Schwester ansteuerte. Sie versuchte sich dort so schnell wie möglich einen Überblick zu verschaffen. Zwei Umzugskartons hatte sie schon dabei und vier weitere im Auto. Das musste genügen; mehr konnte sie mit ihrem Auto ohnehin nicht transportieren.

In diese Planung vertieft bemerkte sie nicht, wie ein großer dunkler Schatten im Türrahmen erschien.

Sie kämpfte mit den Kartons, versuchte sie nach einer schwer verständlichen Anleitung, die auf die vorperforierten Schachtelwände gezeichnet war, zusammen zu stecken und ihnen eine tragfähige Stabilität zu verleihen, als er seine Stimme vernehmen ließ und schmunzelnd ihr Zusammenzucken und Zittern genoss: «Hallo meine süße Tochter. Wie lange haben wir uns nicht gesehen? Was führt uns zu dieser Ehre? Ich freue mich, dass du wieder hier bist.»

«Ich will Luisas Sachen abholen. Sie zieht zu mir und fertig.»

SOKRATES – der kafkASKe Roman

«Luisa das Trampelchen. Sie ist ungeschickt und ungeschliffen. So unerfahren! Na ja. Ich bin jedenfalls froh, dass du wieder da bist.»

«Ich bin nicht „wieder da"! Ich bin gleich wieder weg. Ich will nur Luisas Sachen abholen.»

«Ja, das sagtest du bereits. Aber ein halbes Stündchen Zeit für deinen alten Herrn und Meister wirst du ja wohl noch haben, nicht wahr?» Er trat aus dem Türrahmen ins Zimmer ein und schloss hinter sich langsam die Tür zu.

«Komm mir nicht zu nahe», bebte ihre Stimme. Er lächelte sie gütig und zärtlich an: «Gut siehst du aus – sehr gut. Es scheint dir bei der Polizei zu gefallen. Trägst du auch manchmal Uniform?»

«Ich bin bei der Kriminalpolizei», antwortete sie, während eiskalte Schauer ihr den Rücken herunter liefen. Er berührte sie. «Nicht Eike, wenn jetzt die Mama herein kommt, Eike bitte nicht!» stieß sie hervor, bis eine heftige Ohrfeige sie halb zu Boden schallerte.

Nach kaum einer halben Stunde verstaute sie die letzte Kiste im Auto und fuhr sofort los. Auf dem Weg nach Hause, musste sie mehrere Male anhalten, um sich zu übergeben und immer dachte sie: «Ich werde diesen Geschmack nie los. Dieser Geruch wird ewig an mir kleben, bis ich in der Hölle schmore und darüber hinaus. Nichts wird ihn mir von der Zunge brennen.» Und schon wieder musste sie würgen. Die Galle, die hoch kam schmeckte ihr wie ein Erfrischungsbonbon.

Endlich zu Hause angekommen blickte sie in Luisas zutiefst besorgtes und beunruhigtes Gesicht, dessen Ausdruck sich aber schnell veränderte und aufhellte. Ihre große Schwester war endlich wieder da. Offensichtlich ging es ihr sehr mies, aber das konnte auch anders nicht sein für einen Menschen, der es auf sich nahm in die Hölle hinab zu steigen, um nur paar elende Klamotten zu holen. Luisa hätte auf alles verzichtet, um nur nie wieder dort hin zurückkehren zu müssen. Sie wollte ihre Schwester in den Arm nehmen, Johanna aber war jede Berührung wie ein Brennnesselstreich.

Auch dafür hatte Luisa mehr als Verständnis. «Ich muss erst ins Bad; dann können wir deine Sachen aus dem Auto holen», presste Johanna hervor.

Diese Ereignisse lagen nunmehr zwei Jahre zurück. Seit zwei Jahren lebte Luisa bei ihrer Schwester, ging zur Schule, machte ihre Hausaufgaben, lernte auf Klausuren oder auch nicht, spielte Computerspiele und begann sich für das eine oder andere Hobby zu interessieren, ohne sich so recht entscheiden zu können. Über diese Probleme im Leben ihrer kleinen Schwester konnte Johanna schmunzeln. Seltsam unausgesprochen hatte sich eine Regel in ihr Leben eingeschlichen: es gab keine Männerbesuche zu Hause. Natürlich hätte Johanna nichts dagegen gehabt, wenn Luisa einen Freund mit nach Hause gebracht hätte; aber es passierte einfach nicht. Und auch sie selbst hatte überhaupt kein Bedürfnis nach einem Mann in ihrer familiären Privatsphäre der Zweisamkeit mit ihrer Schwester. An diesem Abend auf der Fahrt vom Polizeipräsidium nach Hause beschlich Johanna ein seltsames Gefühl: eine Mischung aus Melancholie, Sehnsucht, Befreiung mit einer Priese Wut. Sie konnte es sich nicht erklären und wollte sich auch keine weiteren Gedanken mehr machen. Stattdessen freute sie sich lieber auf das Abendessen mit Luisa, die sie mit einer ungewöhnlichen Nachricht empfing, die sie fast beiläufig fallen ließ: «Mutter hat angerufen.»

SOKRATES – der kafkASKe Roman

Johanna sah versunken zu Boden. Nilam begann wieder schüchtern auf sie einzureden, dass es doch nicht schlimm sei, sie als beste Freundin zu haben; und mit ihr würde sie auch Eikes Schläge besser ertragen. Auch seien doch seine Schläge sehr erregend, oder nicht? «Sei still, sofort!», rief Johanna ihr zu. Nilam verstummte nicht: «Warum sollte ich das tun? Ich bin du, du bist ich. Was macht es denn für einen Unterschied, ob ich rede oder nicht. Im Grunde genommen bin ich dennoch anwesend und du spürst mich jede Millisekunde. Ich bin immer bei dir in deinem Körper - oder bist du in meinem? Vielleicht habe ich ja dann das Recht, dir den Mund zu verbieten.» Johanna schwieg, sie wusste dazu keinen wirklichen Konter, um Nilam zum Schweigen zu bringen. Immer wenn Alfred zu Eike mutierte, trat sie in den Vordergrund und beschützte sie. Irgendwie. Alfred war selbst nicht bewusst, dass Nilam ihn Eike nannte, aber dieser Name passte dann zu Alf. Johanna wusste selber nicht, warum das der Fall war, doch kam ihr dieser Name sehr vertraut vor. «Na? Wer von uns beiden ist nun das graue Mäuschen?», fragte Nilli provokant. Johanna entgegnete trocken: «Damit du dich stärker fühlst nutzt du immer drei Möglichkeiten: Die erste ist die Mitleidstour, damit du deinem Gegenüber dann leichter in den Arsch treten kannst. Die zweite ist das Provozieren, sodass du dann der Person leichter die Schuld zuweist und die dritte Möglichkeit...»[11] Johanna machte eine lange Pause.

Nilli begann einzuwenden: «Wie? Ich soll manipulieren? Hör auf sowas zu denken! Denk nicht mal daran.» «Ich habe es doch schon getan», erwiderte Johanna mit einem finsteren Lächeln,

---
11 Siehe auch: http://ask.fm/MaskenmitMasken/answer/114532868223 im Buch eine redigierte Fassung.

SOKRATES – der kafkASKe Roman

«Ich habe es nie wirklich bemerkt, aber du manipulierst mich immer im Hintergrund. Du kranke Person stehst auf Schläge und wirst dabei feucht. Du unterwirfst dich, obwohl du eine starke und selbstständige Frau bist. Du bist intelligent! Der Beweis ist der beste Abschluss in der Polizeiakademie, oder nicht?» Nilli fing an zu lächeln, dann kicherte sie leise und steigerte sich zu einem hysterischen Lachen. Sie warf dabei den Kopf in den Nacken, ihre Haare flogen in Johannas Kopf nach hinten. Sie zeigte ihre Zähne, während sie wie eine Hyäne lachte: «Hanna, du machst mich so fertig. Du hast dich selbst als krank bezeichnet!» Johanna verdrehte die Augen und schwieg. Nilli drängelte sie zum Weiterreden, aber sie blieb stur.

«Meine liebe, warum sind Sie heute so in ihre Gedanken versunken? Es steht Ihnen natürlich frei zur Wahl, ob Sie mir Ihre Gedanken offenbaren, aber ich wäre Ihnen wirklich sehr verbunden, wenn Sie sich mir öffnen würden. Schlussendlich bin ich laut Ihren Akten nicht Ihr Doktor, aber...» sprach eine beruhigende und dennoch klare Stimme. Johanna fuhr aus ihrer Diskussion mit Nilam und schaute erschrocken in die warmen und freundlichen Augen des jungen Mannes. «Akten? Was für Akten?» «Ach, ich habe hier ab und an die Freude, Akten studieren zu dürfen - Dossiers, die sorgfältig angelegt sind.» «Wie kann es sein, dass Sie Zugang zu diesen Daten haben?» Schatten tanzten auf seinem Gesicht: «Sagen wir: ich habe mir den Zugang erarbeitet.» «Zodiac! Sie sind ein Hacker!» rief sie empört. «Nehmen Sie noch einen Schluck Wein?» fragte er mit einer sehr angenehmen Herzlichkeit in der Stimme, um dann plötzlich messerscharf hinzuzufügen: «Und Sie, meine Liebe, sind eine Masochistin mit einer Persönlichkeitsstörung. Entschuldigen Sie! Genau

SOKRATES – der kafkASKe Roman

genommen: „mit Verdacht auf eine Persönlichkeitsstörung" - so hat es die Eule aktenkundig gemacht.» «Wer?» «Die Eule - so nennen ihn alle, das ist der Spitzname unseres ehrenwerten Doctor Parranoia. Aber die richtige und wichtige Frage - für Sie besonders wichtige Frage - lautet: Wann werden es meine Vorgesetzten erfahren - also: Ich meine natürlich Ihre Vorgesetzten. Ich selbst habe ja keine.» Er lachte. «Jedes menschliche Ego kann gebrochen werden. Jeder hat seine persönlichen Schwächen, die er versucht zu verstecken. Aber wissen Sie, auch wenn ich einst dachte, die Leichen lägen im Keller; nein, wir müssen das Sprichwort ändern: die Leichen liegen im See der Persönlichkeit und irgendwann werden sie hoch geschwemmt und treiben an den Strand. Stinkende, aufgequollene, angefressene Wasserleichen - etwas Ekelhafteres vermag man sich nicht vorzustellen.» «Sie sind ein Cyberkrimineller, Zodiac!» schrie Johanna, «Ich werde Sie verhaften!» Der Mann im Armanianzug mit der lockeren Krawatte um den Hals lächelte gütig und herzlich[12]: «Ein Freibeuter der Meere; ein Surfer in der Datenflut, Nilli. Und Sie haben an Ihrem Eike ganz schön zu knabbern, Liebste. Eines Tages werden Sie mich womöglich wirklich verhaften - etwa so, wie Sie den kleinen Singvogel verhaftet haben, nicht wahr? Aber heute - heute bin ich ihr Therapeut und Helfer, der das Gutachten der Eule über Sie für Ihre Vorgesetzten auf „unsichtbar" geschaltet hat. Aber Sie müssen es mir nicht danken, nein, das erwarte ich nicht.»

Sein diskretes Lächeln auf seinem ovalen, markanten und etwas schmalen Gesicht beruhigte Johanna etwas, die zuvor in

---

12 die 26. Folge des kafkASKen Fortsetzungsromans - dieses Mal wieder mit einem Beitrag von @MaskenmitMasken. Im Original nachzulesen: http://ask.fm/MaskenmitMasken/answer/114532868223 Hier die redigierte Fassung...

ersichtlicher Aufruhr gewesen war. Seine Augen ruhten ruhig und interessiert auf ihr und warteten mit kaum merkbarer Ungeduld auf eine Antwort. «Jedes Mal, jedes Mal spricht sie. Sie redet und redet und sie hört nie auf! Ich muss mit ihr immer absprechen, wann ich zu Bett gehe oder ob ich was esse. Ich fühle mich eingeschränkt. Eingeschränkt in meiner Lebensqualität. Sie nimmt mir die Zeit, die ich für mich brauche und Nilam bemerkt das nicht einmal, obwohl sie mich manchmal besser kennt als ich mich selbst.» «Nilam», wiederholte er den Namen ihrer Widersacherin und ihres Plagegeistes, «Nilam - was für ein schöner Name - sehr phantasievoll.» Er zog eine Augenbraue hoch und legte seine Stirn leicht in Falten, während er sich mit seiner rechten Hand durch das Haar fuhr. Dann machte er es sich auf seinem Sessel bequem und schaute eine Weile leicht abwesend die Topfpflanze im an. Sein Blick wanderte langsam von diesem Gewächs zu seinen gefalteten Händen und dann blickte er Johanna direkt in die Augen. Ganz sanft und im flüsternden Ton sprach er: «Sie und die werte Nilam sind dem Wahn verfallen. Sie sind wahnsinnig. Geben Sie sich ihm hin. Es ist eine Wohltat dies zu tun. Doch glaube ich auch, dass eine von Ihnen eine wahrhaftige Pragmatikerin ist, nicht wahr? Lassen Sie von der Pragmatik ab und verfallen Sie in das Paradoxon, zwei Personen in einem Menschen zu sein. Fänden Sie es nicht auch aufregend, Dinge in einer neuen Art der einsamen Zweisamkeit zu durchleben? Ich würde mich zudem freuen, Ihre werte Nilam näher kennenzulernen.» Sein Blick wanderte weiter zur Uhr an der Wand: «Es ist Zeit, meine Liebe, Sie sollten nun besser gehen. Ich fand es sehr amüsant, Sie bei Ihrer anwesenden Abwesenheit zu beobachten. Natürlich stehen meine Pforten jederzeit offen, falls Sie eine weitere Sprechstunde oder ein unbelegtes Zimmer brauchen.» Er stand aus dem

SOKRATES – der kafkASKe Roman

Schneidersitz vom Sessel auf und ging bedächtig zu Johanna. Sie gab ihm die Hand und nickte mit einem dezenten Lächeln, dann stand sie auf und wandte sich zur Tür.[13]

«Wer? Wie? Was? Wo?»

«Ha, ha, ha, ha...» Luisa lachte schallend über ihre Schwester, die gerade von der Arbeit gekommen und vollkommen durcheinander und geistesabwesend war. «Du bist die lustigste Schwester, die ich habe! Und die ich kenne.» Langsam schien sich Johanna in der Welt wieder zurecht zu finden: «Ja, ja», sagte sie, «Ich bin auch deine einzige Schwester.»

«Ja, und die süßeste der Welt, wenn du manchmal so verwirrt bist und völlig neben dir stehst. Wo warst du nur mit deinen Gedanken? Das würde ich gerne mal wissen. Hattest du einen schweren Tag? Einen schwierigen ungelösten Fall? Oder hast du andere Probleme?»

«Ich war in Gedanken im Irrenhaus bei einem jungen, hübschen Psychiater.» Wieder lachte Luisa laut. «Bei einem jungen hübschen Psychiater im Irrenhaus! Und hat er dir wenigstens die richtige Therapie verpasst?» Jetzt musste auch Johanna grinsen und sagte ganz verschmitzt: «Sei nicht so neugierig, Schwesterchen! Sonst wirst du noch ganz neidisch. Komm lass uns jetzt essen.» Beim Essen erzählte Luisa von Freunden und Reiseplänen, von Computerspielen und neuen Versionen, die sie unbedingt haben wolle. Auch eine Shoppingtour kam in Betracht. Das Gespräch fiel jedenfalls nicht mehr auf den Anruf der Mutter. Die Schatten der Vergangenheit wurden von Luisas Erzählungen überstrahlt.

---

13 Idee und Textvorlage: MaskenmitMasken

SOKRATES – der kafkASKe Roman

Indessen hatte in der Villa des Doctor Parranoia sich Schwester Maja des Neuankömmlings fürsorglichst angenommen. Sie hatte ihm ein Zimmer hergerichtet und brachte ihn die Treppen hoch in den ersten Stock, half ihm sich zu entkleiden und ins Bett zu gehen. Sie legte seine Bekleidung sorgfältig zusammen und verstaute sie im Schrank, strich ihm noch einmal über die Stirn, um ihn zu beruhigen und zugleich zu fühlen, ob er Fieber habe. Alles schien in Ordnung. So zog sie die Tür von außen leise zu und überließ ihn seinen Träumen.

«Sie sind so gütig zu mir, Schwester... wie war doch gleich ihr Name? Dieser Kerl aus dem Gesindehaus, wissen Sie... ach, verstehen Sie mich... Ich... Ich bin Ihnen so dankbar, meine Liebe. Bei Ihnen fühle ich mich richtig wohl, so, als wäre ich in der Südsee.»

Südsee? Wie kam er bloß auf Südsee? Er war doch noch bei Doc Parra... @DoctorParranoia beim Ergründer des Wahsinns, in seinem Willkommen im Irrenhaus; Nur echt mit dem doppelten „r". Ayleen, seine Freundin und Rechtsanwältin, nur echt mit dem doppelten „e", hatte ihm diese Einrichtung empfohlen und nun... schwamm er entkleidet und entspannt, so munter wie ein Fisch im Wasser in den türkisenen Fluten der Südsee. Er tauchte ein in das wohlige Gefühl, das ihm das Meer spendete und sah unter sich bunte Fischschwärme an Korallen. Oh, dieser Doctor, dachte er, nur echt mit dem doppelten „r" und meine süße Ayleen mit dem doppelten „e", ein Teufelskerl! Was hatte er nur für eine wunderbare Nachtschwester bei sich angestellt. Schwester Maja wusste ihm sofort zu helfen. Verhaftet? Er? Von einem Schlägerbullen, der ihm das Nasenbein gebrochen hatte, und von einer Polizistin, mit wunderschönen blauen Augen, die ihm sehr sympathisch war, obwohl sie etwas unterkühlt und zurückhaltend wirkte? Vielleicht konnte sie ihm ganz andere Organe brechen – zum Beispiel das Herz. Wie war ihr Name doch gleich? Ein bunter Barschschwarm flüchtete vor ihm, als er mit ein paar kräftigen Zügen auf die Korallen zu tauchte. Er konnte einen dunkelroten Seestern in ein paar Meter Entfernung leuchten sehen. Es fiel ihm alles so leicht, so schwerelos, so erfrischend. Er paddelte mit den Füßen, die Arme weit nach vorne gestreckt, als wollte er das Wasser damit zerteilen und machte dann wieder einen kräftigen Zug. Aus sieben Uhr näherte sich ihm, ohne dass er es zunächst bemerken konnte blitzschnell ein riesiger Schatten. Wie ein Torpedo, der ihn unweigerlich rammen und vernichten würde, kam er näher, während er in völliger Wohlfühlstimmung die Aussicht genoss und immer tiefer tauchte. Der Seestern, die bunte Fischwelt, die hin und her wiegenden Korallenarme lockten ihn magisch an. Ganz vergessen waren seine Schmerzen im Gesicht. Die gebrochene Nase existierte nicht mehr. Da hörte er eine sanfte Frauenstimme hinter sich: «Er ist tot, o weh! In dein Todesbett geh!» Er sah pfeilschnell einen Torpedo auf sich zurasen, panisch wollte er ausweichen, rings um ihn stiegen Luftbläschen. Das Geschoss verfehlte ihn um Haaresbreite; der Sog, den es erzeugte, wirbelte ihn herum. Verzweifelt versuchte er aufzutauchen, und wieder hörte er die sanfte Frauenstimme engelsgleich singen: «Er ist tot, o weh! In dein Todesbett geh!» War er etwa schon tot? Oder hatte sein Todeskampf begonnen? Hatte sein letztes Stündchen geschlagen, weil die Drachenschwester ihn vergiftet hatte?

Er richtete seinen Blick verzweifelt nach oben, konnte die Wasseroberfläche und den erlösenden Himmel darüber sehen, aber es war ihm unmöglich abzuschätzen, wie weit er noch tauchen musste. Eigentlich konnte es doch so weit nicht sein, aber seine Lunge ließ ihn im Stich, während er sich mit allen Kräften nach oben durch das Wasser abstieß. Der Torpedo wendete in einiger Entfernung, zielte wieder auf ihn und schoss heran, während er die Frauenstimme wieder singen hörte: «Er ist tot, o weh! In dein Todesbett geh!» «Ich bin nicht tot», schoss es ihm durch den Kopf, «ich bin auf gar keinen Fall tot!» Da aber berührte ihn schon der vermeintlich tödliche Schatten. Und nun erst erkannte er, dass er es nicht mit einem Torpedo, sondern mit einem Delphin zu tun hatte. Nichtsdestotrotz erschrak er, bemerkte aber dann, dass das Tier ihn zur Wasseroberfläche befördern wollte. Es bot ihm seine Rückenflosse an, woran er sich festhalten und in rasender Geschwindigkeit, dass ihm schwindlig wurde, an die Luft befördern lassen konnte. Endlich durchstießen sie die Wasseroberfläche; und der Delphin sagte mit derselben Stimme, die er zuvor schon vernommen hatte: «Ertrinken ist nicht schön.» Er hustete und konnte endlich tief einatmen. Er gierte nach Luft, wie er noch nie in seinem Leben nach Luft gegiert hatte. Nun hätte er gerne festen Boden unter den Füßen gehabt; er musste sich mit kleinen, sparsamen Schwimmbewegungen über Wasser halten, aber ihm fiel es nicht mehr gar so leicht, zu schwimmen. Der Delphin bemerkte es und stützte ihn; er konnte sich etwas entspannen. «Damit eines klar ist», sagte der Delphin, «ich bin nicht irgend ein Delphin. Ich bin ein ganz besonderer Delphin. Ich bin einzigartig. Haben wir uns verstanden?» Er lehnte erschöpft seinen Kopf an den feuchten Rumpf. «Das ist doch alles nicht wahr», sagte er. «Ein Traum, mehr nicht. Das ist doch alles irreal!»«„Fiktional" heißt das», herrschte ihn der Delphin mit der schönen Frauenstimme an. «Schwester Lapidaria?» «Quatsch! Ich

SOKRATES – der kafkASKe Roman

heiße Ophelia. Da ist Vergißmeinnicht, das ist zum Andenken; Und da ist Rosmarin, das ist für die Treue; Da ist Fenchel und Aglei; da ist Raute für Euch. Da ist Maßlieb - ich wollte Euch ein paar Veilchen geben, aber sie welkten alle, da mein Vater starb. - Sie sagen, er nahm ein gutes Ende.» Die Wellen wogten ihn sanft und die Sonne schien heiß auf seinen Kopf; er schloss die Augen und genoss die Schwerelosigkeit im Wasser; «was für ein Traum», sagte er sich und murmelte vor sich hin: «hätte es Vernunft, könnte es so nicht rühren». Und zum Delphin sagte er: «Er wurde im Dienste seines Herrn lauschend hinter dem Wandbehang durch einen Degenstich mitten ins Herz niedergestreckt. Ein übereifriger Spitzel starb. Es war ein kurzes End', ein schnelles.» «Halt die Fresse, du Hurensohn!» herrschte ihn der Delphin an, drehte sich um seine Längsachse und schleuderte ihn hoch und ins Wasser. Es schäumten Wasserbläschen um ihn herum.

Aber dieses Mal verlor er nicht die Kontrolle, sondern machte, zwei drei Züge unter Wasser und tauchte dann auf. Unter ihm war der Delphin schneller getaucht als er und streckte nun seine Schnauze direkt in sein Gesicht: «Sie sagen, er nahm ein gutes Ende. Ein solches gutes Ende nahm auch ich! Er aufgespießt von meinem Verlobten, der mir Liebesbriefe mit tausend Treueschwüren schrieb, und ich auch aufgespießt von ihm nur nicht mit seinem Degen am Gurt, sondern mit dem Dolch in der Hose. Ich bin tot. Und die feuchte Stille ist die Hölle. Wie sollte ich schmoren in dieser Hölle? Fischiger Moder. „Die schönste Wasserleiche", sagten sie. „Rosenduft und Rosmarin". Ja, ja, so ein Blödsinn! Todesmoschus, sage ich, unbefleckte Monatsbinden riechen so! Hackfleisch und Wasser und eine Gärzeit von Monden, in der ich an Hamlet dachte und dachte wie mir geheißen: Ich bin ein dummes Ding! Aber dann plötzlich: „Wer steht dort so still und steif zwischen den Wassern?"» Er ging in die Rückenlage und trieb entspannt auf dem Wasser. Sie schwamm neben ihm halb auf der Seite. «Wie? „steif und still zwischen den Wassern"? Das verstehe ich nicht.» «Ach, das ist poetisch einfach so daher gesagt. Jedenfalls erschien mir dieser Typ.» «Zodiac?» fragte er nun doch ganz aufgeregt, ohne eigentlich zu wissen, wie er nun ausgerechnet auf Zodiac kam, den er vor der Villa des Doctor Parranoia getroffen hatte. Aber diese Villa war nun in weite Ferne gerückt; nun schwamm er irgendwo in der Südsee und neben ihm ein Delphinweibchen namens Ophelia, unter ihm wunderschöne Korallen und Fischschwärme. Seltsam nur, dass dieses Delphinweibchen sprechen konnte und tatsächlich vom Schicksal der Ophelia wusste, sofern in diesem Zusammenhang das Wort „tatsächlich" überhaupt angebracht war; denn schließlich und endlich handelte es sich doch um eine Dramenfigur, die in einem Delphin ihre Reinkarnation erlebte. Plötzlich stupste der Delphin ihn mit der Nase in die Seite und fragte empört: «Hey, hörst du mir überhaupt zu?» «Ja, ja doch! Der Typ, der dir erschien „zwischen den Wassern" wie du so schön sagst, hieß nicht Zodiac, sondern Hermes», wiederholte er automatisch. «Genau, aber das hat er mir zuerst gar nicht gesagt. Wir quatschten ein wenig hin und her. Und ich klagte ihm mein Leid. Ich wurde verarscht, verstehst du? Hamlet hat mich total verarscht!» «Was? Es war Hermes, der dir erschien!» rief die Nachtigall plötzlich. Der Delphin machte einen Satz und richtete sich empört auf seiner Schwanzflosse auf, kicherte aufgeregt und sagte: «Du bist etwas blöde, oder was? Begreifst du nicht, was ich dir erzähle? So schwer ist das doch nicht zu verstehen!» Sie machte so eine Welle, dass sein Kopf ein-, zweimal überspült wurde. Er ging wieder in die

SOKRATES – der kafkASKe Roman

Brustschwimmposition. «Ja, das denkst du? Aber die Geschichte ist wirklich reichlich komisch. Ich will jetzt an Land! Ich habe die Schnauze voll!»

Gott wird sich eines Tages bei dir melden!

OH, der Papst hat sich bei mir anonym gemeldet, aber auch nur weil er kein Ask-Profil hat. Vielen Dank, Hochwürden. Sie sind der einzige Stellvertreter Gottes auf Erden. Bis es soweit ist, vertreibe ich mir die Zeit mit SOKRATES, dem kafkasken Roman, dessen 32. Folge fällig ist und von dem ich mir vorgenommen habe 365 Folgen zu schreiben. Mal sehen, vielleicht schaffe ich ja schon 50 Folgen bis zur Veröffentlichung meines Buches «1001 Antwort - Mein Jahr auf ask.fm als Klugdiarrhoe». In der Geschichte kommt auch ein Gott vor; allerdings ein altgriechischer, als es bei den Griechen der Götter noch viele gab. Mögen Eure Eminenz mich jetzt entschuldigen.

Hier ist die Folge 32 von SOKRATES, dem kafkasken Fortsetzungsroman:

Sie sprang gute zwei Meter mit einem einzigen Satz aus dem Wasser, dass ihm vor Schreck, sie könnte auf ihn fallen, die Luft weg blieb. Sie aber ließ sich knapp neben ihm wieder auf die Wasseroberfläche klatschen. Die dadurch verursachte Welle hob ihn an und senkte ihn wieder, er tauchte kurz wirbelnd unter. «Er will an Land! Mehr fällt ihm dazu nicht ein! Hier ist aber kein Land. Schau dich doch mal um! Weit und breit nur Meer. Oder siehst du außer Wasser und Himmel noch etwas?» Er sah sich um. Tatsächlich es war weit und breit außer Wasser nichts zu sehen. «Wenn du wolltest, könntest du mich aber an einen Strand bringen, nicht wahr?» fragte er. Ophelias delphinarische

SOKRATES – der kafkASKe Roman

Reinkarnation kicherte nervös und richtete sich wieder auf ihrer Schwanzflosse auf. Dieses Viech kann mich vernichten, wenn es will, ging es ihm durch den Kopf, ahnungslos, dass Ophelia auch seine Gedanken lesen konnte und nun wütend sich auf ihn nieder warf. Geistesgegenwärtig und schnell in der Reaktion schaffte er es um Haaresbreite, ihr auszuweichen. Er spürte ihr Aufklatschen auf der Wasseroberfläche und die heftige spritzende Welle, die ihn wieder kurz untergehen ließ. Er kämpfte sich an die Luft und brachte zwischen zwei Hustenanfällen mühsam hervor: «Ist ja schon gut! Beruhige dich wieder! Und erzähl deine Geschichte! Ich werde dir aufmerksam zuhören.» «Hamlet hatte mir Liebesbriefe geschrieben, schöne Worte gemacht:

„Zweifle an der Sonne Klarheit,

Zweifle an der Sterne Licht,

Zweifl', ob lügen kann die Wahrheit,

Nur an meiner Liebe nicht."»

«Schönes Gedicht», sagte er und versuchte, so gut es ging, gerührt zu klingen, denn im Grunde hielt er es für kitschig. «So ein Scheiß!» schimpfte das Delphinweibchen, «hat überhaupt nichts zu bedeuten – leeres Gefasel, und du weißt das ganz genau! Ich hätte es mir eigentlich denken können und wissen müssen, dass einer, der nicht einmal im Gedicht die Form wahren kann, in der Liebe erst recht nicht durchhält.»

«Im Gedicht nicht die Form wahren? Das verstehe ich nicht.»

«Ja, er schrieb mir nämlich auch: „O liebe Ophelia, es gelingt mir schlecht mit dem Silbenmaße; ich besitze die Kunst nicht, meine

SOKRATES – der kafkASKe Roman

Seufzer zu messen, aber dass ich Dich bestens liebe, o Allerbeste, das glaube mir." Einen Scheiß hätte ich ihm glauben sollen!»

«Aber mal ehrlich, auch auf die Gefahr hin, dass du jetzt gleich wieder ausflippst: Hamlet fühlte sich von dir betrogen. Versetz dich mal in seine Lage: er sieht seinen vor zwei Monaten verstorbenen Vater auf der Schlossterrasse umher spuken; dieses Spukgespenst sagt ihm, seine Mutter habe seinen mörderischen Bruder geehelicht, nachdem dieser ihn im Garten vergiftet habe. Er sei an keinem Schlangenbiss gestorben, wie es offiziell hieß, sondern ein Opfer seines eigenen Bruders geworden, der dann Thron und Königin an sich gerissen habe. Hamlet fand es ohnehin schockierend, dass seine Mutter, kurz nach dem Tod seines Vaters wieder heiratete und zwar dessen Bruder. Und nun sagt ihm ein Gespenst, dieser sei auch der Mörder seines Vaters. Und diesem Mörder händigst du Hamlets Liebesbriefe aus. Für Hamlet stand fest, dass Frauen überhaupt nur Verräterinnen sein können.»

«„O Ophelia, es gelingt mir schlecht mit dem Silbenmaße" - überhaupt gelang es ihm schlecht mit der Liebe. Er hätte mit mir über seine Probleme und erst recht über das Erscheinen des Gespenstes reden müssen. Stattdessen macht er einen auf Verschwörer und geheimen Ermittler in der Tarnung eines Irren. Und ich...»

«Du warst schwanger, stimmt's?»

«Halt die Fresse, du Hurensohn! Ich, ich war einfach nur naiv.» Er schwieg und fragte sich, wie lange er es im Wasser durchhalten konnte, ohne zu ermüden. Auch wenn er sich nicht viel bewegte, es kostete doch Kraft, sich über Wasser zu halten. Und auch in der Südsee konnte man abkühlen. Ophelia sagte auch nichts mehr und schien, ihren Gedanken nachzuhängen. Das kann so nicht lange gut gehen, dachte er sich: «Wie komme ich nur aus dem Wasser? Wenn es ein Traum ist, müsste ich erwachen? Aber wie mache ich das jetzt?» Und da keimte in ihm eine weitaus schrecklichere Frage auf: «Was, wenn das nicht nur ein Traum ist? Kein einfacher Traum, sondern der eines Todeskampfes, der in dieser Bewusstseinslage entschieden wird? Und was, wenn von meiner Entscheidung hier und jetzt mein Leben abhängt? Schließlich rede ich hier in einer völlig verrückten Situation mit einem Delphin, der die wiedergeborene Ophelia sein soll und auch noch sich an jedes Detail ihres vorigen Lebens erinnern kann. Bin ich vielleicht doch schon im Totenreich? Werde ich nun ewig in diesen Gewässern schwimmen müssen? Werde ich womöglich auch noch zu einem Delphin?» Und da kam ihm noch eine weitere Frage, die nicht ganz ohne Brisanz war: «Wo ist Hamlet? Wo sind Claudius und Gertrude? Wo ist dieses verdammte mörderische Paar? Sind sie vielleicht auch Delphine geworden? Oder womöglich Haie?»

Nach «der alte Mann und das Meer» wird diese Geschichte unter dem Titel «Der Delphin und die Nachtigall» wahrscheinlich weltberühmt und verfilmt. Zur Zeit läuft sie aber unter dem Titel SOKRATES und hier ist die 33. Folge...
Uri Bülbül

«Hey, entspann dich!» unterbrach Ophelia seine Gedanken, die sich zu einer Panikattacke zu steigern drohten. «Du wirst schon nicht sterben. Dieser Bulle hat dir nur die Nase gebrochen. Mehr nicht. Und Maja hat dir nur ein Schlafmittel verabreicht, damit du dich entspannen kannst. Warum sollte sie dich vergiften wollen?» «Was weiß ich?» erwiderte er, «Warum sollte man mich verhaften wollen? Und doch ist es geschehen. Bis ich begreife, warum etwas geschieht, bin ich womöglich längst über den Jordan.» Das ließ Ophelia munter kichern: «Dann weißt du mal, wie es mir erging!»

«Ja, wie erging es dir denn nun? Wie bist du ein Delphin geworden?»

«Da war plötzlich dieser Typ mit seinem „zwischen Wand und Tapete, Liebes!" Ich weiß überhaupt nicht, was er mir damit sagen wollte. Zwischen Wand und Tapete passt nicht viel. Vielleicht war es eine Redewendung, wie wenn man sagt „da kann einer nicht von zwölf bis Mittag denken" oder so.»

«Dein Vater hatte sich hinter dem Wandbehang versteckt», klärte er sie auf.

Ophelia tat erstaunt: «Ach ja? Woher willst du das denn so genau wissen?»

«Ich habe es gelesen.»

«Gelesen? Du bist ein richtiger Klugscheißer! Ich jedenfalls wusste, dass ich tot war. Aber der Mann redete mit mir. Er war zwar nicht sehr gesprächig, aber er redete mit mir. Ich war tot und wollte es begreifen. Aber konnte es nicht. Eigentlich müsse er mich bei einem Fährmann abliefern, sagte er. Und dieser bringe mich dann über den Fluss ins Totenreich. Aber der Fluss hieß nicht „Jordan".»

«Nein, bei den alten Griechen ist das die „Styx" und der Fährmann Charon rudert die Toten über den Fluss ins Totenreich des Hades.»

«Vielleicht ersaufe ich dich doch», brummte Ophelia, «Woher

kennst du all diesen Schrott? Ich weiß, ich weiß, du hast es „gelesen". Huh!» „Was ist dort?" wollte ich von ihm wissen. Er aber antwortete nur: „Nichts." Ich hatte keine Lust, weiter zu fragen. Ich würde es ja sowieso bald erfahren. Aber irgendwie tat ich dem Mann Leid. Er wollte es natürlich nicht zugeben. Er sagte, es sei ein Experiment. Aber was soll das für ein Experiment sein? Und was kann man daraus lernen? Ich sah kurz in die Dunkelheit. So eine Finsternis hatte ich noch nie zuvor gesehen. Alles war so schwarz, dass es mich dort hinein zog. Nur kurz habe ich in diese Finsternis gesehen. Und plötzlich war ich ein Delphin.»

«Ja, plötzlich war Ophelia ein Delphin. Und jenseits von Zeit und Raum begegnen wir uns in der Südsee, und sie erzählt mir von ihrem Schicksal», ging es ihm durch den Kopf. Und Ophelia sagte: «Ja, warum auch nicht? Immerhin habe ich etwas zu erzählen. Ich bin eine tragische Figur mit einem verdammt tragischen Schicksal. Und du? Was bist du? Ein Langweiler mit einer gebrochenen Nase.» Er schwamm ein paar Züge weg vom Delphin und streckte seinen Kopf, so weit es nur ging, aus dem Wasser, um sich umzuschauen. Aber wohin er auch sah. Es war kein Land in Sicht. Er sprach sich selbst Mut zu. Es würde schon einen Ausweg aus dieser Situation geben.

Er durfte nur nicht ertrinken. Allerdings war er allem Anschein nach auf Ophelias Hilfe angewiesen. Sie schwamm wieder neben ihm: «Meinst du, du bist auf meine Hilfe angewiesen? Meinst du, ich könnte dich an Land bringen? Ich kenne eine Vulkaninsel. Sie ist groß und der Vulkan in ihrer Mitte ist aktiv. Aber rund um den Berg mit dem Krater ist ein schöner tropischer Urwald, worin auch ein herrlicher See mit einem Wasserfall ist. Du könntest dich dort wie im Paradies fühlen.»

SOKRATES – der kafkASKe Roman

«Hmmm, wie Robinson Crusoe – nur ohne Freitag oder wie Tarzan ohne Jane.» Mit einem Satz schoss Ophelia pfeilschnell durch das Wasser weg von ihm. Und in etwa hundert Meter Entfernung sprang sie einige Meter hoch aus dem Wasser, wirbelte um sich herum und ließ sich krachend wieder ins Meer fallen und wiederholte ihre Sprünge mehrere Male. Er war froh, dass sie es nicht in seiner Nähe tat. Durch das Spritzwasser und die Wellen wäre er bestimmt wieder in die Bredouille geraten. «Was habe ich nur wieder falsch gemacht?» fragte er sich. «Verträgt sie überhaupt keine Ironie? Woher weiß sie überhaupt, wie es auf der Insel aussieht? Vielleicht ist sie einfach eine notorische Lügnerin. Vielleicht hat Hamlet recht. Vielleicht kann man Weibern niemals trauen. Gertrude, diese Schlampe, war womöglich eine Mitwisserin des Mordes an ihrem Ehemann und versteckte sich nur hinter ihrer dämlichen Naivität. Und Ophelia hatte nichts weiter in ihrem Ziegenhirn, als sich brav an alle gesellschaftlichen Normen zu halten und sittsam und brav zu sein. Weiber haben so etwas Konformistisches. Schnell glauben sie an die Gültigkeit irgendwelcher Regeln. Und schnell lassen sie einen Mann fallen, wenn er sie beim Nestbau nach diesen Regeln nicht unterstützt.» Gallige Gedanken stiegen in ihm auf, und er wurde sogar ein bißchen wütend. Ophelia aber schien vergnügt; schwamm und sprang umher, tauchte tief unter ihm durch und schoss irgendwo wieder in die Höhe, ließ sich ins Wasser fallen und erfreute sich an diesem Spiel. Er schwamm in ruhigen Zügen, weil er nicht abkühlen wollte. Auch in diesem Wasser mit einer angenehmen Temperatur um etwa 20°C konnte man nicht ewig schwimmen, ohne abzukühlen.

Etwa zehn bis 15 Meter unter ihm in der Tiefe, kam ein weiterer

SOKRATES – der kafkASKe Roman

Schatten Torpedo gleich auf ihn zu, rammte ihn aber nicht mit der Spitze, sondern schlug ihm mit der Schwanzflosse ins Gesicht, dass ihm schwarz vor Augen wurde. Er wollte, da seine Nase getroffen wurde, vor Schmerz aufschreien; aber er schluckte eine Menge Salzwasser, das ihm im Hals brannte und seinen Magen in Aufruhr versetzte. Er keuchte, hustete und würgte. Während eine weibliche Stimme aus der Ferne, irgendetwas Beruhigendes zu sagen schien, rief Ophelia empört: «Basti, was machst du denn da? Willst du ihn umbringen?

«Iiiiii», schrie das Jungtier, eindeutig ein Baby-Delphin, kaum aus dem Säuglingsalter heraus, «jetzt blutet er! Das ist ja eklig. Gleich werden die Haie kommen. Wieso blutet er so schnell?» Es blieb ihm nicht viel Zeit, sich darüber zu wundern, dass dieser kleine rosane Delphin mit einem etwas unförmig breiten Maul auch sprechen konnte. Die Information, die er würgend und keuchend aufgeschnappt hatte, versetzte ihn in große Angst. Er sah nun selbst mit eigenen Augen, dass das Wasser um ihn sich blutrot färbte. Und in der Tat brauchte man nicht viel Verstand, um zu begreifen, dass dieses Blut Haie anziehen würde. Sein Magen war noch immer durch das Salzwasser, das er geschluckt hatte, in Aufruhr; ein paar Tropfen waren auch in seine Luftröhre gekommen. Er bekam weder den Würgereiz noch den Hustenanfall in den Griff. Da spürte er, wie Ophelia ihn sanft von unten stütze und trug. «Keine Sorge», sagte sie sanft. Ich bringe dich in Sicherheit. «Du musst Basti entschuldigen...» Der Baby-Delphin unterbrach sie sofort schroff: «Warum entschuldigen? Ich bin kein Babydelphin „kaum aus dem Säuglingsalter heraus". Ich bin nur ein wenig klein für mein Alter – das ist alles!» «Basti, lass ihn in Ruhe! Er kann nichts dafür.» Sie trug ihn so, dass er sich

SOKRATES – der kafkASKe Roman

tatsächlich ein bißchen beruhigen konnte. Ihm war noch übel, und die Nase schmerzte, aber der Hustenreiz verging. Er konnte wieder ruhig atmen. Was er nicht recht begreifen konnte, war, dass er an seiner Stirn beruhigend und sehr zärtlich gestreichelt wurde. «Wie macht sie das nur?» fragte er sich. Ophelia hatte doch als Delphin keine Hände. Aber er hätte schwören können, dass ihn eine sehr zärtliche Frauenhand streichelte, ohne dass er sie sehen konnte. Eine unsichtbare wunderbare Frauenhand. Er entspannte sich völlig. «Mach dich bloß nicht so schwer, sonst scheuer ich dir gleich noch eine!» sagte Basti biestig. «Du musst nicht eifersüchtig sein», entgegnete Ophelia ihrem Sohn. Und dem hilflosen Menschen sagte sie: «Ja, du hast recht. Ich war schwanger, als ich wegen Hamlet damals in den Teich ging und ertrank. Ich war so unglücklich. Ich wusste einfach nicht mehr weiter. Und als mich Hermes rettete und mir eine zweite Chance als Delphin gab, wurde natürlich auch unser kleiner Sohn gerettet. Ich brachte ihn hier im Meer zur Welt.» «Ich kann auch im Süßwasser leben!» schrie Basti dazwischen. «Ich kann auch in den Fluss auf der Insel der Seligkeit, wohin sie dich bringen will, wenn dich die Haie nicht zuvor fressen!» «Mach ihm keine Angst, Basti. Es ist gut jetzt», wies Ophelia ihren Sohn zurecht. Und sprach wieder im sanften Ton zu Uri Nachtigall: «Basti hasst mich, weil wir Delphine sind, und er wäre viel lieber eine Bananengans, sagt er. Aber was soll denn bitte schön eine Bananengans sein?» «Eine Bananengans ist ein fabelhaftes Tier. Sie lebt auf der Insel. Aber da darfst du ja nicht sein! Du hast einfach keine Ahnung, Mama! Und dieses blutende Haifutter da wird auch nie eine Bananengans sehen, weil es niemals auf der Insel ankommen wird.» Uri Nachtigall tauchte den Kopf ins Wasser und versuchte sich, in ein paar Zügen von den Delphinen zu entfernen. «Du Blödmann, es gibt kein

SOKRATES – der kafkASKe Roman

Entkommen» schnatterte das rosa Delphin-Kind und schlug wieder mit seiner Schwanzflosse nach ihm. Der Schlag traf ihn wie eine Ohrfeige. Er hörte über der Wasseroberfläche Stimmen, die er niemandem zuordnen konnte. Basti lästerte und verhöhnte ihn: «Das sind die Engelein, die du hörst, du unbeholfenes Ding! Wärst du jetzt ein Delphin, hättest du keine Probleme.» Uri Nachtigall tauchte wieder auf. Er wurde immer kurzatmiger und schwächer. «Ophelia, bitte bring mich zu dieser Insel der Seligen. Dort könnt ihr mich ja auch allein lassen. Ich werde euch bestimmt nicht auf die Nerven gehen», rief er verzweifelt.

«Du bist so ekelhaft! Du bist ein ekelhaftes Wesen!» antwortete der rosa Delphin. «Ich bringe dich niemals auf die Insel der Seligen. Du gehörst da einfach nicht hin. Genauso wenig wie meine Mutter.» Ängstlich sah sich Uri Nachtigall um, ob nicht irgendwo schon Haiflossen auftauchten. Und wieder begann er zu bitten und zu betteln, dass es schier erbärmlich wurde. «Bitte, ihr könnt mich doch nicht hier den Haien überlassen. Ihr könnt doch nicht zulassen, dass ich aufgefressen werde!» «Du bist so ekelhaft! Du bist ein ekelhaftes Wesen!» wiederholte Basti wieder. Panisch entschied sich Uri Nachtigall für eine Richtung und begann einfach zu schwimmen. Er wollte weiter kommen; er wollte nicht auf der Stelle bleiben. Für irgend eine Himmelsrichtung musste er sich entscheiden. Das schien ihm in dieser ausweglosen Situation noch das Vernünftigste zu sein. «Basti, lass ihn jetzt in Ruhe!» ermahnte Ophelia den Kleinen. Uri wollte nicht mehr hinhören, ihm war das egal, was Mutter und Sohn untereinander auszumachen hatten. Er hatte nun für sich eine Richtung bestimmt und in diese würde er schwimmen, bis er gerettet würde. Keine Fragen! Keine Zweifel! Schöne ruhige Züge,

SOKRATES – der kafkASKe Roman

so dass er so lange wie möglich aushielt und so weit wie möglich voran kam. Wieder hörte er wie aus dem Himmel Stimmen. Es war nicht Ophelia und es war nicht Basti. Es waren andere Stimmen, wovon eine aber ihm durchaus bekannt vorkam. «Er verlässt uns einfach. Siehst du, was du angerichtet hast?» fragte Ophelia ihren widerspenstigen Sohn. «Er wird nicht weit kommen. Außerdem weiß er gar nicht, ob er in die richtige Richtung schwimmt. Wie kann das einer aushalten, wenn er nicht weiß, ob er jemals ankommen wird? Er wird bald schlapp machen und ertrinken, wenn ihn nicht zuvor die Haie holen», spekulierte gehässig der kleine Delphin. «Schade», antwortete Ophelia, «ich konnte mich gut mit ihm unterhalten. Vielleicht werde ich ihn vermissen. Und du bist nur eifersüchtig auf ihn.» Ja, Uri war sich jetzt ganz sicher, dass es das einzig Richtige war, unaufhaltsam und unaufhörlich weiter zu schwimmen. Er würde auf jeden Fall gerettet werden, das spürte er, ganz gleich, ob er die Insel der Seligen erreichte oder nicht. Er konnte auch von einem Schiff gefunden werden. Er spürte einen kalten Lappen auf dem Gesicht und eine zärtliche Hand, die seine Stirn streichelte. Wieder hörte er Stimmen aus der himmlischen Ferne der Wolken und hatte nicht mehr das Gefühl zu schwimmen. Das Meer war verschwunden. Er lag in einem Bett und öffnete die Augen.

Der Schreck bei dem, was er sah, war groß.

Er blickte in die Mandelaugen der Schwester Lapidaria, die ihn verächtlich und kalt ansahen. Er wunderte sich, Bastis Stimme im Zimmer zu hören. Offenbar waren noch andere Personen im Raum: «Er kommt zu sich. Er ist wieder bei Bewusstsein.» «Basti? Bist du das? Der rosa Delphin?» «Ich bin kein rosa Delphin. Ich bin ein Junge.» Es gab Gelächter im Zimmer, das sofort erstickte,

SOKRATES – der kafkASKe Roman

als Maja einmal in die Runde blickte. «Wir gehen jetzt besser», sagte jemand, «komm Basti. Der Neue braucht Ruhe.» Beunruhigt von dieser Aussage versuchte sich Uri Nachtigall aufzurichten. Aber die Schwester drückte ihn sanft und bestimmt in sein Kissen zurück. «Bleib liegen, kleiner Vogel. Du brauchst noch viel Ruhe. Ich habe dir eine Spritze gegeben.» Es wurde dunkel um ihn, und er konnte nicht mehr mit Gewissheit sagen, ob er noch etwas erwidert hatte, oder einfach ins traumlose Dunkel fiel.

Luisa und Johanna saßen gemeinsam beim Abendessen und Johanna kam wieder auf das Thema, das ihr wie ein Stachel im Fleisch saß: «Was wollte sie denn nun?» Luisa war in Gedanken bei ganz anderen Dingen: «Was? Wer?» «Na, die Mutter! Warum hat sie angerufen?» Luisa wollte gar nicht erinnert werden. Alles lag so weit zurück, dass es schon nicht mehr wahr sein konnte – höchstens ein vergessener Traum, ein Albtraum! «Sie wollte mit dir reden. Aber ich habe gesagt, du bist nicht da.» «Und du? Hast du gar nichts mit ihr weiter gesprochen?» «Nein, ich hatte keine Lust. Was sollte ich denn mit ihr sprechen?» So kam das Thema vom Tisch. Johanna betrachtete immer wieder ihre kleine Schwester, die unbeschwert von allen möglichen Dingen der Welt, von Mitschülerinnen und von Youtube-Videos erzählte und einfach keinen Gedanken mehr an ihre Mutter verschwendete. Johanna freute sich still in sich hinein, denn das stärkste Gefühl in ihr war: «da habe ich endlich mal etwas zweifellos richtig gemacht; meiner Schwester geht es gut». Nach dem Essen räumten sie gut gelaunt den Tisch ab, bereiteten sich einen „bunten Teller", wie sie es nannten, vor, der aus Orangen, Äpfeln, Möhren, Gurkenscheiben, Melonen, Gummibärchen, Schokolade bestand und legten sich einen Film ins DVD-Gerät, der sofort schon sehr blutig anfing, aber auch sehr gute und witzig-spritzige Dialoge enthielt. Und als sich der Plot allmählich vor ihren Augen entfaltete und sie immer wieder überraschte, waren sie einerseits von dem Film sehr gefesselt, andererseits aber auch in Unterhaltungs- und Gesprächslaune. Am Ende des Films schrie Luisa fröhlich «Ha, ha, Rache ist Blutwurst». Johanna musterte unbemerkt ihre Schwester und fragte: «Gelüstet es dich auch manchmal nach Rache?» Luisa machte sich nicht einmal den leisesten Hauch von Mühe, um einen Hintergedanken hinter Johannas Frage zu vermuten. «Nach Rache? Warum das denn? Von mir aus könnten irgendwelche Gangster sofort unsere Eltern über den Haufen schießen. Meinen Segen dazu haben sie.»

Sie sprang vom Sofa, schnappte sich den abgegrasten Naschteller und die leere Cola-Flasche und fragte Johanna, ob sie noch etwas aus der Küche haben wolle. «Ja, bringst du mir noch eine Banane mit?» Die Banane flog wenige Augenblicke später elegant durch die Luft und wurde von Johanna geschickt mit der Linken aufgefangen. «Na Schwesterchen, willst du schon ins Bett?» kicherte Luisa. Kurz verstand Johanna sie nicht, doch dann empörte sie sich künstlich: «Hey, sei nicht so frech! Die Jugend heutzutage! Apropos Bett. Kannst du überhaupt noch schlafen, wenn du so viel Cola trinkst? Oder willst du heute Nacht gar nicht schlafen?» «Ich zocke gleich noch ein, zwei Stündchen. Morgen fallen bei uns die ersten beiden Stunden aus. Dann habe ich Sport und danach ist diese Exkursion, von der ich dir erzählt habe: „Besichtigung eines freien Theaters und Gespräch mit den Theatermachern".» «Klingt nicht uninteressant.» Luisa wog mit gespitzten Lippen den Kopf hin und her. «Eine gesunde Skepsis gegenüber dem, was der Deutschunterricht zu bieten hat, sollte man nie ablegen, Schwesterchen, sonst landet man bei der Polizei», neckte Luisa die „Frau Kommissarin". Dafür flog die Banenschale durch die Luft und landete zielgenau auf Luisas Kopf. «Räum das auf! Ich bin für Ordnung. Und hab eine gute Nacht. Ich gehe jetzt schlafen. Ich fand den Film übrigens sehr spannend, aber so ganz habe ich ihn nicht verstanden. Ich glaube, ich werde ihn mir noch einmal ansehen – demnächst in diesem Kino.» «Ja, dann erkläre ich dir alles. Schlaf gut, große Schwester», rief Luisa aus der Küche und klapperte mit dem Deckel des Mülleimers.

Als Luisa am nächsten morgen völlig erschrocken darüber, wie lange sie geschlafen hatte, aufwachte, hörte sie noch so eben, wie ihre Schwester leise die Wohnungstür von außen zu zog und das Haus verließ. «Oh Shit, ich bin zu spät!» durchzuckte es sie, während sie ins Bad stürzte. Nun musste alles sehr schnell gehen. Aber eine kleine Dusche gönnte sie sich trotzdem noch. Und dann spürte sie zu allem Überfluss auch noch ein Ziehen am Unterleib und dachte «auch das noch!» Die Menstruation, die sich ankündigte, hob nicht gerade ihre Laune. Aber so viel Zeit hatte sie nun auch nicht, um sich um ihre Wehwehchen zu kümmern. Aber dann hielt sie plötzlich inne. «Wollen wir mal nicht übertreiben mit der Eile, Luiselchen», sagte sie zu sich selbst. Schließlich waren Frauenbeschwerden im Anmarsch. Da konnte sie es ja wohl mit dem Sportunterricht etwas gemächlicher angehen bzw. diesen Teil des Tages einfach mal vom Kalender streichen. Luisa frühstückte erst einmal gemütlich, sah etwas fern, machte sich mit einer ausgiebigen Morgentoilette ausgeh fertig und dann auf den Weg zum Hauptbahnhof, wo sie sich mit ihrem Deutschkurs treffen sollte, um gemeinsam in dieses eine freie Theater zu gehen, dessen Namen sie sich nicht gemerkt hatte.

SOKRATES – der kafkASKe Roman

Wer sich auf die Suche nach Vermissten begibt und dann auch noch wirklich seltsame Menschen vermisst, kann böse Dinge erleben - vielleicht die letzten Dinge im Leben ;) Die 39. Folge von SOKRATES kommt dieses Mal sofort nach der letzten. Ich bin ganz aufgeregt und möchte endlich Tote sehen. Uri Bülbül

Der Deutschkurs bestand aus einem Dutzend Schülerinnen und Schülern, es gab doppelt so viel Mädchen wie Jungs – also eine kleine Rechenaufgabe für Schlaumeier. «Inspired by many true stories» Linkin Park «Castle of Glass» auf den Ohren und das Video auf dem Smartphone erreichte sie den Hauptbahnhof. «All great things are simple, and many can be expressed in single words: freedom, justice, honor, duty, mercy, hope. (Winston Churchill)» Ihre Mitmenschen und Umwelt nahm sie nicht wahr; außer wenn sich ihr jemand als Hindernis in den Weg stellte; ansonsten waren diese Figuren vollkommen uninteressant für sie. Sie war nicht die letzte aus ihrem Kurs, die am Treffpunkt eintraf. Freundlich begrüßten sie ihre Mitschüler und verwickelten sie in Gespräche, witzelten und drückten teilweise auch ihren Unwillen darüber aus, dass sie an dieser Exkursion teilnehmen mussten, die eigentlich diesen hochgestochenen Namen gar nicht verdiente. Sie fuhren dafür nicht einmal in eine andere Stadt.

Als Frau Rosenberg-Kübel, eine Mittdreißigerin, einige Bemerkungen ihrer Schülerinnen und Schüler diesbezüglich aufschnappte, trat sie näher und mischte sich sehr lehrerinnenhaft in das Gespräch ein: «Wozu in die Ferne schweifen, denn das Gute liegt so nah?» sagte sie. Luisa konnte ihre Deutschlehrerin nicht ausstehen. Und diese Abneigung beruhte auf Gegenseitigkeit. Sie korrigierte die alternde Besserwisserin sofort:

SOKRATES – der kafkASKe Roman

«„Warum in die Ferne schweifen, wenn das Gute liegt so nah?" heißt das. Das Fragewort „wozu" ist teleologisch, fragt nach dem Sinn, der durch das Ziel gegeben wird, das Fragewort „warum" kann beides bedeuten, sucht aber zunächst den Sinn im Grund, in der Ursache einer Gegebenheit.» Die Lehrerin war kurz irritiert, rechnete aber irgendwie grundsätzlich mit Angriffen und Attacken von Klugscheißerei ihrer Schüler; allerdings war sie nicht immer – eigentlich, genau genommen, selten zu einer inhaltlichen Auseinandersetzung fähig. «Luisa Metzger, wenn Sie es nur einmal mit Ihren Hausaufgaben so handhaben würden, eine schöne Goldwaage für Ihre zu erledigenden Aufgaben und die Schlampereien darin – das wäre doch mal etwas für Sie!» Dabei hätte man doch sagen können, dass in diesem Fall das Fragewort „wozu" und „warum" nun tatsächlich synonym waren. Denn es wurde nach dem in der Zukunft liegenden Motiv für das Indieferneschweifen gefragt. Aber so viel Hirn besaß die Alte in Luisas Augen nicht. Zwei ihrer Freundinnen und Luisa hielten sich etwas distanziert zu Frau Sophie Rosenberg-Kübel auf, als die Exkursion nun endlich ihren Lauf nahm.

Ich weiß wirklich nicht, ob ich Frau Sophie Rosenberg-Kübel, Luisas Deutschlehrerin, zu einer der wichtigeren Figuren in SOKRATES machen will. Erst einmal kümmere ich mich um die junge Rechtsanwältin Ayleen, die sich um die kleine Nachtigall sorgt. SOKRATES - Der kafkASKe Fortsetzungsroman Folge 40: Uri Bülbül

Sie fuhren mit der U-Bahn drei Stationen vom Hauptbahnhof in eine mittlerweile alternde und vor etwa zwei Jahrzehnten sehr angesagte Gegend der Stadt. Hier befand sich nicht nur ein riesen großes Geschäfts- und Multifunktionshaus mit dem besagten

SOKRATES – der kafkASKe Roman

Theater im Kellergeschoss, sondern auch viele Geschäfte und Restaurants, die ihre beste und modischste Zeit schon hinter sich hatten und nun mehr eher ein Abbild einer schönen Flaniermeile darstellten als einen Ort, an dem man gerne sah und gesehen wurde. Und dennoch gab es wie zum Trotz gegen über dem gigantischen 36 Hausnummern umfassenden Multifunktionsblock eine Biedermeier Villa, die zu einem Jugend- und Bildungszentrum umfunktioniert worden war. Die Hof- und Gartenmauern dieser Villa wurden erlaubter Maßen von jugendlichen Sprayern für ihre Graffitis genutzt. Brave, gezähmte Jugendkultur, dachte Luisa und fand selbst die paar Typen, die mit ihren Skateboards auf dem Hof abhingen, lächerlich angepasst. Die Jungs riefen ihnen etwas zu, was sie nicht genau gehört hatte. Aber ihre beiden Freundinnen blieben stehen, um sich mit ihnen zu unterhalten, also wartete Luisa ebenfalls und ließ den Kurs weiter ziehen. Sie hatte die Gruppe und den Eingang, den sie wählten im Blick, was genügen sollte, um den Anschluss gleich zu finden. Kurz wurde auch über das Theater und die Betreiber geredet; die Quintessenz lautete: «Die Typen, die das Theater betreiben, sind ganz nett und umgänglich und machen auch gute Projekte mit jungen Leuten.» Der eine oder andere von ihnen hatte auch Kunststücke mit seinem BMX-Rad auf der Bühne vorführen dürfen, wofür Luisa ein innerliches Schulterzucken übrig hatte. Endlich ging es weiter. Und sie betraten durch den Bühnen- und Verwaltungseingang, der hinab in den Keller führte, das Theater. Die schwere Eisentür stand halb offen, so dass die drei Mädchen ungehindert eintreten konnten und plötzlich in einem dunklen Gang standen. Links stand eine weitere Eisentür halb offen, die scheinbar in ein Büro führte, worin sich Menschen unterhielten. Luisa blieb vor der Tür stehen, während ihre Freundinnen weiter gingen. Eine Frauenstimme sagte: «Das ist sehr ungewöhnlich, dass er sich nicht meldet. Er ist auch nicht zu Hause. Ich dachte, er wäre hier.» Ein Mann antwortete in ruhigem Ton: «Ja, er müsste auch hier sein. Wir haben den Termin mit den Schülern, aber er kommt bestimmt gleich. Ich glaube nicht, dass er ein solches Treffen vergessen hat. Warte doch auf ihn und trink einen Kaffee.» Bevor jemand aus dem Büro heraus kam, setzte Luisa besser ihren Weg fort und schloss an ihre Gruppe auf, die mittlerweile das Foyer des Theaters erreicht hatte und an einem für sie vorbereiteten Tisch Platz nahm.

Frau Sophie Rosenberg-Kübel, Luisas Deutschlehrerin, wird auf jeden Fall zu einer Figur des SOKRATES-Romans. Es sind mittlerweile sieben magische Tage vergangen, seit der Folge 40 und für mich steht fest: LEHRER MÜSSEN IN IHRER DEMAGOGIE ENTLARVT WERDEN!!! Aber schööön langsam :) Folge 41... Uri Bülbül

Luisa nahm sich auch einen Stuhl. Es gab Getränke: Cola, Fanta, Mineralwasser. Eine blonde Frau etwa im Alter der Lehrerin bediente sie freundlich, und Luisa fragte, ob sie auch eine Fassbrause haben könne. Während Frau Rosenberg-Kübel etwas von „Sonderwünschen" in ihre Haare auf den Zähnen brummelte, lächelte die Blonde zustimmend und brachte ihr eine Flasche Fassbrause. Wenige Augenblicke später erschien ein Mann mit leicht gelocktem Haar und einem leichten Bauchansatz zur Begrüßung der Schulgruppe. Er hatte einen deutlichen Migrantenakzent, sprach aber dafür ein recht elaboriertes Deutsch: «Ich möchte euch herzlich in unserem Theater willkommen heißen; mein Name ist Rumi Malevi, ich bin der Leiter des Theaters. Ich duze euch jetzt alle der Einfachheit halber. Ich hoffe,

SOKRATES – der kafkASKe Roman

es ist für euch in Ordnung.» Sophie Rosenberg-Kübel nickte breit grinsend, was wohl Freundlichkeit und Freundschaft signalisieren sollte und einfach nur neurotisch debil wirkte. Zumindest sah es Luisa so. «Wie heißt der Laden hier?» fragte sie nach einem kräftigen Schluck Fassbrause aus ihrer Flasche. «Unser Theater heißt „Cascando" nach einem Gedicht von Samuel Beckett benannt, in dem es heißt „lös ein das ausgetauschte lebwohlsagen/die stunden da du fort bist sind so bleiern/zu früh fangen sie an zu schleppen/die enterhaken tasten blind ins bett der notdurft/holen/knochen rauf/alte liebschaften/höhlen einst angefüllt mit augen wie deinen... usw. Ich kann das ganze Gedicht nicht auswendig. Unser Hausphilosoph und Dramaturg, der zugleich der Sprecher unseres Theaters ist, könnte es besser. Aber er ist aufgehalten worden.» «Nein», sagte Luisa, «in Wahrheit weißt du einfach nicht, wo er steckt. Er sollte hier sein, ist er aber nicht. Und seine Freundin vermisst ihn schon!» Rumi Malevi lachte: «Wow, das nenne ich gut informiert. Du hast mich erwischt!» Die blöde Rosenkübel versuchte dazwischen zu gehen und Luisa zu ermahnen. Aber sie war eindeutig zu langsam für diese Konversation. «Es ist ein schönes Gedicht, und der Name des Theaters gefällt mir auch. Kann ich bei euch ein Praktikum machen?» fragte sie ohne Umschweife. Rumi Malevi sah sie aus ruhigen freundlichen Augen an, musterte sie ein wenig und schien nachzudenken, dann antwortete er: «Nicht viele können es in unserem Team aushalten. Wir sind nicht gerade leichte Menschen, aber du kannst es gerne mal versuchen». In diesem Augenblick kam eine junge, schlanke Frau mit schwarzen Haaren und fast ebenso dunklen großen Augen ins Foyer. Sie wirkte sehr besorgt und man ahnte, dass ihr Tränen recht schnell in ihre großen Augen schießen konnten: «Rumi, ich gehe jetzt. Falls Uri hier auftauchen sollte, sag ihm bitte, er soll sich schnell bei mir melden. Ich werde ihn jetzt weiter suchen. Ich fahre zur Psycho-Villa.» Der Theaterleiter nickte ernst aber auch ein wenig zerstreut, als könne und wolle er diese Informationen hier gar nicht hören und nahm sie zum Abschied kurz in den Arm.

Luisa nuckelte an ihrer Fassbrause und ließ sich das Wort «Psycho-Villa» auf der Zunge zergehen.

Allein schon der Ausdruck «Psychovilla» hatte ihr Interesse geweckt. Sie brannte vor Neugier, sich diese Villa aus nächster Nähe anzuschauen, wenngleich sie zunächst rein gar nichts darüber wusste. Aber genau das war ja das Spannende daran; sie musste erst recherchieren und einiges heraus bekommen, bevor sie zu dieser Villa fahren konnte. Aber schon war der Entschluss in ihr heran gereift, genau das zu verwirklichen. Ein bißchen Detektiv spielen konnte ja nicht schaden. Vielleicht kam sie ja einem tatsächlichen Kriminalfall auf die Spur.

Den Vormittag verbrachte Johanna mit Personenkontrollen und Alibiüberprüfungen und ähnlichem Kram. Manchmal war selbst Schreibtischarbeit aufregender. Alfred war auch halbwegs erträglich an diesem Morgen. Er schien verbesserte Laune zu haben – von „gut" wollte Johanna nicht reden. Als sie ins Präsidium kamen, wartete eine junge Frau auf sie. Johanna hatte sie nie zuvor gesehen; eine etwas dürre, lange Frau mit schwarzen Haaren und auffällig großen und dunklen Augen. Sie war nicht unattraktiv, im Moment allerdings wirkte sie etwas zerstreut, durcheinander, ja vielleicht sogar verwirrt. Alfred kannte sie auch nicht. Aber man konnte ihm seine Abneigung deutlich anmerken. Die Frau stellte sich als Uri Nachtigalls Anwältin vor, worauf Alfred nur sagte, Uri Nachtigall sei nicht hier und er sei auch nicht vorgeladen. «Ja, das habe ich mir gedacht», sagte Ayleen. «Ich möchte ihn dann als vermisst melden. Ich kann ihn seit einem Tag nicht mehr erreichen.» Alfred musste kurz lachen: «Oh, Sie können ihn seit einem Tag nicht erreichen und möchten ihn schon als vermisst melden? Wie oft sehen Sie denn Ihren Mandanten sonst so – im Regelfall?» «Ich weiß, dass Sie ihn zu Hause aufgesucht haben und er danach eine gebrochene Nase hatte. Sie sagten ihm, er sei verhaftet, haben ihn aber nicht mitgenommen.» Die Bemerkung mit der Nase überhörte Alfred: «Es war nicht nötig, ihn mitzunehmen. Es liegt zwar ein Haftbefehl gegen ihn vor, aber die Vollstreckung ist vorerst ausgesetzt. Es reicht, wenn wir ihn zu Gesprächen und eventuell zu Verhören erreichen können.» «Und?» fragte die Anwältin, «Können Sie ihn denn erreichen?» «Meine Sehnsucht nach ihm hielt sich bisher in Grenzen. Ehrlich gesagt, habe ich ihn bisher nicht vermisst. Kann ich Ihnen sonst wie behilflich sein, Frau Anwältin?» Ayleen überlegte kurz, zögerte, es war keine Hilfe von dieser Seite zu erwarten und offensichtlich war Uri nicht im Präsidium. «Danke für Ihre Hilfsbereitschaft; Sie würden mir doch nicht verschweigen, wenn er hier wäre, nicht wahr? Denn ansonsten machen Sie sich strafbar, Herr Kommissar», sagte sie und ging.

Auf dem Flur stieß Ayleen fast mit dem Oberstaatsanwalt zusammen: «Ayleen! Schön dich zu sehen!» rief er, der sie aus Studienzeiten noch kannte. Ayleen war noch immer aufgebracht und wütend, aber es wurde jetzt höchste Zeit, sich etwas zu beruhigen. «Hallo Leo.» «Ich dachte, du machst mehr Familen- und Sozialrecht. Was treibt dich denn in unser schönes Präsidium? Bist du noch mit diesem André Nervmichnicht zusammen?» So war Leopold. Ohne Umschweife direkt zur Sache. Wozu den anderen lange Luft holen lassen? «Er heißt André Nerf mit einem „F" und nein, ich bin nicht mehr mit ihm zusammen.» Da funkelten Leos Augen in Flirtlaune. Und geistesgegenwärtig warf sie ihm einen sehr herzerwärmenden Blick zu. «Nach dem Studium gingen unsere Interessen sehr weit auseinander.» «Ach ja, der gute Nerf – er war nicht ganz der Hellste, wenn du mich fragst.» «Ich frage dich aber nicht, lieber Leo. Und du? Bist du noch immer auf der Suche nach der richtigen Frau?» «Nein, nein, ich habe meine Erfüllung in meinem Beruf gefunden und das Polizeipräsidium zu meinem Zuhause gemacht.» Er lachte überlaut und nervös. «Was hältst du davon, wenn wir zusammen einen Kaffee trinken gehen?» fragte er, plötzlich sein Gelächtersolo abbrechend. Nicht ohne Hintergedanken fand Ayleen die Idee gut. Er wollte gleich in die Stadt mit ihr; aber sie zog nicht nur aus Zeitgründen die Cafeteria des Präsidiums vor.

Es war nicht viel von Leopold Lauster zu erfahren. Ja, er habe die Akte Uri Nachtigall schon mal gesehen; er sei einfach im Rahmen einiger Ermittlungen der Polizei auffällig geworden; aber noch könne man wirklich nicht von einer nachweisbaren Straftat bei ihm ausgehen. Selbst die Ermittler würden ihn nicht als besonders wichtig einstufen. Einen Anwalt bräuchte er jedenfalls noch lange nicht. Doctor Parranoia habe er vor etwa zehn Tagen das letzte Mal auf einem Forensikkongress getroffen, bei dem es um eine statistische Datenerhebung von psychiatrischen Gutachten gegangen sei und um deren Irrtümer, Fehlprognosen und Konsequenzen daraus. Ja, er berate das Sonderdezernat, in dessen Ermittlungen auch Uri Nachtigall geraten sei. Aber warum

SOKRATES – der kafkASKe Roman

sie denn immer nur über diesen Uri Nachtigall redeten? Er würde sich viel lieber mit ihr zum Abendessen verabreden. Es gelang Ayleen, ihn auf eine unbestimmte Zeit zu vertrösten und sich bald davon zu machen, um endlich zur Villa des Doctors fahren zu können. Als Ayleen in den dunklen Waldweg einbog, der zur Psychovilla führte, fröstelte sie und wurde von einem seltsamen Gefühl beschlichen. Sollte sie besser umkehren? «Ach, sei kein Hase, Ayleenchen», sagte sie zu sich selbst, «was soll dich dort schon erwarten?»

44. Folge von SOKRATES, dem kafkASKen Roman, ist da: Ayleen entdeckt Zodiac, ihre Liebe auf den ersten Blick, der auch ihr letzter sein könnte. Doch nicht nur aus Platzgründen wird Ayleen sich in der 45. Folge von uns verabschieden ;) Uri Bülbül

Als Ayleen dort parkte, wo auch Uri Nachtigall sein Auto abgestellt hatte, wurde sie auf einen jungen eleganten Mann aufmerksam, der vor dem Gesindehaus lässig an einen Baum gelehnt eine Zigarette rauchte. Links vor ihr stand die Villa, fast schon ein Schlösschen und rechts unweit der Villa ein kleines bescheidenes Häuschen romantisch anmutend und davor dieser Mann, zu dem sie sich hingezogen fühlte. Es konnte auf jeden Fall nicht schaden, wenn sie ein bißchen vorfühlte, bevor sie sich die Villa vornahm. So ging sie auf ihn zu, der sie eigentlich längst bemerkt haben musste, sich aber nicht um einen Deut aus der Ruhe bringen ließ. Sie kam bis auf zwei Schritte an ihn heran; faszinierende Schatten umspielten seine Gesichtszüge. Er beachtete sie noch immer nicht.

«Guten Tag, ist das die Villa des Doctor Parranoia?» fragte sie. Er drehte sich langsam zu ihr, musterte sie kurz und antwortete: «Willkommen im Irrenhaus. Sie sehen vor sich das kleine Schloss, die Sommerresidenz des Wahnsinns. Lassen Sie sich ruhig darauf ein, Herr Doctor verspricht Ihnen, dass Sie gute Aussichten haben, Sinn zu finden in der verrückten Welt.» Er sprach gleichmäßig, ganz ruhig. Die Gelassenheit, die er ausstrahlte, sprang auf sie über. Sie streckte ihm ihre Hand entgegen und stellte sich nur mit ihrem Vornamen vor: «Ich heiße Ayleen.» Er nahm ihre Hand fest in seine und hielt sie länger fest als nur für einen Druck, während ein Lächeln seine Lippen umspielte: «Freut mich. Zodiac.» Das hätte für Ayleen eine Warnung sein können. Aber sie wollte keine Warnsignale. «Ich bin auf der Suche nach einem Freund», sagte sie, während sie noch ihre Hand in der seinen ließ. «Dann haben Sie jetzt einen gefunden», sagte er schmunzelnd. Sie musste ebenfalls schmunzeln und kam ihm noch ein bißchen näher wie verzaubert, um ein wenig mehr von seiner Wärme zu spüren. «Ich suchte einen bestimmten Freund», sagte sie. «Und Sie fanden einen Unbestimmten», erwiderte er. Noch immer ihre Hand haltend. «Zodiac, vielleicht haben Sie ihn ja gesehen.» «Kommen Sie, wir gehen erst einmal herein und trinken einen Tee gemeinsam. Dann können Sie Ihre Suche nach Ihrem bestimmten Freund fortsetzen, wenn Ihnen danach ist. Oder Sie verweilen einfach bei Ihrem unbestimmten». Er zog sie sanft aber bestimmt mit sich und wechselte elegant die Hand, mit der er ihre Rechte hielt, als wären sie lange miteinander befreundet und könnten auch mal Hand in Hand gehen. Sie ließ es sich gefallen, weil es ihr gefiel. Erst an der Haustür ließen sie sich los und fast bedauerte sie, ihn nicht mehr zu berühren.

Sie betraten das Haus und standen im Flur, von wo aus es in die

SOKRATES – der kafkASKe Roman

Küche, ins Bad und in ein Wohnzimmer ging, das ein Durchgangszimmer zu weiteren Zimmern war. Auch führten Treppen hoch in den oberen Bereich und auch eine Treppe hinter einer schmalen Tür, die nach unten in den Keller führte, befand sich hier. Er lud sie in die Küche ein und sie folgte ihm, in Ruhe und neugierig den Raum betrachtend.

TF : Warum? (Kreativtext) КГБ -Freud`sches Кän Guru [14]

Darauf antworte ich mit SOKRATES - nicht dem Philosophen, sondern mit meinem Fortsetzungsroman:

Sie blieb an einem großen, runden massiven Holztisch stehen, während er zwei Schritte weiter zur Anrichte ging und eine Schublade zog. Da er mit dem Rücken zu ihr stand, konnte sie nicht sehen, was er aus der Schublade nahm. Und als er sich wieder umdrehte, war es schon zu spät. Mit einem Satz war er bei ihr und durchbohrte ihren Solar Plexus mit dem Fleischermesser. Sie riss Mund und Augen weit auf, doch ihr Blick wurde glasig, bevor sie darin ihre Frage zum Ausdruck bringen konnte: warum?

Zart umarmte er sie und sie fiel in seinen Augen wie eine Geliebte, die sich fallen lässt, von ihm an den Hüften aufgefangen auf den Boden. Schnell hatte er einen großen Müllsack zur Hand und wickelte sie im Bauchbereich in den Sack ein, bevor sie den Boden blutig machen konnte. Zur Vorsicht nahm er dann einen zweiten Müllsack und küsste sie abschließend innigst auf den Mund. Es war der Abschiedskuss eines Geliebten, der einsehen musste, dass seine Herzallerliebste nun von ihm ging. Manche Dinge waren unaufhaltsam und unumkehrbar. Das durchlebte Rufus alias Zodiac immer wieder – mal in kürzeren, mal in

---
14 http://ask.fm/DerApfeltyp

SOKRATES – der kafkASKe Roman

größeren Abständen. Dieses Mal allerdings hatte er sich als Zodiac ausgegeben und sich zufällig vor seinem Haus befunden, wenn man denn von Zufällen sprechen kann. Er hatte seinem Opfer zum ersten Mal eine Identität von sich angeboten, auch wenn es nicht seine eigene war, sondern eines Menschen, den er mehr oder weniger offensichtlich bewunderte. Zodiac war immer so entspannt und ausgeglichen, hoch gebildet und wortgewandt. Nichts vermochte ihn wirklich aus der Ruhe zu bringen, selbst sein Geständnis nicht, dass er Rufus W. ab und an den unbändigen Drang in sich verspürte, eine schöne Frau sein eigen zu nennen. Leider war zwangsläufig dieser Aneignungsprozess auch ein Abschied. Liebe und Tod fielen paradoxer Weise in eins zusammen. Zodiac, der weit gebildeter war als Rufus, nannte dieses Phänomen eine «antithetische Koinzidentia Oppositorum» und Rufus, der Gärtnergehilfe, sog das alles willig in sich ein wie ein Schauspieler, der eine Rolle auswendig lernt.

SOKRATES - Folge 46 des kafkASKen Romans: Rufus ist mit der toten Ayleen unterwegs in ein Gartenhäuschen, in dem er sie verstecken und mit ihr ungestört sein möchte. Er musste schnell das Gesindehaus räumen, bevor Zodiac nach Hause kommt... Uri Bülbül

Apropos Zodiac! Er hatte sich seiner Geliebten, seiner frisch Verliebten, dieser wunderbar strahlend auf ihn zukommenden Schönheit spontan und ganz und gar ohne Vorüberlegung und Planung in Zodiacs Haus bemächtigt. Nun musste Rufus schnell handeln, bevor Zodiac nach Hause kam. Rufus hatte als Hausmeistergehilfe Zugang zu fast allen Räumen und Gebäuden auf dem Grundstück. Hinter der Villa war ein zwei Quadratkilometer großer Garten und hinter dem Garten begann

SOKRATES – der kafkASKe Roman

ein großes Waldstück, das ebenfalls «dem Herrn Professor» gehörte, wie sein Vorarbeiter, Gärtner und Hausmeister Frank Norbert Stein Doctor Parranoia zu nennen pflegte. Rufus selbst hatte den «Herrn Professor» nie zu Gesicht bekommen. Er musste eine sehr wichtige Person sein, denn stets war er auf irgendwelchen Kongressen und Tagungen, wo er Vorträge hielt und seine Meinung als Experte kundtat, was sehr gefragt sein musste.

Im abgelegensten Winkel des Gartens zum Beispiel befand sich ein schönes romantisches Gartenhäuschen, zu dem Rufus ebenfalls einen Schlüssel besaß, da er auch dort wie an vielen anderen Stellen sauber machen und für Ordnung sorgen musste. Er nahm seine Geliebte in die Arme wie eine Braut, die über die Schwelle getragen werden sollte, wobei ihr Kopf nach hinten fiel und ihren verlockenden Hals offenbarte, dessen Reizen er nicht widerstehen konnte und den er innig küsste. Ayleen, so leblos, wie sie war, gehörte nun ganz ihm. Er konnte mit ihr machen, was er wollte. Er aber glaubte, dass sie es auch auf jeden Fall wollte, da sie sich nicht wehrte. Rufus beschloss, sie in das Gartenhäuschen zu bringen, da Hausmeister Stein die nächsten Tage dort sicher nicht vorbei kommen würde, weil er im Wald arbeitete. Eigentlich genoss Hausmeister Stein das Privileg, in der Villa wohnen zu dürfen. Er hatte im Untergeschoss zwei kleine Zimmer mit Bad für sich allein; aber lieber hielt er sich in der Blockhütte im Wald auf, wo er mehr seine «Ruhe hatte», wie er es nannte. Rufus wohnte in einer anderen Blockhütte im Wald, lieber aber wäre ihm ein Zimmer in der Villa gewesen, was ihm niemand zubilligen mochte. Er trat mit seiner Geliebten auf dem Arm aus dem Gesindehaus und machte sich ganz selbstverständlich auf den Weg in das

SOKRATES – der kafkASKe Roman

Gartenhäuschen:

«Ich kann dich nicht mit zu mir nehmen, Schätzchen. Das musst du verstehen. Ab und an schaut unangemeldet mein Chef vorbei, Hausmeister Stein. Und er würde die Liebe zwischen uns nicht verstehen. Überhaupt hat er nur wenig Verständnis für das, was mich betrifft. Dabei ist er selbst vollkommen unglücklich in Schwester Maja verliebt. Was für ein Wahnsinn! Sie hält sich für eine Göttin und gibt sich unnahbar. Ich bin so froh, dass ich dich gefunden habe. Das Schicksal hat uns zusammengeführt. Ja, wir beide – wir sind füreinander bestimmt.»

Zeit für die 47. Folge von SOKRATES. @point_man hat schon sein Bedauern über das frühe Ableben Ayleens geäußert. Wir hatten alle keine Zeit und Gelegenheit, sie besser kennen zu lernen. Sie konnte uns gar nicht richtig ans Herz wachsen und ist schon tot. Apropos tot: der nächste Todesfall naht. Uri Bülbül

Die Chance, dasselbe über ihn zu denken, hatte er Ayleen mit einem Stich genommen, bevor sie überhaupt begreifen konnte, was geschah, war sie schon aus der Welt. Ihre sterblichen Überreste gehörten nun Rufus. Und er füllte sie in seiner Phantasie wieder mit Leben, als hätte es den tödlichen Messerstich nie gegeben. Ayleen auf dem Arm hatte Rufus nicht die geringste Angst auf dem Weg in den Garten mit der ermordeten Rechtsanwältin gesehen zu werden. Man traf in diesem Garten niemanden an außer Frank Norbert Stein, den Hausmeister und Gärtner der Villa. Und Rufus dachte: «den hörigen Diener der Schwester Maja, für die er alles getan, sein Leben gelassen hätte, wenn sie es nur von ihm verlangte.» Maja aber interessierte sich nicht besonders für diesen «Quasimodo». Und nun sah Rufus die Gefahr aufkommen, dass Maja nur noch Augen für den Neuankömmling hatte. «Meister Frankenstein», wie Zodiac den Hausmeister nannte, würde deshalb schlechte Laune bekommen und diese sicherlich an Rufus auslassen. In derlei Gedanken vertieft und seine neue Geliebte anhimmelnd, die nun ihren Kopf wie schlafend an seiner Schulter hatte, während er ab und an zärtlich ihre Stirn küsste, erreichte er durch den Garten stampfend hinter einer hohen Koniferenhecke das Gartenhaus. Nun schulterte er seine Geliebte wie einen nassen Sack über der linken Schulter, die ihre Arme und Ihren Oberkörper hinter seinem Rücken baumeln ließ und schloss mit der freien Hand die Tür. Erst als er sie auf das Sofa gelegt hatte bemerkte er, dass sich seine Schulter etwas feucht anfühlte, was aber eigentlich zur Atmosphäre dieses Häuschens passte, in dem sich der Geruch von klammer Feuchtigkeit und einem Hauch von Moder verbreitete. Ayleen lag auf dem Rücken und legte ihre blutige Bluse bloß, das einen Servierteller großen Blutfleck aufwies. Jetzt erst wurde Rufus klar, dass sich seine Schulter deshalb feucht anfühlte, weil Ayleens Blut auch auf seiner Schulter klebte. «Ach mein Schatz, was hast du nur getan!» sagte Rufus in einem liebevoll verärgerten Ton. «Dann müssen wir uns erst duschen und uns frische Sachen anziehen. Ich habe Gott sei Dank alles hier.»

Als Luisa endlich nach Hause kam, war sie voller Tatendrang und Neugier. Ihre Eindrücke, die sie aus dem Theater mitbrachte, beflügelten sie, auch wenn sie noch nicht genau wusste, wozu sie so beflügelt war. Im Grunde spielte das eine sehr untergeordnete Rolle. Auch den Namen des Theaterleites hatte sie sich nicht gemerkt. Aber für sie war es eine ausgemachte Sache, dass sie dort ein Praktikum absolvieren würde. Und warum auch immer, hatte sie das unbestimmte Gefühl, dass zum Themenkomplex CASCANDO auch die Psychovilla gehörte, von der sie nur beiläufig gehört hatte. Aber das besorgte Gesicht der Dunkelhaarigen, ihre schier ängstlichen Blicke konnte Luisa einfach nicht vergessen. Um wen war diese Frau nur so sehr besorgt? fragte sie sich. Das musste doch heraus zu bekommen sein!

Ich muss heute unbedingt die 48. Folge von SOKRATES, meinem kafkASKen Fortsetzungsroman loswerden. Die Geschichte spinnt sich in meinem Kopf unermüdlich weiter und verwebt sich mit meiner Realität. Ich warte auf den Tag, an dem ich mich selbst auf die Suche nach Ayleen mache. Uri Bülbül

Die Rede war vom Dramaturgen, Hausphilosophen und Sprecher des Theaters, einem gewissen Uri Nachtigall. Sie setzte sich sofort an ihren Computer und googelte «Uri Nachtigall», was sie zu Ergebnissen führte, die sie nicht besonders interessierten. Unter anderem stieß sie auf einen gewissen «Klugdiarrhoe» auf ask.fm, überflog kurz dessen Profil und fand nichts, was ihr Interesse hätte fesseln können. «Schwafelhannes», dachte sie. Manche Antworten, die er gab, waren wirklich mehr als langatmig. Ein Pseudophilosoph. Es wäre wirklich das Ende meines Verstandes, sagte sie sich, wenn ich mir die Philosophie von einem abgebrochenen Typen auf ask.fm erklären lassen müsste. Sie beschloss, sich das Theater noch einmal genauer anzusehen und mit den Leuten zu sprechen, die dort arbeiteten. Vielleicht würde bis dahin auch wieder dieser Nachtigall-Typ aufgetaucht sein, und sie könnte ihn persönlich kennen lernen. «Ich möchte mal wissen,

SOKRATES – der kafkASKe Roman

was ein „Hausphilosoph" in einem freien Theater zu tun hat!» Da sie immer stärker werdende Bauch- und dann auch noch Kopfschmerzen zu plagen anfingen, schlurfte sie mies gelaunt ins Badezimmer, um sich ein Entspannungsbad zu gönnen. Während sie sich die Wanne voll laufen ließ, ging sie noch einmal mit ihrem Smartphone ins Netz, um auf Facebook nach diesem «Hausphilosophen» zu suchen. Aber einen Uri Nachtigall gab es nicht auf Facebook.

Als am Abend ihre Schwester Johanna nach Hause kam, lag sie mit einer Wärmflasche im Bett und blutete so vor sich hin, hatte sich etwas Obst ans Bett geholt, sah auf ihrem Laptop fern, chattete über Whatsapp mit einigen Freundinnen und hatte mehrere Anrufe ihrer Mutter erfolgreich ignoriert, mit denen sich nun dummer Weise Johanna konfrontiert sah. «Na, Schwesterchen, hast du deine Tage?» fragte die Kommissarin und versuchte dabei nicht gereizt zu klingen. Küche und Bad sahen, gelinde gesagt, unaufgeräumt aus und zu essen gab es auch nicht viel. «Ich habe auch keine Lust zu kochen», murmelte sie und fügte hinzu: «nun werden wir uns von meinem spärlichen Beamtensold ein wenig zu essen organisieren müssen – vielleicht vom Chinesen? Oder lieber vom Pizzamann?» Die Anrufliste mit den entgangenen Anrufen der Mutter löschte Johanna kurzerhand. Was wollte die Alte nur von ihnen? Luisa wusste das auch nicht; und es interessierte sie herzlich wenig. Lieber richtete sie ihre Aufmerksamkeit auf die gebratene Ente in Erdnuss-Sauce und den Salat, den sie unbedingt dazu haben wollte. Johanna entschied sich für Rind in scharfer Sauce und eine Frühlingsrolle; aber als sie die Bestellung aufgab, klang es eher so, als wollte sie den chinesischen Koch verschlingen. «Hattest du einen stressigen

Tag?» fragte Luisa. «Hmmm, geht. Ich habe einem 13-jährigen Jungen, der an rosa Delphine glaubt, eine echte und schussbereite Waffe abgenommen. Der hatte damit schon in der Psycho-Villa ein Loch in die Decke geschossen.»

@point_man hatte mich gewarnt: Zu viele Figuren, mehrere Handlungsstränge - das alles würde nur zur Verwirrung beitragen und das Verfolgen der Geschichte erschweren. Ja, das wird schon so sein. Aber hey, wir leben im 21. Jahrhundert benutzen wie ferngesteuerte Startrek-Crewmitglieder Smartphones... Uri Bülbül

Plötzlich waren Luisas Bauchschmerzen wie weggeblasen: «Was ist das für eine Villa?» Aber noch ehe Johanna antworten konnte, klingelte wieder das Telefon. Johanna erkannte auf dem Display die Nummer und konnte nicht anders als angeekelt das Gerät wegzulegen. «Was will die Alte nur? Das ist ja schon richtig penetrant!» «Ich will das gar nicht wissen! Interessiert mich überhaupt nicht!» erwiderte Luisa. Es stach sie wieder unangenehm und schmerzhaft in ihrem Unterleib. «Wo waren wir stehen geblieben?» Johanna war jedes andere Thema lieber als das klingelnde Telefon. Für Luisa galt das allemal: «Bei dem Jungen, der an rosa Delphine glaubt und in der Psycho-Villa ein Loch in die Decke geschossen hat. Was ist das für eine Villa? Und was musstest du dort machen?» «Es ist ein Sanatorium für psychisch Kranke. Es wird von einem Professor geleitet, der auch für die Polizei arbeitet, forensische Gutachten schreibt und sich um noch ein paar Dinge, die polizeilich interessant sind, kümmert. Ich wusste zwar, dass es diese Villa gibt, aber ich selbst war noch nie dort. Da ich heute Zeit hatte, dachte ich, fahre ich mal hin und sehe mich dort um.» «Ist es weit von hier?» fragte Luisa ganz beiläufig. Der Himmel wollte von ihr, dass sie sich auch diese Villa ansah, denn warum sonst sollte ihr der Zufall derart in die Hände spielen? «Nein, es ist nur etwas abseits gelegen. Hinter dem Venusberg noch ein ganzes Stück, dort, wo der Hattinger Wald anfängt.» Johanna hatte noch nicht Verdacht geschöpft. Und das sollte auch so bleiben. Sofort überlegte Luisa, wie sie in den Hattinger Wald kommen konnte. Aber es war Zeit, das Thema zu wechseln. «Und Freddy? Ist er immer noch gemein zu dir?» «Warum nennst du diesen Bullen „Freddy"? Ich kann ihn nicht ausstehen. Ich weiß nicht, wie lange ich ihn noch als Partner haben muss. Aber vielleicht lasse ich mich irgendwann einfach versetzen, nur um ihn loszuwerden. Du kannst dir gar nicht vorstellen, wie übergriffig und brutal er manchmal vorgeht. Einfach so. Ganz grundlos kann er jemanden niederschlagen und ihm die Nase brechen.» «Ich kenne ihn ja kaum. Die paar mal, wo wir uns über den Weg gelaufen sind, machte er einen sehr netten Eindruck.» Johannas Blick ging zum Telefon; Wieder war dieser Ekel da, als sie die Nummer ihrer Eltern im Display gesehen hatte. «Ross erinnert mich an unseren Vater» brummte Johanna.

«Unser Vögelchen wird wach!» Uri Nachtigall hatte die Augen geöffnet; ihm war, als hätte jemand seine Stirn gestreichelt. Vielleicht aber hatte er es auch nur geträumt. Jetzt wünschte er es sich, dass er es nur geträumt hatte. Grell knallrot geschminkte Lippen, schwarz nachgezogene gezupfte Augenbrauen, die auf Linie getrimmt waren, ein buntes Kopftuch durchs Haar gebunden: Schwester Lapidaria! «Oh Gott!» entfuhr es ihm. «Mein süßer kleiner Vogel. Du kannst mich ruhig Schwester Maja nennen. Ich bin zwar Gott für dich, aber durchaus auch großzügig und freilassend. Also begnüge ich mich mit meinem weltlichen Titel:...

SOKRATES – der kafkASKe Roman

...und sollen noch Geschichten so erzählen, wie es im 18. Jahrhundert entwickelt wurde und üblich war? Ich finde schier drei Jahrhunderte lineare Langweiligkeit darf nun auch mal durch andere Experimente aufgelockert werden. Daher nun gleich zwei Folgen von SOKRATES, ha, ha :) Uri Bülbül

Schwester Maja.» Ich bin im Irrenhaus, ging es ihm durch den Kopf. Und in der Tat, genau so war es. Unwillkürlich fasste er sich an seine Nase, die nicht mehr schmerzte. «Wie lange... wie lange...» «Ach nur so lange, wie es nötig war. Du hast es wirklich gebraucht, Vögelchen» erwiderte sie, als wüsste sie genau, was er fragen wollte. «Und in Tagen ausgedrückt?» fragte er lieber noch einmal nach, um für sich eine Orientierung zu finden. «Heute ist dein dritter Tag hier», antwortete sie. Es fehlte nur noch, dass sie ihn „Spätzchen" oder gar noch weiter gesteigert „Spätzelchen" nannte. «Ist DoctorParranoia inzwischen wieder eingetroffen?» wollte der in Schwester Majas Augen ungeduldige Patient wissen – fast ein wenig zu ungebührlich ungeduldig, wie sie fand. Da musste sie ihm ein bißchen das Köpfelchen zurecht rücken: «Das ist nur der Nickname des Herrn Professors, Uri. Du solltest, wenn du über ihn oder mit ihm sprichst bei einem einfachen „Herr Professor" bleiben. Nein, Herr Professor ist nicht anwesend. Um dich werden sich Zodiac und ich kümmern.» Er wollte aufstehen: «Um mich muss man sich nicht kümmern.» Dabei fiel ihm auf, dass er bis auf die Unterhose ausgezogen war. Und da Schwester Lapidaria ihn interessiert und streng musterte, was er wohl vorhabe, zog er es vor, besser im Bett zu bleiben. Sie schmunzelte überlegen, als könne sie seine Gedanken lesen. Und bei diesem Gedanken hatte er das Gefühl, diese Situation schon einmal erlebt zu haben. «Wer ist Zodiac?» fragte er. Wenn er schon nicht aufzustehen wagte, so wollte er doch wenigstens seine Fragenrebellion nicht aufgeben. Fragen kann ein Kampfmittel sein, ermutigte er sich und bevor sie antworten konnte, schob er noch eine Frage nach: «Ist das der kleine Irre, der an rosa Delphine glaubt?» Jetzt hatte er den Bogen überspannt: «Pass auf mit solchen Urteilen! Er ist nicht mehr oder weniger Irre als du! Und was heißt schon „irre"? Ist irren nicht menschlich?» «Ja», brummte er, «ja, doch. Irren ist menschlich, sprach der Igel und stieg von der Klobürste.» Ihre braunen Augen blitzten böse wie eine Gewitterwolke. Ein solcher Blitz, der ihn traf, konnte gefährlicher sein als der des Zeus. Nach dieser seiner Rebellion fühlte er sich wie ein Stückchen Kohle kurz vor dem verglühen. Und vielleicht konnte er kein Phönix sein! «Ich komme gleich wieder», sagte sie. «Du kannst dich schon anziehen.» Damit verließ sie den Raum.

Als er allein war, schälte er sich aus dem Bett. Er fühlte sich gut erholt und frisch und beim Anziehen fiel es ihm wieder ein: Ja, klar. Der junge elegante Mann vor dem Gesindehaus, der einen sehr feinen und gebildeten Eindruck machte – das war Zodiac. Allerdings war er auch derjenige, der den Namen der Schwester Lapidaria ihm in den Kopf pflanzte. Zodiac also war kein Patient, sondern womöglich so etwas wie ein Assistenzarzt. Hatte er etwa ein Verhältnis mit der Schwester? Im Grunde konnte ihm doch das alles egal sein. In was für einen Schlamassel war er nur hinein geraten?

Wie sieht die Zwischenbilanz nach 50 Folgen Sokrates aus? Die hübsche Rechtsanwältin Ayleen ist tot; die Nase unserer Hauptfigur wieder heile; dafür sitzt er im Irrenhaus fest; etwas näher kennengelernt haben wir die Kommissarin Johanna Metzger und ihre Schwester Luisa und ihren Vater. Na ja... Uri

SOKRATES – der kafkASKe Roman

Bülbül

«Ich werde mit Ayleen ein ernstes Wörtchen reden», ging es ihm durch den Kopf. Eine große Hilfe war sie ihm nun wirklich nicht mit diesem Tipp, sich mal im Irrenhaus mit dem Irrendoktor... Verzeihung, Professor zu unterhalten. Wahrscheinlich waren alle diese Leute hier -inklusive Zodiac- seine Versuchskaninchen, und mitten im Käfig saß nun auch er - Uri Nachtigall, Schriftsteller und Philosoph seines Zeichens. Jetzt musste er zusehen, dass er von der Klobürste stieg, um mal in seinem Bild volkshumoristischen Allgemeingutes zu bleiben, was nur in gewissen Kreisen die Eigenschaften eines Witzes erfüllte. Schwester Maja kam mit einem kleinen Instrumentenköfferchen und einer Nierenschale aus Chrom wieder, zog einen Stuhl ans Fenster und wies den Patienten an, sich hinzusetzen. Uri Nachtigall sträubte sich dagegen, was Maja harsch vom Tisch fegte: «Los, stell dich nicht so an! Ich habe nicht den ganzen Tag Zeit. Es gibt schließlich auch andere Menschen, um die ich mich kümmern muss!» «Aber ich will gar nicht, dass Sie sich um mich kümmern» lautete der zaghafte Versuch eines neuen Widerstands. «Mir ist egal, was du willst. Du bist damit einfach noch nicht an der Reihe. Setz dich!» Sie drückte ihn auf den Stuhl. Wie kräftig und entschlossen ihre Hand war, die nun zart sein Kinn berührte, um den Kopf ins Tageslicht zu drehen! Jetzt erst begriff er, was sie vorhatte; die Tamponade musste aus der Nase entfernt werden. Er fügte sich. «So ist es brav! Du hast einen leicht debilen Gesichtsausdruck, wenn du immer durch den halb offenen Mund atmest.» Er fühlte sich erleichtert. Sie tätschelte beiläufig seine Wange, bevor sie sich von ihm abwandte und mit einem Befehl: «Warte hier!» und ihren Utensilien das Zimmer verließ. Nur wenn er seine Nase anfasste, schmerzte sie

SOKRATES – der kafkASKe Roman

noch. Vielleicht war jetzt alles überstanden und er konnte in sein altes Leben zurückkehren. Er musste vielleicht so etwas wie seine Entlassungspapiere unterschreiben, einen medizinischen Bericht für den Hausarzt mitnehmen und ginge damit bestückt in seinen Alltag zurück. Allerdings durchzuckte ihn bei diesem Gedanken ein kleines Wehmutszeichen. Der Zweck seines Besuches in diesem Sanatorium war ja nicht die gebrochene Nase gewesen, sondern vielmehr die Klärung des Sachverhalts, warum man ihn verhaftet hatte. Und in dieser Angelegenheit war er keinen Schritt weiter gekommen, wie er sich nun eingestehen musste. Vielleicht sollte er ein Gespräch mit diesem Zodiac abwarten. Was konnte es ihm denn schaden? Und diese gewöhnungsbedürftige Irrenschwester war auch nicht so furchtbar, wie sie auf dem ersten Blick erschien. Hatte sie nicht soeben gesagt, dass Zodiac und sie sich um ihn kümmern wollten? Das konnte auch einen längeren Aufenthalt beinhalten und bedeutete keineswegs, dass er sofort mit seinen Entlassungspapieren konfrontiert wurde. Ohne Anklopfen wurde die Tür aufgerissen und Schwester Maja kam wieder herein. «So, mein kleines Vögelchen, ich habe dir dein Zimmer eingerichtet!»

OMG! Vor 12 Tagen veröffentlichte ich die 51. Folge von SOKRATES, dem kafkASKen Fortsetzungsroman und @point_man befand: «wie Kaugummi». Und er wollte sogar meinen Romanavatar Uri Nachtigall erhängen. Nein, das ist nicht lustig. Es wird wirklich höchste Zeit für die 52. Folge...
Uri Bülbül

«Ich weiß gar nicht, wie lange ich bleiben will», faselte Uri Nachtigall, als er Schwester Maja folgte. «Bin ich nicht ein freier Mann, der tun und lassen kann, was er will?» Als die Schwester vor ihm die Treppen hoch stieg und er ihr folgte, hielt er kurz in seinen Überlegungen inne, weil er zu sehr von ihren schönen Rundungen und Waden abgelenkt war. Als sie ein Stockwerk höher durch den Gang gingen, murmelte er weiter vor sich hin: «Ich will doch hier kein Dauergast werden. Oder muss man von „Insassen" sprechen, wenn man hier einquartiert wird oder sich einquartieren lässt? Macht das überhaupt jemand freiwillig? Oder wird man in diese Psycho-Villa eingewiesen?» «Da wären wir. Hier ist dein Zimmer, hat einen Erker und ein Fenster mit Blick auf den schönen Garten; separates Badezimmer und Toilette; W-Lan und Internet. Alles, was dein kleines Vogelherzchen begehrt, hoffe ich», sagte sie schmunzelnd. «Kommissarin Metzger hat dir deine Sachen schon gebracht. Du hast deinen Laptop hier, deine paar Bücher, Unterlagen, Manuskripte. Alles, was sie auf Anhieb finden und durchsehen konnte.»

Er stand mit weit aufgerissenem Mund mitten in einem schönen in weiß und braun gehaltenen Zimmer mit Bett, Schränken, einem Schreibtisch, auf dem ordentlich aufgestellt sein Laptop, seine Bücher und Manuskripte lagen. «Du kannst hier in Ruhe deinen Phantastereien nachgehen und dich erholen. Das Essen gibt es im Erdgeschoss, wo sich der Speisesaal befindet. Den Aufenthaltsraum mit der Bibliothek kennst du ja schon. Es ist das Kaminzimmer. Du kannst dich jederzeit auch dort aufhalten. W-Lan gibt es natürlich im ganzen Haus und so viel ich weiß auch im Garten, weil Zodiac unbedingt im Gartenhaus auch einen Hotspot haben wollte. Wenn dir etwas fehlt, wendest du dich an mich oder an Zodiac. Ich habe mein Schwesternzimmer im Erdgeschoss und Zodiac ist im Nebengebäude, wie du weißt. Hier ist auch ein Telefon mit Festnetzanschluss; wenn du mich intern erreichen willst, wählst du die 12 und bei Zodiac die 13. Wenn du nach außen telefonieren willst, wählst du einfach die 0 vor deiner Nummer. Frühstück gibt es 08.00 bis 9.00 Uhr, Mittagessen ist pünktlich um 13.00 Uhr und Kaffee kannst du ab 16.00 Uhr dir selbst holen. Es gibt auch immer Kuchen. Abendessen um 19.00 Uhr. Ebenfalls pünktlich. Das Küchenpersonal will ja auch pünktlich Feierabend haben.» Das Küchenpersonal interessierte ihn herzlich wenig. Seine Sachen waren durch die Hände der Polizei gegangen und hier in diesem Irrenhaus gelandet – ohne sein Einverständnis, ohne sein Wissen! Existierte wenigstens eine richterliche oder ärztliche Einweisung?

Als er allein war starrte er eine Weile nachdenklich aus dem Fenster. Schwester Maja hatte beim Gehen die Zimmertür hinter sich zugezogen und er hatte aufmerksam gelauscht, ob sie sie auch abschloss, was sie natürlich nicht tat; denn der Schlüssel steckte innen im Schloss. Er sah aus dem Fenster auf einen schönen Garten, romantisch und verwildert, nur teilweise gepflegt, so dass man gut erkennen konnte, wie jemand hier regelmäßig zu Werke ging, aber auch den Garten sich selbst überließ. Natürlich war ein Garten eine Kulturstätte, was nichts anderes hieß als, dass es von Menschenhand angelegt war nach Plänen und Vorstellungen, die sich Menschen machten, um eine wohl komponierte Welt von Pflanzen aufeinander abgestimmt anzulegen. Dieser Garten wurde dann gehegt und gepflegt, an einigen Stellen modifiziert und an anderen trat er aus seiner Bahn und verwilderte, wenn man mit der Ordnung nicht schnell genug nachkam. Er wollte sich den Garten bei Gelegenheit näher ansehen, vor allem interessierte ihn das Gartenhaus in einiger Entfernung hinter den Koniferen, wovon man das Giebeldach und ein kleines Fensterchen unter dem Giebel sehen konnte.

SOKRATES – der kafkASKe Roman

Zweidrittel des Häuschens allerdings lag verborgen. Und ihn zog es dorthin. Zugleich aber erschrak er über seine Einstellung. Wie lange wollte er hier verweilen? Sollte er nicht besser sofort, seine Sachen nehmen und verschwinden? Aber warum? Was löste in ihm diesen Fluchtreflex aus? Er wurde nicht schlecht behandelt. Niemand sperrte ihn ein, machte ihm ungewöhnlich einengende Vorschriften. Was Schwester Maja über die Ordnung des Tagesablaufs gesagt hatte, klang moderat und eigentlich völlig normal für eine Herberge. Und dennoch: er durfte auf gar keinen Fall vergessen: es war ein...

«Was glaubst du, wer uns schreibt?» fragte plötzlich eine Stimme hinter ihm. Er fuhr erschrocken herum und sah einen Jungen von etwa dreizehn Jahren. «Wie? Wer soll uns schreiben?» erwiderte Uri Nachtigall die Frage des kleinen Irren. Zweifelsohne ein Psychopath - denn was sonst sollte er hier im Irrenhaus des @DoctorParranoia machen? Aber etwas in einer seiner hintersten Hirnwindungen ließ ihn zusammenzucken: denn er war ja auch in dieser Villa! Und er hielt sich keineswegs für verrückt, wenngleich ihm etwas ziemlich Verrücktes zugestoßen war. Aber das war ja nicht dasselbe! «Oh, was für ein dämlicher Idiot!» empörte sich Basti @Maulwurfkuchen. «Du kapierst ja gar nichts! Wir sind alle erfunden: ich bin erfunden; du bist erfunden; er/sie/es ist erfunden! Na, klingelts?» «Ich bin nicht erfunden», protestierte Uri Nachtigall! «Hier, du kannst mich anfassen. Ich bin real.» Basti lachte laut. «Ja, nicht nur das. Du bist auch wirklich ein Vollidiot! Du kapierst nichts! Wir sind auf dieser Realitätsebene beide auf derselben Stufe: Ich bin erfunden, du bist erfunden - auf der Stufe der Erfindung bin ich real, bist du real, ist er/sie/es real. Kapiert?» «Hmmm...» «So! Und jetzt möchte ich von dir wissen, wer uns

SOKRATES – der kafkASKe Roman

schreibt, du Blödmann!»

«Also, ich bin es bestimmt nicht, der „uns schreibt"», sagte Uri Nachtigall deutlich spöttisch. Er war nicht einmal verwundert darüber, dass ein kleiner Junge solche Gedankengänge haben konnte. Und das an sich ist doch schon sehr verwunderlich, oder? «Ich werde herausbekommen, wer uns schreibt, und dann mache ich dem Kerl etwas Druck!» sagte Basti. Ich werde ihm meine Smith&Wesson Special .357 MAG unter die Nase halten und ihm klar machen, dass er die Geschichte so nicht weiter schreiben kann, ich will andere Figuren, andere Handlung und mehr Action!» Uri Nachtigall lächelte und plötzlich hatte er einen Revolver an der Nase, der aussah, als hätte ihm jemand den Lauf abgesägt. «Ich könnte dich umpusten, kapierst du es jetzt, Blödmann?» «Was ist das? Hat da jemand den Lauf abgesägt?» fragte Uri Nachtigall. Aber er hatte seinen Satz kaum beendet, da ließ ein Schuss sein Trommelfell schier platzen. Sein Ohr fiepte und piepte und ihm war es schier unmöglich einen klaren Gedanken zu fassen und von der Decke rieselte Gips. Die Waffe war zweifelsohne echt. «Damit spielt man nicht!» schrie er empört. «Waffen gehören doch nicht in Kinderhände.» «Oh, diese schon - ist so handlich», antwortete Basti. «Maja wird dir die Waffe gleich wegnehmen», sagte Uri Nachtigall, was den kleinen Mann nicht zu beunruhigen schien: «Och, das glaube ich nicht. Ich werde herausbekommen, wer uns schreibt.» Damit wandte er sich zum Gehen. Doch an der Tür blieb er noch einmal kurz stehen: «Und wehe, wenn du das doch bist!» «Und wenn! Was willst du denn dann machen? Mir im nächsten Traum den rosa Delphin auf den Hals hetzen?» Der Junge kicherte und ging weiter, kam aber nicht weit. Plötzlich stand eine sehr entschlossen wirkende blonde Frau vor ihm, mit der er zusammenstieß, und ehe er sich versah, knallte eine heftige Ohrfeige, die seine Ohren betäubend klingen ließ und für einen kurzen Augenblick für ein Blackout sorgte. Zeit genug für die Kommissarin Johanna Metzger dem Rotzlöffel die Smith&Wesson aus der Hand zu reißen. «Das wird dir noch Leid tun!» schrie Basti empört und rannte die Treppen hinab. «Ja, vielleicht», brummte Johanna, «aber nicht so sehr wie, wenn ich nichts gemacht hätte!»

«Frau Kommissarin!» rief Uri Nachtigall erleichtert, worüber er sich selbst ein wenig wunderte; denn was gab es, sich darüber zu freuen, der Kollegin dieses wilden Bullen noch einmal zu begegnen, der ihm die Nase demoliert hatte? Doch wem der Schalk im Nacken sitzt, der kann schon nicht über ihn stolpern, wie er es irgendwo mal gelesen hatte, also fragte er: «Sind sie allein?» Johanna konnte sich das Lachen nicht verkneifen. «Ja», sagte sie, «heute schon.» Ihr Lachen erwärmte und ermutigte ihn, so dass er sich in diesem ihm von Schwester Maja zugewiesenen Zimmer zu Hause fühlte. Er bot Johanna einen Stuhl an. «Kommen Sie rein. Möchten Sie sich nicht setzen?» Als sie einander gegenüber saßen, blickte er sie erwartungsvoll und neugierig an.

55. Folge von SOKRATES, dem kafkASKen Fortsetzungsroman. Was außerhalb der Villa auch passieren mag, verweilen wir doch noch ein wenig im Haus. Die Kommissarin Johanna Metzger wird doch nicht etwa... Das darf doch nicht wahr sein! Uri Bülbül

Die Kommissarin aber wirkte ein wenig gedankenverloren. «Los, du Schlampe! Erfülle deinen Dienst! Mach deine Aufgabe! Verunsichere ihn! Frage ihn, ob er sich an die vergangenen Tage erinnern kann! Frage, was genau passiert ist! Frage ihn nach

SOKRATES – der kafkASKe Roman

seinem Alibi! Aber verrate ihm ja nicht, wessen er beschuldigt wird! Statt dessen sitzt du da wie eine weich gekochte Birne! Er kann dich nicht unterwerfen! Er wird nie die Herrschaft über dich gewinnen! Bereits während des ersten Kusses wirst du Eike vermissen, du wirst dich nach seiner groben starken Hand sehnen, du wirst dir einen Schlag wünschen und noch einen. Und du wirst dir wünschen, in die Knie gedrückt zu werden, während er seine Hose öffnet!» Uri Nachtigall sah die Kommissarin noch immer erwartungsvoll an, während sie durch ihn hindurch blickte, als habe sie mit ihrem Lachen über ihn ihre Seele verloren. Er ergriff die Initiative: «Frau Kommissarin, ich danke Ihnen, dass Sie mir meine Sachen, insbesondere mein ThinkPad gebracht haben. Obwohl ich natürlich sagen muss, dass mich die polizeiliche Ermittlung gegen mich in gewisser Weise durchaus auch beunruhigt. Insbesondere das Vorgehen Ihres Kollegen war alles andere als korrekt.» Das Geschwätz des Delinquenten ließ Nilam verstummen. Johanna sah ihn nun scharf und etwas verächtlich an: «Wenn Sie nichts ausgefressen haben, haben Sie auch nichts zu befürchten!» «Ich habe dennoch meine Anwältin kontaktiert und werde mich weiterhin mit ihr absprechen!» «Ja, tun Sie das! Sie wollte Sie ohnehin suchen!» «Suchen?» fragte Uri Nachtigall. «Ja, haben Sie ihr denn nicht gesagt, wo Sie stecken? «Nicht direkt. Aber ich bin auf ihr Anraten hin hierher gefahren.» «Dann wird sie Sie sicher bald hier aufsuchen!» «Wessen werde ich eigentlich beschuldigt?» fragte er unvermittelt. «Ich kann mich nicht erinnern, etwas Böses getan zu haben.» «Das macht Sie nicht gerade unverdächtig», erwiderte die Kommissarin, worüber er schmunzeln musste: «Ja, in Ihrem Beruf sind alle verdächtig, nicht wahr?» Johanna mochte sein Schmunzeln und wollte ihn ein wenig herausfordern: «Nicht nur verdächtig. Meist liegt irgendwo auch eine Schuld begraben, die ich zu Tage fördere.» «Ach? Dann folgen Sie mir in meinen Keller; exhumieren wir die Leichen gemeinsam!» antwortete er. Nilam rauschte wie eine wild gewordene Hexe durch Johannas Unterstübchen: «Er benimmt sich überhaupt nicht wie ein Delinquent! Und du? Du plauderst harmlos und untätig mit diesem Schurken, statt ihn zu Boden zu werfen, zurecht zu weisen und nieder zu treten! Eine Kakerlake der Schuld ist er, und du unternimmst nichts als Kammerjägerin. Unfassbar ist das! Unfassbar!» «Frau Kommissarin, haben Sie Kopfschmerzen?» fragte er um Johanna besorgt, was er selbst nicht verstehen konnte. War das nicht eine gute Gelegenheit, eine Gunst des Augenblicks, die Schwäche seiner Verfolgerin auszunutzen und sie auszuquetschen?

Die Kommissarin und ihr Delinquent - was wird nur aus den beiden? Leben wir in einem Rechts- oder Polizeistaat? SOKRATES - Der kafkASKe Fortsetzungsroman Folge 56: Uri Bülbül

Aber er sah in ihr weniger eine Bedrohung als vielmehr einen netten Menschen, der warum auch immer, sein Herz berührte. Es hätte nicht viel gefehlt, und er hätte ihre Hand genommen. «Nein, nein», sagte sie endlich, «ich werde Ihnen nicht in Ihren Keller folgen und wir werden schon gar nicht gemeinsam irgendetwas ausgraben! Sie haben doch nur Interesse daran, Ihre Spuren zu verwischen. Für wie blöde halten Sie mich?» Er machte mit beiden Händen eine abwehrende Geste: «Oh nein, nein, ich bitte Sie! Nichts liegt mir ferner als das! Es war doch nur eine Metapher. Gehen Sie ruhig in meinen Keller! Durchsuchen Sie alles, was Sie möchten!» «Schon geschehen! Dazu brauche ich Ihr Einverständnis überhaupt nicht.» Es kränkte ihn, dass sie auf seine Wärme und Anteilnahme so eisern reagierte: «Ist das wie mit dem Fausthieb auf meine Nase. Einfach nur willkürlich, als lebten wir in einem Polizei- und nicht in einem Rechtsstaat? Haben Sie meine Sachen ohne eine Durchsuchungsanordnung durchwühlt?» Sie bekam große Lust, einfach aufzustehen und zu gehen. Sie musste sich vor ihm nicht rechtfertigen! Aber es gefiel ihr, dass seine Anteilnahme nicht aus Schwäche kam, und seine Stimme durchaus wieder in sachliche Härte umschlagen konnte, wenn sie ihm dazu den Anlass bot. Er sah in ihrem Gesicht für den Bruchteil einer Sekunde etwas ganz anderes als die Kommissarin. Und er hörte sie sagen: «Halt einfach die Fresse Nilam! Halt einfach das Maul!» Die Frage: wer ist Nilam? Lag ihm schon auf der Zunge, aber er besann sich schnell nichts zu sagen. Es war, als galten die Worte gar nicht ihm. «Sie haben alle Ihre Sachen ordentlich erhalten. Sagten Sie nicht selbst, dass Sie sich über ihr ThinkPad besonders gefreut hätten?» «Ja, vielen Dank. Sie haben sogar an das Netzkabel gedacht! Ich war in den vergangenen Tagen ein wenig außer Gefecht gesetzt. Jetzt erst kann ich mich mal wieder meinem Computer widmen. Ich soll hier angeblich sogar Internet haben. Das hat mir zumindest Schwester Maja mitgeteilt.» «Dann wird das auch so sein», antwortete die Kommissarin, was ihm ein schlechtes Gewissen machte, Schwester Maja misstraut zu haben. Einige Fragen schwirrten ihm durch den Kopf, die er aber nicht stellte, weil er sie für verfänglich hielt. So anziehend er die Kommissarin auch fand; er durfte nicht vergessen, dass sie gegen ihn ermittelte. Und sie hatte ihre Absicht klar formuliert: sie würde in jedem Keller eine Leiche finden. Ihre Philosophie war eindeutig: Niemand ist unschuldig. Andererseits wollte er das Gespräch suchen. Durch Schweigen allein würde er gar nichts erfahren. «Sind Sie zu meiner Bewachung abgestellt?» fragte er. «Ich bin überhaupt nicht abgestellt!» sagte Johanna. Er wollte dieses Mal nicht locker lassen. Ruhig, besonnen, diplomatisch – irgendetwas musste doch auf diesem Weg zu erfahren sein: «Entschuldigen Sie bitte, Frau Kommissarin. Ich weiß nicht genau, was ich Sie fragen und von Ihnen erfahren darf. Aber die Situation ist für mich mehr als seltsam.»

Zur späten Stunde denke ich noch an die Psycho-Villa, kann meinen armen Helden doch nicht mit dieser Polizistin allein lassen. Aber richtig schlaflos wird es erst, wenn Luisa, die kleine Schwester der Polizistin sich auf den Weg in die Villa macht. Folge 57 von SOKRATES... Uri Bülbül

Johanna musterte ihn kurz – aber lang genug, um Nilam wieder auf den Plan zu rufen: «Er ist ein Schlappschwanz! Das sehe ich sofort! Was willst du nur von diesem Kerl! Steh auf und geh! Aber lege ihm vorher Handschellen an. Diese dämliche Schwester kann ihn ja wieder befreien, wenn sie es bemerkt.» Nilam amüsierte sich bei diesem Gedanken. Sie stellte sich vor, dass er sich nicht traute nach Hilfe zu rufen. Still und schweigend würde er an die Heizung gekettet abwarten, bis jemand käme. Und wahrscheinlich würde er zu Gott beten, dass es nicht der freche Rotzlöffel wäre, der ihn entdeckte. «Nichts.» sagte Johanna. Er sah sie eher Hilfe suchend als fragend an. «Sie dürfen gar nichts von mir erfahren». Zu ihrer Überraschung lächelte er ganz locker und charmant: «Und Sie dürfen alles von mir erfahren. Verraten Sie mir doch wenigstens Ihren Namen!» «Johanna Metzger», antwortete sie zu spontan, wie sie fand. Aber es war zu spät, und er hatte den inoffiziellen Unterton in ihrer Stimme bemerkt. «Uri Nachtigall» sagte er ihr die Hand entgegenstreckend. Unwillkürlich erwiderte sie seine Geste und kam erst zu sich, zu der Kommissarin, die zu sein Nilam ihr abverlangte, als eine wohlige Wärme ihren Körper durchströmte, als sich ihre Hände berührten. Johanna obsiegte über Nilam und ließ es geschehen. Es wurde ein zarter, warmer, freundschaftlich fester Händedruck, der sogar das nötige Quäntchen Überlänge von flirtender Zärtlichkeit enthielt. Nilam war außer sich: «In der Hölle sollst du schmoren, elende Hure!» schrie sie. Das aber löste bei Johanna genau das Gegenteil, von dem aus, was Nilam wollte: «Das könnte doch jetzt der Beginn einer wunderbaren Freundschaft sein, nicht wahr», sagte sie zu Uri Nachtigall, der ihr fest in die Augen sah und nickte. Sie wollte es Nilam so richtig zeigen! «Ich muss jetzt gehen», sagte sie zu Uri, «schau du dir in aller Ruhe deine Daten an und arbeite an deinem ThinkPad. Ich komme wieder. Und hier ist meine Karte – falls dir noch etwas einfallen sollte», fügte sie scherzend und flirtend hinzu. Uri Nachtigall nahm klopfenden Herzens und schier sprachlos die Visitenkarte an und öffnete Johanna höflich die Tür.

«Na, Schwesterchen, hast du deine Tage?» Die Wohnung schien in Chaos zu versinken. Johanna hätte Luisa an die Wand klatschen können. Nichts war aufgeräumt und nichts eingekauft oder zum Abendessen vorbereitet. Die Kleine lag in ihrem Bett, hatte ihren Laptop aufgeschlagen, den Fernseher laufen und ihr Smartphone zum Chatten über Whatsapp in der Hand. Das alles hätte Johanna noch halbwegs wegstecken können, ohne Einbußen an ihrer Stimmung zu erleiden, die so gut war wie schon lange nicht mehr. Sie hätte singen können – krumm und schief, laut und kreischend, gewiss nicht einer Arie gleich, aber doch so emotional und der Idee einer wunderbaren Arie folgend: der Liebe himmlisches Gefühl ist nicht an unsere Macht gebunden, ist nicht an unsere Macht gebunden, ein einziger Blick entscheidet viel,

SOKRATES – der kafkASKe Roman

noch hat mein Herz ihn nicht...

Gestern Nacht saß ich im Bett und schrieb. Das Telefonat der beiden Frauen ließ mir keine Ruhe. Ihr werdet euch fragen: welches Telefonat? Nein, so weit sind wir noch lange nicht. Hier die Folge 58 von SOKRATES, dem kafkASKen Roman...
Uri Bülbül

...gefunden – nicht gefunden? Die Anrufliste mit den entgangenen Anrufen der Mutter löschte Johanna kurzerhand. Was wollte die Alte nur von ihnen? Luisa wusste das auch nicht; und es interessierte sie herzlich wenig. Lieber richtete sie ihre Aufmerksamkeit auf die gebratene Ente in Erdnuss-Sauce und den Salat, den sie unbedingt dazu haben wollte. Und sie war die letzte, die es ihrer kleinen Schwester nicht nachmachen wollte. Sie entschied sich für Rind in scharfer Sauce und eine Frühlingsrolle: der Liebe himmlisches Gefühl nicht an unsere Macht gebunden, ein einziger Blick entscheidet, vielleicht, ja vielleicht, hab ich ihn schon gefunden trällerte sie im Geiste und hörte wie aus der Ferne die Frage ihrer Schwester: «Hattest du einen stressigen Tag?»

Gut gesättigt, mit einem schönen schweren Bäuchlein und einem feinen Müdigkeitsgefühl kuschelte sich Johanna in ihr Bett, hatte sich noch einen Früchtetee gekocht und ihr Tablet mitgenommen. Sie googelte Uri Nachtigall und stieß auf die Leseprobe bei Amazon für ein Buch namens «Paradieseologie». Es gab auch einen Rezensenten namens Zodiac, der unter der Überschrift «Ansichten eines schrägen Vogels» einen kleinen Kommentar zum Buch geschrieben hatte. «Ich werde mich mit diesem Zodiac unterhalten», ging es ihr durch den Kopf. Sie musste wissen, wie gut er Uri Nachtigall kannte. Ihr kriminalistisches Interesse ging in private Neugier über, was ihren ganzen Körper kribbeln ließ. Ahnungslos, dass im Nebenzimmer die Neugier ihre Schwester Luisa auch in Richtung der Villa des Doctor Parranoia trieb, begann sie im Buch auf ihrem Tablet zu schmökern: «Alle Menschen haben, wie alle Lebewesen, einen angeborenen Lebenstrieb, der noch vor dem von Aristoteles in seiner Metaphysik erwähnten Wissenstrieb kommt und allem voran geht, weshalb meine Paradieseologie niemals mit dem Wissenstrieb beginnen könnte. Der erste Aufenthaltsort des Menschen ist kein Haus, keine Hütte, keine Höhle, seine Heimat keine Stadt, kein Dorf, kein Hof. Sein erster und ursprünglichster Aufenthaltsort ist der Garten. Der Garten aber ist ein kultivierter Ort; er ist begrenzt, er ist angelegt, er ist gestaltet. Die Pflanzen werden gehegt, gepflegt, beschnitten, veredelt, gekreuzt und gezüchtet. Der Garten ist die Verschmelzungsstelle des Geistes mit der Natur – die Erfüllung des geistigen Plans. Wer die Paradieseologie verstehen will, muss wissen, dass wir es mit einem Gott zu tun haben, der der Logik seiner Schöpfung unterworfen ist, so, wie er in seiner Allmacht keine Mauer bauen kann, über die er nicht springen könnte.»

Wäre Johanna nicht im Internet unterwegs gewesen, sondern in der physikalisch-räumlichen Welt, so wäre es schier unvermeidlich, dass sie ihrer kleinen neugierigen Schwester begegnete, die ebenfalls in der Paradieseologie schmökerte und diesem Uri Nachtigall eine Email zu schreiben gedachte, wenn sie ihn nicht auf facebook oder auf ask.fm oder einer ähnlichen Plattform fand.

«Er schreibt so süß», dachte Luisa, «er schreibt so theoretisch und so herzlich und gefühlvoll zugleich – ich will ihn unbedingt kennen lernen

SOKRATES – der kafkASKe Roman

und ein Praktikum bei ihm machen, wenn er doch der Philosoph des Cascando-Theaters ist – der HAUSPHILOSOPH, wie es hieß. Wenn es mir gefällt, könnte ich ja auch Philosophie studieren. Philosophie und Theaterwissenschaft. Ob diese Kombination wohl geht?» Sie wollte es so schnell wie möglich in Erfahrung bringen.Johanna dagegen fragte sich, ob Uri das alles genau so meinte und glaubte, was er da schrieb. Ein Gott, der über eine Mauer nicht springen kann, die er selbst errichtet hatte. Entweder kann er die Mauer nicht bauen oder er kann nicht über die Mauer springen. Wie paradox? War an dieser Stelle tatsächlich die Allmacht Gottes eingeschränkt? «Auf was für Ideen dieser Typ kommt!» sagte sie sich und gähnte, weil sie allmählich müde wurde und ihr die Augen zu zufallen begannen. Achtlos legte sie ihr Tablet zur Seite auf den Nachttisch und fiel noch vor ihrem unbenutzten Tablett in einen tiefen Schlaf.Irgendwann aber, sie hatte die Uhrzeit nicht in ihrem verschlafenen Blick, wurde der gläserne Computer ganz hell und warf einen leicht bläulichen grellen Lichtstrahl an die Decke, was Johanna sehr wunderte; denn der Strahl war so stark wie der eines Projektors. Ihr Tablet fungierte nun als Beamer, womit sie gar nicht gerechnet hatte. Sie war gerade noch mit dem Gedanken beschäftigt, dass sie diese Funktion ihres Tablets gar nicht kannte, was doch sehr verwunderlich war bei ihren Computerkenntnissen, als an der Decke ein blaues Meer erschien, worin Delphine sich tummelten und fröhlich umher sprangen. Sie schwammen springend und spielend auf sie zu. Sie lag in ihrem Bett, starrte an die Decke wie auf eine Kinoleinwand, wo ein Tierfilm vom blauen Meer mit Delphinen gezeigt wurde. Plötzlich begann das Meer auf sie herabzuregnen. Es war gar kein Film, sondern echtes Meer an der Decke und nun würde das ganze Wasser sie, ihr Bett, das ganze Zimmer, die Wohnung, das Haus, die Stadt – alles überschwemmen.«Ich muss Luisa warnen», dachte sie. Natürlich wollte sie nicht, dass ihre Schwester durch ihr Verschulden, dass sie das Tablet nicht ausgeschaltet hatte, ertrank und ums Leben kam. Aber anstatt der Wassermassen fiel ein rosa Delphin aus dem Meer an der Decke direkt neben sie ins Bett, was einen gewaltigen Ruck verursachte, der ihr durch den ganzen Körper ging. Nun lag ein rosanes Delphinkind neben ihr und kicherte: «Habe ich dich erschreckt, Frau Kommissarin? Du hast mir eine Ohrfeige verpasst, du dumme Nuss! Dafür nimm das!» Eine Vorderflosse schlug Johanna mitten ins Gesicht. Johanna lachte, denn es hatte gar nicht weh getan, aber sie hatte sich im ersten Moment doch sehr erschreckt. Sie überlegte, was sie dem Delphinkind angetan haben konnte. «Begreifst du es immer noch nicht?» meldete sich Nilam. «Wenn du nur deine Arbeit richtig machen würdest, würde dir so ein Mist nicht passieren!»

Warum träumen wir? Und warum träumen wir ausgerechnet das, was wir träumen? Eine Antwort darauf gibt es nicht; die Dinge scheinen oft komplizierter als sie sind, oder? SOKRATES, der kafkASKe Roman Folge 59... Uri Bülbül

Liebe Cassandra @AsLongAsYoureThere , du hast mir mit dieser Antwort http://ask.fm/AsLongAsYoureThere/answer/121691850831 eine große Freude, ja das schönste Weihnachtsgeschenk beschert :) Als mein kleines Dankeschön sei dir die 60. Folge des SOKRATES gewidmet: Uri Bülbül

Leider ziert nur noch dieses Bild das Profil der lieben Cassandra, die ihren Account deaktiviert und damit für mich verschwunden ist.

SOKRATES – der kafkASKe Roman

Hier aber die Weihnachtsfolge des SOKRATES:

«Hast du meine Waffe noch?» fragte das Delphinkind. «Ja, aber ich werde es dir nicht zurück geben! Ich bringe es morgen in die Asservatenkammer! Heute bin ich nicht mehr dazu gekommen. Waffen gehören einfach nicht in Kinderhände. Und schon gar nicht in die Hände von Kindern, die einem im Traum als Delphin erscheinen...» Sie konnte gar nicht zu Ende sprechen, da klatschte die Flosse wieder in ihr Gesicht. «Ich werde dich solange schlagen, bis du vernünftig wirst, du dumme Kommissarin! Du begreifst auch nichts – genauso wenig wie der Blödmann!» «Welcher Blödmann?» Es tat Johanna wieder nicht weh und an der Decke war kein Bild mehr zu sehen; auch war das Tablet dunkel geworden. «Du hast dein Tablet vergessen auszuschalten und nun ist der Saft alle! Du bist eine große Schlampe und kannst auf deine Sachen nicht aufpassen!» schimpfte Nilam. Was hatte sie überhaupt hier zu suchen? «Anstatt blöde herumzuquatschen, kannst du mir mal helfen, dieses Tier loszuwerden», schimpfte Johanna. Nilam lachte! «Erschlagen soll es dich! Du hast es verdient? Tun seine Schläge dir so richtig weh?» «Nein, tun sie nicht. Sonst wäre sie schon längst bei Sinnen!» antwortete das Delphinkind, «ich gehe jetzt auch wieder! Ich will noch in den Traum von deiner Schwester. Ihr muss ich auch noch etwas sagen!» «Lass meine Schwester in Ruhe!» schrie Johanna. Das Delphinkind lachte nur. «Ich brauche noch mehr Legosteine – gelbe Legosteine. Ich will noch ein Auto bauen, ein Bananenauto und ein Kamel. Banenauto und gelbes Kamel sollen gleichzeitig sein, deshalb brauche ich noch mehr gelbe Legosteine. [@Maulwurfkuchen] Meine Waffe, die du mir abgenommen hast, kannst du behalten.[15] Aber bring sie nicht in die Asservatenkammer. Du wirst sie noch brauchen!» Mit einem Satz sprang es aus dem Bett hoch durch die Zimmerdecke und verschwand spurlos. «Halt die Klappe, Nilam! Ich will nichts von dir hören! Absolut gar nichts! Verstehst du?» Seltsamerweise hielt sich Nilam daran. Das war mehr als ungewöhnlich. Johanna aber wunderte sich nicht, sondern schlief tief ein.

«Guten Morgen, Schwesterchen, bist du denn schon fit für die Schule?» Johanna wunderte sich, Luisa kurz nach Sieben fertig angezogen in der Küche anzutreffen. Sie selbst war noch im Schlafanzug und barfuß. «Klar, dafür siehst du umso verschlafener aus.» «Hmmm, ich habe etwas Seltsames geträumt», murmelte Johanna. Luisa trank ihren letzten Schluck Kaffee, während sie

---

[15] Vgl. www.ask.fm/Maulwurfkuchen und
http://ask.fm/Klugdiarrhoe/answer/123528463033

ihre Schwester ganz interessiert ansah: «Geträumt? Was denn?» «Von einem sprechenden rosa farbenen Delphin, der von der Decke in mein Bett direkt neben mich fiel.» Luisa beeilte sich, ihre Tasche zu ergreifen. Sie musste schleunigst aus der Wohnung. «Ja, sehr seltsam, seltsam», sagte sie zerstreut. Flüchtig drückte sie ihrer Schwester einen Kuss auf die Wange und rannte aus dem Haus. Zum Glück hatte sie Kaffee für zwei Personen gekocht.

nö. Dino

Ja, ja, du bist ein sehr eigensinniger Kerl. Aber ich auch. Deshalb geht die 61. Folge des SOKRATES-Romans einfach so weiter:

Johanna schüttete sich ihre Tasse voll und nahm reichlich Milch dazu. Kälte kroch ihr von den Füßen durch ihre Beine langsam hoch in ihren Körper, weshalb sie sich kurz entschlossen mit ihrem Kaffee wieder ins Bett legte. «So viel Zeit muss sein», sagte sie sich. Außerdem konnte sie ja noch ein bißchen auf ihrem Tablet recherchieren bzw. das Buch dieses seltsamen Vogels lesen, bevor sie sich auf den Weg ins Büro machte.

«Paradieseologie: Das Paradies ist ein Traum, und verdient wie jeder Traum auf seinen Bezug zur Realität geprüft zu werden. Traumdeutung setzt immer voraus, dass Träume außerhalb ihrer eigenen Seinsstufe auch etwas zu bedeuten haben und mit unserer Wirklichkeit im Wachzustand verwoben sind. Wären Traumwelt und Wachwelt zwei völlig voneinander getrennte Dinge, die nichts miteinander zu tun haben, müsste man sich keinerlei Gedanken über die Traumdeutung machen.» Da versucht sich der kleine Vogel in Logik, dachte Johanna und nahm einen kräftigen Schluck Kaffee. Der Blick auf die Uhr ihres Tablets verriet, dass sie sich noch eine gute halbe Stunde Zeit lassen konnte. Also las sie

SOKRATES – der kafkASKe Roman

weiter: «Die Schöpfungsgeschichte, das Paradies und die Vertreibung aus dem Paradies sind aufgeschriebene Träume, worin auch eine Ahnung von Gott steckt, wobei dies keine theologische Abhandlung werden soll. Nicht um Gott, dessen Existenz und Existenzweisen soll es gehen. Fest steht, dass es ein Buch namens Bibel gibt und darin Texte und Geschichten existieren. Das ist der einzige Ausgangspunkt für die Paradieseologie, die weder die Existenz noch die Inexistenz Gottes behaupten will. Ihr Raum und ihr Gegenstand ist das Phantasma. Was denkt und malt sich der Mensch aus? Was setzt er an Ideen und Geschichten in die Welt? Und was hat er zuvor von der Welt empfangen, was ihm als Samen für all das diente, was er in die Welt gesetzt hat?

Die Paradieseologie kommt um das Thema Traum und Wirklichkeit nicht herum. Und der Begriff der Wirklichkeit verdient dabei eine genauere Betrachtung.» Zur Sache, Schätzchen, komm endlich zur Sache, ging es ungeduldig Johanna durch den Kopf und sie nahm den letzten Schluck Kaffee aus ihrer Tasse. Das Vögelchen wollte also die Schöpfungsgeschichte wie einen aufgeschriebenen Traum behandeln und deuten. Und wie ein Psychoanalytiker wollte er wahrscheinlich damit in die dunklen Ecken der Seele schauen. Was hatte der Apfelbaum zu bedeuten? Die Schlange? Warum schwebte Gott über den Wassern? Was hatte die Leere des Universums vor der Schöpfung zu bedeuten? Hoffentlich hast du auf all meine Fragen eine Antwort, Vögelchen, dachte sie scherzhaft. Irgendwie machte es ihr Freude beim Lesen an ihren Delinquenten mit der gebrochenen Nase zu denken. Ärgerlich zuckte sie zusammen, weil das Telefon klingelte. Ohne auf das Display zu schauen, nahm sie dieses Mal den Anruf an: «Was willst du? Bisher hast du dich auch nicht um uns geschert. Und dabei sollte es auch bleiben, verdammt!» «Es war ein großer Fehler, ein wahnsinnig großer Fehler. Ich weiß nicht, was ich sagen soll...» «Dann ruf auch nicht an! Du nervst einfach!» Johannas Mutter jammerte: «Bitte, Johanna, bitte, leg jetzt nicht auf! Ich muss es erfahren. Ich muss es von dir erfahren.» «Gar nichts musst du! Du hast immer weggesehen, du hast es immer ignoriert. Du hast an deiner heilen Welt geklebt. Alles andere war die völlig Wurscht! Und jetzt, da wir schon lange unseren Seelenfrieden gefunden haben, jetzt fängst du an zu nerven?» Nilam brach in schallendes Gelächter aus bei dem Wort «Seelenfrieden». Johanna warf das Telefon weg, um sich mit beiden Händen die Ohren zuhalten zu können. Aber Nilams Gelächter durchdrang alles; ließ ihre Schädeldecke von innen vibrieren. Und immer wieder brachte sie zwischen ihren hysterischen Lachern das Wort «Seelenfrieden» hervor. Johannas Mutter hatte noch nicht aufgegeben. Sie jammerte und klagte, bat und bettelte auf der Bettdecke ahnungslos, dass Johanna im Augenblick sich gänzlich ins Aus geschossen hatte. «Johanna, es tut mir so unendlich Leid. Bitte, ich verlange nicht, dass du mir verzeihst. Ich möchte doch von dir nur die Wahrheit erfahren. Ich möchte wissen, was euer Vater mit euch Mädchen gemacht hat.» Nilam lachte nicht mehr. «Johanna? Johanna! Bist du noch da?» Johanna hatte nicht aufgelegt. Man konnte die Stille im Raum hören. Da witterte die Mutter ihre Chance: «Johanna, bitte, sprich zu mir. Es ist nicht zu spät. Es kann nicht zu spät sein. Wir leben noch. Ich war blind. Ich war taub. Ich war naiv. Ich war blöd. Ja, ich war blöd. So blöd, dass ich Angst hatte, die Wahrheit zu erfahren. Es ist unverzeihlich. Und ich erwarte nicht, dass du mir vergibst. Ich werde Luisa und dich in Zukunft auch nie wieder anrufen. Ich werde euch immer in Ruhe lassen. Aber ich muss es jetzt ganz genau wissen. Ich muss wissen, was euch dieses Schwein angetan hat – dieses perverse Schwein!» Johanna starrte reglos auf das Telefon. «Eigentlich muss ich jetzt die Paradieseologie weiterlesen», dachte sie, «ich habe gar keine Zeit für diese perversen Geschichten. Warum soll ich ausgerechnet jetzt mit meiner Mutter darüber sprechen? Vor zehn Jahren wäre es aktuell gewesen und vor zwei Jahren bei Luisa. Aber jetzt? Jetzt gab es nichts zu reden. Jetzt musste sie sich dringend auf das Buch dieses Verdächtigen konzentrieren. Sie musste seinen Fall lösen. Und die Paradieseologie konnte womöglich etwas dazu beitragen, diesen Menschen besser zu verstehen. Ja, das war im Moment wichtig und nicht diese heulende und wimmernde, bittende und bettelnde sorgenvolle Mutter, die jahrelang alles nur ignoriert hatte – in den entscheidenden Momenten hatte sie die entscheidenden Signale nicht wahrgenommen, nicht wahrnehmen wollen. Und als sie damals vorsichtige Andeutungen zu machen versuchte, weil sie selbst nicht genau verstand, wie sie es sagen sollte, fuhr ihr ihre Mutter über den Mund. Da wurde vom Thema abgelenkt. Da wurde nach den Hausaufgaben gefragt, nach irgendwelchen Belanglosigkeiten in der Schule oder nach der Nachmittags- und Freizeitgestaltung. Und ihre zehn Jahre jüngere Schwester konnte natürlich erst recht nicht helfen. Sie ging in den Kindergarten, erwartete mit Freude und Fragezeichen aufgeregt ihre Einschulung, hüpfte und sprang durch den Alltag, nervte mit ihrem Eigensinn und wollte eine Menge Aufmerksamkeit. Und Johanna dachte, dass das Kleine so völlig ahnungslos war, was noch auf sie zukommen konnte.» Sie fühlte sich damals schon verantwortlich für Luisa. Sie wollte ihre kleine Schwester viel besser beschützen, als es ihre Mutter konnte oder wollte. Und besonders dieser letzte Teil des Gedankens schmerzte Johanna sehr. Wahrscheinlich liebte ihre Mutter sie nicht genug. Sie beschloss damals, alles wieder gut zu machen – auch wenn das ein langer Weg sein sollte. Und nun konnte man doch wirklich sagen, dass das Ziel schon längst erreicht war. «Nein», widersprach Nilam, «nein, nichts ist erreicht. Und du wirst noch zu einer Verräterin! Und denk daran, dass dein Vater dich auch geliebt hat. Sehr viel inniger und intensiver als deine Mutter. Er wusste dich zu nehmen und es dir zu zeigen! Er hat dir alles beigebracht, woran du Freude hast – ich meine wirkliche, wahrhafte, ganz körperliche Freude.» Nilam lachte und kicherte irre. «Johanna, sag mir, was passiert ist! Sag mir, was dieses Monster mit euch getan hat! Und ich werde euch nie wieder belästigen.» «Wozu soll das gut sein?» fragte Johanna und nahm das Telefon wieder ans Ohr. «Was willst du schon wieder gut machen? Du kannst es nicht. Du kannst es einfach nicht!» Als sie das sagte, ging ihr aber etwas anderes durch den Kopf: Nein, die Mutter konnte es nicht wieder gut machen. Sie selbst aber schon. Es war der Weg scheinbar noch nicht ganz zu Ende gegangen. Also musste sie die letzte Etappe noch durchschreiten. Sie hörte ihre Mutter erzählen: «Kaum war Luisa etwa drei Jahre alt, da hat euer Vater aufgehört sich für mich als Frau zu interessieren. Ich war plötzlich Luft für ihn, nicht mehr als ein gewohntes Möbelstück, ein Sessel, auf den man sich nicht mehr setzt, der aber einfach da ist und mit zum Mobiliar gehört. Ich gebe zu, es war mir erst gar nicht so unrecht. Aber manchmal habe ich mich schon gefragt, ob er vielleicht eine Geliebte hat und uns, seine Familie, ihretwegen verlässt.» «Ja, andere Sorgen hattest du nicht!» brummte Johanna. «Aber vor einer Woche habe ich ein Paket in seinem Arbeitskeller gefunden. Es war schon geöffnet und darin waren etliche DVDs mit perversesten Filmen. Ich kann sie dir gar nicht beschreiben! So etwas kann niemals erlaubt sein! Es ist widerwärtig. Und dann kamt ihr mir in den Sinn, meine Töchter. Meine geliebten Kinder!» «Halt die Schnauze!» entfuhr es Johanna. Dann berappelte sie sich schnell und wurde zu der Kommissarin, zu der sie sich hatte ausbilden lassen: «Wo ist das Paket mit den Filmen jetzt? Und was genau ist darauf zu sehen?» Ihre Mutter brach in Tränen aus, mehr als ein Schluchzen und Schnäuzen war nicht mehr zu hören. Sie brachte kein Wort mehr heraus. «Bitte, Mama, wo ist das Paket jetzt?» Kurz stockte der Weinkrampf: «Mama»? So hatte Johanna sie lange nicht mehr genannt. Aber dann setzte das Heulen wieder ein, noch kräftiger, noch Herz zerreißender. Johannas Jagdinstinkt war aber nun geweckt. Sie musste unbedingt diese Filme in die Finger bekommen. Das stand für sie fest. Aber ihre Mutter konnte nicht mehr aufhören zu weinen. Wieder drohte Johanna, die Geduld zu verlieren. «Los verdammt! Sag schon! Wo ist das Paket jetzt!» Ihre Mutter aber legte auf. Johanna sprang vor Wut aus dem Bett. «Nein, so nicht! So nicht, Muttchen! Dieses Mal nicht! Das kannst du mit mir nicht machen! Ich werde diesen Schweinehund dieses Mal festnageln!» schrie sie wutentbrannt, während sie immer wieder die Telefontasten zu drücken und ihre Mutter anzurufen versuchte und sich aber vor Aufregung und Wut immer wieder vertippte.

Die ersten beiden Schulstunden hatte die ehrgeizige Deutschlehrerin Frau Sophie Rosenberg-Kübel Heiner Müller gewidmet und versuchte gemeinsam mit der Klasse ein Gedicht von diesem, wie sie ihn nannte, bedeutendsten deutschen Dramatiker nach Bertolt Brecht, zu interpretieren. Der Klasse war

SOKRATES – der kafkASKe Roman

Bertolt Brecht schon egal. Was sollte sie da mit der zweiten Garde nach ihm anfangen können? «Herzkranzgefäß» hieß das Gedicht und es ging darin wohl um das Lebensgefühl des Dichters nach einem Herzinfarkt. «Ich fand dieses eine Gedicht von Brecht schon ziemlich schwul und nun von dem zweiten Mann auf dem Dichterpodest, von diesem Müller, finde ich es einfach jämmerlich», sagte Christoph und sprach damit den meisten in der Klasse aus der Seele. Luisa nannte ihn ihr «Stoffelchen». Sie warfen sich nach dieser Wortmeldung verschwörerische Blicke zu, ein wenig erhoffte sich Christoph Unterstützung von Luisa. Aber sie war nicht bei der Sache gewesen und hatte nur zerstreut aufgesehen, als sie Christophs Stimme gehört hatte. Sie las in der Paradieseologie des Uri Nachtigall und war in Gedanken weit, weit weg von irgendwelchen Herzkranzgefäßen. Aber so ganz tatenlos wollte sie nun auch nicht bleiben und ihr Stoffelchen alleine lassen mit der Rosenberg-Kübel – immerhin hatte er ihr vor der Schule versprochen, ihr sein Moped zu leihen, weil sie unbedingt nach Venusberg zu einem Landschloss oder einer Villa oder etwas ähnlichem fahren wollte.

Eines ist ganz klar: diese Woche kann mit der 65. Folge des kafkASKen Fortsetzungsromans SOKRATES beginnen. Luisa im Deutschunterricht und eine unversöhnliche Deutschlehrerin. Ich mache keinen Hehl daraus; ich mag diese Lehrerin nicht! Uri Bülbül

Er hatte noch nie etwas von diesem Irrenhaus gehört, wovon sie sprach und was sich auf dem besagten Anwesen befinden sollte. Er wollte nicht mitfahren, weil er noch Schule hatte und auf gar keinen Fall schwänzen durfte. Aber bis zum frühen Nachmittag konnte er ihr sein Moped leihen. «Du darfst nur nicht vergessen zu tanken», hatte er sie ermahnt, weil er schon auf dem Schulweg auf Reserve schalten musste. «Ja, ich muss Stoffel recht geben! Zwei nackte Männer in irgendwelchen Faltbooten – dieses Gedicht war weder schön noch mit Inhalt. Und mit Sozialismus hatte das auch nichts zu tun. Das ist doch wirklich an den Haaren herbei gezogen und dieser Müller kreist nur um sein pseudomaterialistisches Ego.» Mit diesem Beitrag hatte sie Stoffelchen auf jeden Fall nicht enttäuscht, wenn sie natürlich auch sich nun als Blitzableiterin der Kübel zur Verfügung gestellt hatte. «Ah, Luisa, dein pseudointellektuelles Gewäsch konnte ja jetzt nicht ausbleiben, nicht wahr? Mit einem Ohr beteiligst du dich zwar am Unterricht, aber mit deinen anderen Sinnen bist du ganz woanders. Bevor wir diese Diskussion weiter führen, konfisziere ich erst einmal dein Handy.» Und ehe Luisa reagieren konnte, war die Deutschlehrerin bei ihr und riss ihr das Smartphone aus der Hand. «Na? Ein Liebeschat über Whatsapp?» fragte sie mit sadistischer Genugtuung. Als sie aber einen Blick auf das Display warf, huschte eine Spur von Irritation über ihr Gesicht. Sie ging zum Lehrerpult und verstaute vorsichtshalber das Telephon in ihrer Tasche. «So und widmen wir uns ganz konzentriert dem Gedicht „Herzkranzgefäß"»

SOKRATES – der kafkASKe Roman

zum Lehrerpult und verstaute vorsichtshalber das Telephon in ihrer Tasche. «So und widmen wir uns ganz konzentriert dem Gedicht „Herzkranzgefäß"»

«Das ist nicht einmal Abitursstoff. Sie verplämpern unsere Zeit!» protestierte Stoffelchen, aber in der Lehrerin war längst die Bestie erwacht. Jetzt musste Luisa wirklich etwas unternehmen; die Situation drohte aus der Kontrolle zu geraten. «Sowohl Brecht als auch Heiner Müller inszenieren sich selbst, sie stilisieren sich zu Dichtern des deutschen Sozialismus. Und wir Schüler müssen das einfach schlucken. Das ist alles. Aber warum sollen wir das tun, wenn es nicht einmal Abitursstoff ist?» «Erstens ist es Klausurstoff, mein vorlautes Fräulein, zweitens versuchst du nur eine Pseudodiskussion anzuzetteln, und es geht dir überhaupt nicht um Inhalte und Wahrheit und drittens gehört zur jüngsten Geschichte Deutschlands auch die Zeit nach 1945 bis 1989 dazu. Für diese Zeit ist eine der wichtigsten Symbolfiguren in Theater und Literatur Heiner Müller!» Die Sphinx zeigte ihre Kralle, jetzt weißt du, wo die Macht wohnt.

vor 5 Monaten

Phönix aus'm Aschenbecher und 3 anderen gefällt das

«Das ist nicht einmal Abitursstoff. Sie verplämpern unsere Zeit!» protestierte Stoffelchen, aber in der Lehrerin war längst die Bestie erwacht. Jetzt musste Luisa wirklich etwas unternehmen; die Situation drohte ausser Kontrolle zu geraten. «Sowohl Brecht als auch Heiner Müller inszenieren sich selbst, sie stilisieren sich zu Dichtern des deutschen Sozialismus. Und wir Schüler müssen das einfach schlucken. Das ist alles. Aber warum sollen wir das tun, wenn es nicht einmal Abitursstoff ist?» «Erstens ist es Klausurstoff, mein vorlautes Fräulein, zweitens versuchst du nur eine Pseudodiskussion anzuzetteln, und es geht dir überhaupt nicht um Inhalte und Wahrheit und drittens gehört zur jüngsten Geschichte Deutschlands auch die Zeit nach 1945 bis 1989 dazu. Für diese Zeit ist eine der wichtigsten Symbolfiguren in Theater und Literatur Heiner Müller!» Die Sphinx zeigte ihre Kralle, jetzt weißt du, wo die Macht wohnt.

An Sonderwünschen des @Maulwurfkuchen , was alles in die Geschichte um Johanna Metzger, Uri Nachtigall, Luisa, Zodiac und vielen anderen soll, mangelt es nun wirklich nicht. Ich würde mich auch über andere Zurufe freuen, die SOKRATES thematisch bereichern. Hier Folge 66... Uri Bülbül

Doch noch ehe Rosenberg-Kübel weiter sprechen konnte, um ihren Angriff auf Luisa und Christoph erfolgreich zu vollenden meldete sich eine weitere Stimme aus der Klasse: «Ist die wichtige literarische Symbolfigur für die Teilung Deutschlands nicht Wolf Biermann gewesen?» Marie, die sonst sehr stille und teilnahmslose Marie – und plötzlich war sie da und sprang den beiden so unerwartet zur Seite, dass sie die Kübel sichtlich irritierte. Justus, der sich auch nicht mehr zurückhalten wollte, hätte sich seinen dämlichen Kommentar schenken können, aber er schadete damit auch nicht weiter, als er sein Gebrumme mit «Das Schaf im Wolfspelz» in den Raum warf. Immerhin kicherten einige. Und es war schließlich allgemein bekannt, dass die Kübel auf Biermann stand. Luisa konnte sich an eine kolportierte Geschichte erinnern, dass sie mit ihm einen One-Night-Stand gehabt haben sollte, «damals in Mutlangen», als sie gegen die PershingII-Raketen der Nato protestierten. Die Sphinx mit der ausgestreckten Kralle durfte sich nun schön in eine dämliche Krähe verwandeln, die ein wenig krächzen und herumflattern konnte, ohne etwas Großartiges mehr damit bewirken zu können. «Ja, zweifellos ist Biermann auch eine wichtige Symbolfigur. Aber nun sind wir einmal bei Heiner Müller und eben nicht bei Lyrik und Gesang, sondern bei Literatur und Theater.» Aber Christoph konnte es wirklich nicht lassen, ihr den geordneten Rückzug zu mißgönnen: «Aber wir sind schon auch bei der Lyrik mit „Herzkranzgefäß"». Sie würde aber nun, Rückzug hin und geordnet her, ihre Wut schon an einer Stelle auslassen, die dieser widerlichen Luisa, die ihren Eigensinn auslebte, schon empfindlich Weh tat. Niemand ahnte von ihnen, wie empfindlich sie Luisa mit ihrem Schachzug, ihr das konfiszierte Telephon nicht mehr auszuhändigen, tatsächlich traf.

«Ich werde Ihnen Ihr Handy bestimmt nicht aushändigen. Vergessen Sie's», schrie sie am Ende des Unterrichts. Die anderen Schüler hatten das Klassenzimmer schon verlassen. Nur Stoffel wartete noch im Flur und in einiger Entfernung von ihm kramte Marie noch in ihrer Tasche und schien etwas zu suchen. Christoph aber beachtete sie kaum. Er war gespannt auf Luisa. «Ihre Mutter kann das Handy in meiner Sprechstunde abholen. Ich muss dringend mit ihr über Ihr unmögliches Verhalten sprechen. Schließlich geht es um Ihre Zukunft!» «Was ist mit meiner Zukunft? Sind Sie Deutschlehrerin? Oder Hellseherin? Oder was? Ich möchte jetzt sofort mein Smartphone wieder haben! Sie haben kein Recht, es mir wegzunehmen. Das ist ein erheblicher Eingriff in meine Privatsphäre. Und das steht Ihnen nicht zu.» «Schluss mit der Debatte! Ich will Ihre Mutter oder Ihren Vater bei mir in der Sprechstunde sehen. Und fertig. Und wenn Sie der Meinung sind, dass ich hier etwas mache, was mir nicht zusteht, steht Ihnen der

SOKRATES – der kafkASKe Roman

Weg zur Schulleitung und zu einer Beschwerde dort offen! Jetzt behelligen Sie mich nicht weiter in meiner kurzen kleinen Pause und verschwinden Sie aus meinen Augen!»

kannst du auch in die Geschichte einen weißen Tiger mit einbauen, der ganz lieb ist und sprechen kann und mich immer auf sich reiten lässt, bitte? :3 Dino

So, so ein Tiger soll es sein - weiß und ganz lieb. Warum auch nicht. Aber bis dahin gilt es noch einen ganzen Erzählweg zu gehen; denn noch sind wir in der Schule im Deutschunterricht dieser schrecklichen Lehrerin Sophie Rosenberg-Kübel. Und dann macht sich Luisa auf den Weg zu dir, mein Lieber @Maulwurfkuchen . Und du residierst in dem kafkASKen Roman - aus noch nicht erzählten Gründen in der Psycho-Villa des @DoctorParranoia , «Willkommen im Irrenhaus» ;)

SOKRATES Folge 67:

«Meine Schwester hat Vormundschaft und Sorgerecht für mich bis zu meiner Volljährigkeit übernommen. Sie werden mit ihr sprechen müssen!» widersprach Luisa. Aber die Kübel hatte kein Ohr mehr für sie: «Sie haben es gehört. In meiner Sprechstunde.» Damit drückte sie Luisa ein wenig zur Seite und ging schnellen Schrittes aus dem Klassenzimmer und mit ihr Luisas Smartphone.

Christoph legte tröstend seine Hand auf ihre Schulter, was sie zusammenzuckend, als habe sie eine Feuerqualle berührt, abschüttelte. Zugleich tat ihr ihre Reaktion ein wenig Leid und sie warf einen warmen Blick auf den Irritierten und fragte: «Kannst du mir dein Handy leihen? Ich brauche das Navi.» Allzu bereitwillig, übergab er ihr sein Handy: «Was hast du vor? Hast du jetzt keinen

Unterricht mehr?» «Stoffel, das haben wir schon besprochen. Ich habe jetzt frei und will mit deinem Moped auf dieses Landschloss. Ich suche dort diesen Theaterphilosophen und Schriftsteller. Und vorher muss ich noch in einen Spielzeugladen, gelbe Legosteine kaufen. Aber das ist eine ganz andere Geschichte. Ich bringe dir am Nachmittag Moped und Handy nach Hause. Mach's gut.» Damit ließ sie ihn verdutzt stehen und ging. Christoph konnte nicht aufhören, ihr nachzustarren, da trat Marie zu ihm: «Hey, ich finde meinen Stundenplan nicht. In welchen Raum müssen wir jetzt?»

Luisa setzte sich den vielzu großen Helm auf den Kopf und machte die Schnalle so eng, wie es nur ging. Vor sich auf dem Lenker befestigte sie in der dafür vorgesehenen Halterung Stoffels Smartphone, um sich den Weg zur Psycho-Villa auf dem Venusberg, oder hinter dem Venusberg? Oder Richtung Venusberg? Anzeigen zu lassen. Die Navi-App würde ihr schon den Weg weisen. Aber schon beim Eingeben der Adresse bemerkte sie, dass es um den Ladezustand des Akkus nicht gut bestellt war. Dieser Schlumpf hat sein Handy nicht aufgeladen und sein Moped nicht getankt, glaubt aber bei mir landen zu können, fluchte sie vor sich hin und fuhr auf gut Glück los. Noch in der Innenstadt machte sie vor einem Spielzeugladen Halt und gab fast ihr ganzes Geld für gelbe Legosteine aus.

öffne mir die tür

Geht nicht, böser Wolf! Du willst mich alten Schafkopf nur auffressen und ich schreibe gerade an der 68. Folge des SOKRATES: Luisa ist unterwegs in die Psychovilla...

Ich wusste gar nicht, dass diese Dinger so teuer sein können, ging es ihr durch den Kopf und sie hielt es irgendwo, da nun auch die

SOKRATES – der kafkASKe Roman

Wirkung des Traumes, den sie gehabt hatte, im Laufe des Tages nachließ, für eine abergläubische Laune von sich. Sicher ist sicher, sagte sie sich, der Traum war sehr eindringlich und zu lebendig, um ignoriert zu werden, ein rosaner Delphin, der ihr sagte, sie solle es nicht wagen, ohne seine gelben Legosteine bei ihm in der Psycho-Villa auftauchen, er wolle unbedingt gleichzeitig ein gelbes Bananenauto und ein Legokamel bauen. Sie fragte ihn völlig erstaunt: «Wer bist du? Lebst du auch in der Psycho-Villa?» «Was für eine Frage! Ich würde dir doch nicht sagen, du sollst die Legosteine mitbringen, wenn ich nicht dort leben würde! Sie müssen gelb sein. Gelbe Legosteine – denk daran!» Sie hätte diesen Traum vielleicht zu ignorieren gewagt, wenn nicht am frühen Morgen noch die Begegnung mit ihrer Schwester gewesen wäre, die auch von einem Traum mit einem rosa Delphin zu erzählen wusste. Dieser Zufall erschien ihr sehr unheimlich; wenn sie die Legosteine in der Villa nicht brauchte, konnte sie sie immer noch dem Kindergarten schenken, wo Marie ein Praktikum zu machen gedachte. Marie – dieses Mauerblümchen, und plötzlich sprang sie ganz unverhofft Stoffelchen und ihr zur Seite. Auch wenn es letztendlich nichts geholfen hatte gegen diese Krähe, die sich für eine Sphinx hielt, war es doch auf dem ersten Blick sehr nett von Marie. Nun aber, da es ihr ein zweites Mal durch den Kopf ging, bemerkte Luisa, dass Marie womöglich gar nicht so uneigennützig gehandelt hatte. Schon wurde ihre Aufmerksamkeit aber von der Navigation beansprucht. Sie war durch das Fachwerkdorf gefahren und sollte nun den Weg durch den Wald einschlagen, wo die Straße feucht, rutschig und dunkel wurde. Zugleich meldete das Smartphone, dass der Ladezustand des Akkus nun kritisch wurde. Nach Hause werde ich schon finden, dachte sie, dafür brauchte sie keine Navigation. Also gab sie Gas, um so schnell wie möglich das Landschloss des Doctor Parranoia zu erreichen. Es wurde sehr kurvig und ging immer tiefer in den Wald hinein; die Navigation zeigte noch einige hundert Meter, wonach es nach rechts gehen sollte. Luisa war sehr gespannt und aufgeregt. Hier roch alles nach Abenteuer. Als sie wieder auf die Navigation schauen wollte, bemerkte sie, dass der Akku des Handys seinen Geist aufgegeben hatte. Aber so sehr tiefgreifend mochte sie das nicht beunruhigen, weil es nicht so viele Abbiegegelegenheiten hier geben konnte. Sie drosselte ihre Geschwindigkeit, während sie im Rückspiegel einen alten schwarzen Mercedes näher kommen sah. Das Moped wurde noch langsamer und sie hielt sich so weit es ging rechts, um den Wagen vorbei zu lassen. Dennoch erdreistete sich der Fahrer, sie beim Überholen anzuhupen.

du machst mir Angst :(

Wieso das denn??? Ich schreibe doch nur ganz harmlose Dinge und dann eben diese schöne Fortsetzungsgeschichte SOKRATES. Die vorletzte Folge findest du hier: http://ask.fm/Klugdiarrhoe/answer/125247599289 und die letzte hier:

SOKRATES - der kafkASKe Fortsetzungsroman Folge 69:

Als er an ihr vorbei war, beschleunigte sie wieder. Ihr kam der Gedanke in den Sinn, dass er womöglich auch zur Psycho-Villa fuhr. Sie wollte ihm so weit und so gut es ging folgen. Der Abstand zwischen ihnen vergrößerte sich aber recht zügig, obwohl sie nun mit Vollgas fuhr. Sie legte sich gekonnt und elegant in die Kurven. Fast hätte sie vergessen, dass der Mercedes womöglich ein ganz anderes Ziel hatte als sie. Da konnte sie, als sie aus einer Kurve sich aufrichtete, so eben gewahr werden, dass der Wagen, den sie verfolgte, in einen kleinen, leicht zu übersehenden Waldweg einbog. Als sie die Stelle selbst erreichte, war der Mercedes schon aus dem Blick verschwunden. Ohne zu zögern bog Luisa auch in den Waldweg ein. Sie gab Gas, ließ das Hinterrad durchdrehen und das Moped leicht schleudern, was sie mit einer gekonnten Gegenlenkbewegung auffing. Es machte ihr Spaß, einen flotten Fahrstil an den Tag zu legen. Auf dem Schotterweg durch den Wald war sie bestimmt schneller als der Mercedes. Und in der Tat tauchten wenige Augenblicke später die Rücklichter des Mercedes in der Ferne vor ihr auf. In einem Hochgefühl der Zufriedenheit raste sie über den Schotterweg. Sie kam dem Mercedes immer näher. Es bestand kaum ein Zweifel, dass der Fahrer sie im Rückspiegel sehen konnte. Er fährt bestimmt auch zur Psycho-Villa ging es ihr durch den Kopf. Ob das wohl der Chef der Villa war, der vor ihr fuhr und nostalgisch an seinem alten Mercedes hing? Sie hatte nun nur noch den nötigen Sicherheitsabstand zu ihrem Vorderwagen, als plötzlich und völlig unerwartet der Motor des Mopeds erstarb. Im ersten Moment begriff sie nicht, was geschah, dann aber als das Moped langsam ausrollte, fiel ihr ein, dass sie Christophs Rat zu tanken nicht befolgt hatte.

In der Villa indessen klopfte Schwester Lapidaria an Uri Nachtigalls Tür. «Mittagessen!» «Kommen Sie herein, Schwester Maja», hörte sie eine Stimme von innen, die munter und geradezu fröhlich klang. Nicht ohne Neugier öffnete sie Tür und fand den Patienten am Schreibtisch sitzen und auf seinem ThinkPad tippen. Lächelnd drehte er sich zu ihr um. «Komm, kleines Vögelchen. Ich begleite dich in den Speisesaal. So einen Service bekommst du natürlich nicht jeden Tag. Aber heute, weil es das erste Mal ist, möchte ich dich begleiten.» «Kommen Sie doch näher, liebe Schwester Maja», sagte der Patient, der irgendetwas Fesselndes auf seinem Laptop erblickt zu haben schien. Mit professioneller Unterkühltheit näherte sich Lapidaria ihrem Patienten und warf einen Blick auf den elfeinhalb Zoll Bildschirm.

hehe 69 folgen :~~D Phönix aus'm Aschenbecher[16]

Hi, hi, ich kann doch nicht die Glückszahlen mancher Leute einfach auslassen. Auf diese Bemerkung aus dem Aschenbecher hin schreibe ich hiermit sofort die 70. Folge! Vielleicht ist das ja auch eine Glückszahl, wenn auch nicht gar so erotisch :(

SOKRATES - Der kafkASKe Fortsetzungroman Folge 70:

Uri Nachtigall war offensichtlich im Internet bei dem gigantischen Onlinebuch- und Medienhändler AMAZON und betrachtete dort die Leseprobe eines Buches. «Schauen Sie, das ist mein Buch!» sagte er, aber seine Stimme hatte nicht den Klang eines stolzen Autors, der sein Werk präsentiert. «Ach ja, die „Paradieseologie" - ich habe sie gelesen», antwortete Maja und fügte hinzu: «Wir haben das Buch in der Bibliothek, in unserem Kaminzimmer. Sie haben es doch dort selbst schon entdeckt. Erinnern Sie sich nicht mehr?» Ein zweites Mal würde er denselben Fehler nicht mehr machen. Er klickte das Fenster weg und fuhr seinen Rechner herunter. «Doch, doch», murmelte er während dessen, «Mein Erinnerungsvermögen funktioniert bestens. Ich kann mich an jede Zeile erinnern, die ich geschrieben habe. Und erst recht erinnere ich mich an jedes Buch.» Sie sahen einander noch einen Augenblick lang in die Augen, nachdem er aufgehört hatte zu sprechen und kurz sah es so aus, als wäre Schwester Maja im

---

16 http://ask.fm/Drehpimmel3000

Begriff auf einen weiteren Satz von ihm zu warten. Aber sie sagte nur: «Kommen Sie, lassen Sie uns gemeinsam in den Speisesaal gehen. Sie können ja nachdem Essen weiter lesen.»

Der Speisesaal war geräumig und hell; mehrere große runde Tische mit blauen Tischdecken waren im Raum verteilt, an denen sechs Personen Platz hatten. Einige Tische waren voll besetzt, an zwei Tischen saßen zwei einsam und etwas verloren wirkende Personen ganz allein. An der Decke hingen große schwere vergoldete Kristallleuchter mit Kerzenimitaten als Glühbirnen. An jeden Tisch wurde ein Küchenwagen aus Metall hingeschoben, worauf sich in großen Chrombehältern mit Deckeln die Speisen befanden. Uri Nachtigall zuckte ein wenig zusammen, als Schwester Maja ihn an einen bestimmten Tisch führte, an dem Basti mit zwei Frauen saß. Maja entging das kurze Zusammenzucken der Nachtigall nicht. Sie berührte ihn sanft am Arm, was als Aufmunterung und Ermutigung schon ausreichte. Sie hatte ihren Vogel recht gut im Griff. Mit einem kurzen aber freundlichen Nicken nahm Uri Nachtigall am Tisch Platz und wurde sichtlich nervös, als er bemerkte, dass Schwester Maja nicht mit am Tisch sitzen wollte, sondern sich nach einem kurzen Gruß aus dem Speisesaal verabschiedete.

Man du hast gestern so peinlich getanzt hahahahaha

Ach, hat das jemand gesehen? Ich dachte... Na, lassen wir das. Lieber schreibe ich dir die 71. Folge des kafkASKen Fortsetzungsromans SOKRATES:

Er hatte einen Stuhl Platz zwischen sich und dem Jungen gelassen und saß der jungen Frau mit den grauen Augen gegenüber, die ab und an auch groß und grünlich funkeln konnten.

SOKRATES – der kafkASKe Roman

Er schätzte sie deutlich älter als den Jungen neben sich, aber noch unter 20. Die Frau, die neben ihr saß und freundlich und gesprächsbereit in die Runde sah, war deutlich älter als das Mädchen mit den großen Augen und konnte durchaus seine Mutter sein, oder vielleicht eine deutlich ältere Schwester, die die kleine Nachzüglerin der Familie wundersam behütete. Denn eines war Uri Nachtigall sofort klar: die beiden Frauen hatten sich bestimmt nicht erst in dieser Villa kennen gelernt. «Oh! Ist die Schwester weg, die dich hätte beschützen können?» bemerkte Basti provokant. Die Frau, die offen in die Runde sah, streckte ihre Hand über den Tisch zu Uri aus: «Ich heiße Betti, herzlich willkommen im Irrenhaus!» sagte sie lächelnd. «Angenehm. Ich bin Uri». Er nahm die ihm entgegengestreckte Hand dankbar an, dann sah er erwartungsvoll zu seinem Gegenüber. Sie sah erst kurz fragend nach Links zu Betti und tat es ihr dann aber gleich: «Hi, ich bin Lara Lairya Malina SuperwomanKeks!» Mehr als ein «Oh!» konnte Uri darauf nicht antworten. Basti lachte laut und krächzend. Sie zog schnell ihre Hand wieder zurück, sagte aber freundlich: «Du kannst mich einfach Lara nennen.» Basti dauerte die Vorstellungszeremonie schon viel zu lange. «Lasst uns endlich essen!» rief er. «Ich erwarte heute noch Besuch. Ein Mädchen. Sie wird mir meine LEGOsteine mitbringen. Die gelben, die ich unbedingt haben will.» Die Damen aßen vegetarisch. Basti und Uri hingegen bedienten sich kräftig mit großem Appetit am Schweinebraten, Klößen und Kohl. Beim Nachtisch war Betti auch bei den Jungs; Lara nahm nur Obst und lehnte die Süßspeise wegen der Gelatine ab. Basti war es vollkommen egal, wer was aß. Hauptsache, er bekam genug. Er nahm auch Laras Nachtisch, den sie ihm freundlich lächelnd überließ. «Schling doch nicht so», ermahnte ihn Betti. «Dir nimmt niemand das Essen weg. Du musst dich auch wegen deines Besuchs nicht beeilen. Er wird schon auf dich warten mit den Legosteinen.» «Nicht „er"», korrigierte sie Basti sofort, «Es ist ein Mädchen – etwa so alt wie Lara. Ich weiß nur nicht, wie sie aussieht. Aber ich werde sie schon erkennen, wenn sie gleich kommt.» «Du kennst sie nicht?» staunte Uri Nachtigall und fing dabei einen seltsamen kurzen Blick von Lara auf, den er nicht deuten konnte, der aber auch bei ihm schnell in Vergessenheit geriet, als Basti weiter sprach: «Ich bin als Delphin zu ihr geschwommen. Dann habe ich mit ihr gesprochen und ich habe ihr gesagt: „bring mir gelbe LEGOsteine mit! Ohne diese Steine brauchst du gar nicht erst in der Villa auftauchen!"» Jetzt sahen sich Lara und Uri direkt an.

Wir dürfen nicht vergessen: Luisa ist unterwegs ins Irrenhaus; ihr Handyakku ist leer und ebenso leer auch der Tank ihres Mopeds - sie mitten im Wald... Aber erzählen wir doch noch ein wenig von den Plaudereien im Speisesaal des Irrenhauses ;) SOKRATES Teil 72:

Und er konnte ihren Blick noch immer nicht recht deuten: war es Angst? War es Sorge? Sorge, dass Uri etwas Falsches sagen und Basti damit verletzen könnte? Oder machte sie sich eher Sorgen um Uri Nachtigall, dem Neuankömmling, der in einen Fettnapf zu treten drohte? Betti sah weitaus gelassener aus. Nicht, dass ihr das alles egal gewesen wäre. Sie schien sich nur keine Sorgen zu machen. Für sie schien es klar, dass das Gespräch gut ausgehen würde, selbst dann, wenn der Neue in einen Fettnapf trat. Vielleicht aber würde auch gar niemand zu Besuch kommen. Und genau diesen Gedanken sprach der Neue auch aus: «Wenn du ihr das so gesagt hast, dann kommt sie vielleicht erst gar nicht!» Basti schüttelte über so viel Unverstand nur den Kopf. Und Uri

SOKRATES – der kafkASKe Roman

Nachtigall wechselte das Thema: «Wie bist du eigentlich an den Revolver gekommen, den du hattest?» «Ich habe ihn im Wald gefunden. In einem Versteck. Da sind übrigens noch mehr Waffen. Ich habe mir gleich noch einen Revolver geholt. Meinen ersten hat ja die Polizistin behalten.» «Ja, sie hat ihn konfisziert», murmelte Uri und Basti fragte sofort: «Was heißt „konfisziert"?» «Beschlagnahmt», erklärte Uri reflexartig. «Polizisten dürfen Waffen beschlagnahmen, wenn man sie unerlaubt mit sich führt.» «Komisch», sagte Basti. Seine Tischnachbarn sahen ihn fragend an: «Du drückst dich komisch aus», dann äffte er Uri Nachtigall nach: «...wenn man sie unerlaubt mit sich führt – klingt wie auswendig gelernt.» Lara lachte Uri freundlich an: «Klingt etwas geschwollen, finde ich.» «Wie auch immer. Aber Waffen gehören doch nicht in Kinderhände. Was ist, wenn damit etwas passiert?» «Ich bin kein gewöhnliches Kind!» protestierte Basti. «Aber das begreifst du nicht. Hast du schon heraus gefunden, wer uns schreibt? Das ist auch der Typ, der dich ein bißchen döfer hält, als er selbst ist.» Betti beschwichtigte Basti ein wenig: «Uri ist neu. Er braucht noch ein bißchen, bis er sich in unserer Welt zurecht findet. Deswegen musst du ihm nicht so hart in die Parade fahren und schon gar nicht in seinem Zimmer mit einer Pistole herumfuchteln, Basti.» «Er verfälscht womöglich die ganze Geschichte!» protestierte Basti wieder. «Jetzt übertreibst du», sagte Betti in einem ganz ruhigen Ton. «Erstens verdient jeder Mensch eine Chance. Also musst du auch Uri eine Chance geben und zweitens – was heißt schon „er verfälscht die Geschichte"? Es gibt keine falsche Geschichte. Sie nimmt höchstens einen anderen Verlauf, als du denkst!» Lara richtete ihre großen strahlenden Augen auf Basti und nickte zustimmend, was ihn ein wenig zu beruhigen schien. «Jedenfalls kommt noch einiges auf uns zu», brummte der Junge. Uri Nachtigall versuchte zu verstehen, was er damit meinen konnte. Aber er konnte sich keinen rechten Reim darauf machen. Ein Junge, der behauptete, in den Träumen anderer Menschen zu erscheinen und bei ihnen Bestellungen aufzugeben, hatte zumindest eine blühende Phantasie, wenn man ihn nicht als psychisch krank bezeichnen wollte.

Alles, was ich auf Vorrat geschrieben hatte, ist nun aufgebraucht, dachte ich. Aber heute sind weitere zwei Folgen entstanden, die mir schon seit längerem im Kopf herumspukten. Es wird Zeit, sie mit euch zu teilen... Uri Bülbül

Psychisch krank? Ein seltsames Gefühl beschlich ihn so, als müsste er sich an etwas Wichtiges aus seinem letzten Schlaf erinnern. Aber es war ihm durch die lange Wachphase schon zu weit entrückt. «Schmeckt dir dein Essen nicht?» fragte Betti und holte ihn damit aus seinen Gedanken an den Mittagstisch zurück. «Hmm? Was? Doch, doch, das Essen schmeckt prima», sagte Uri Nachtigall. «Ich mag kein Kohl!» brummte Basti, als wollte er auch unbedingt gefragt werden. Den Kohl rührte er nicht an; dafür aß er aber drei Portionen vom Nachtisch. Über seinen Appetit mussten die Frauen und Uri schmunzeln. Basti sah plötzlich böse von seinem Teller auf und fragte: «Ist was?» Während Uri nicht wusste, wie er reagieren sollte, schüttelten Lara und Betti beschwichtigend und freundlich den Kopf: «Nein, nein, alles in Ordnung. Wir freuen uns nur über deinen Appetit.» «Ihr habt nichts davon. Ich weiß gar nicht, warum ihr euch so freut.» «Das ist einfach ein soziales Gefühl. Man isst gemeinsam an einem Tisch und freut sich, wenn den anderen das Essen auch schmeckt. Das fördert das Wohlbefinden», erklärte Lara. Basti sah sie mißtrauisch an: «So, so, das Wohlbefinden! Ich werde euch heute nicht beim Abräumen des Tisches helfen. Ich muss mich gleich um meinen Besuch kümmern. Da stimmt irgendetwas nicht!» Betti sah, dass Uri etwas sagen wollte und reagierte schnell: «Kein Problem! Geh du nur! Wir machen das schon.» «Was stimmt mit ihm nicht?» fragte Uri, nachdem er abgewartet hatte, bis Basti den Speisesaal verließ. «Wir haben doch alle unsere Macken, oder?» fragte Betti streng zurück. Lara stand auf und begann abzuräumen. Uri beschloss, es ihr gleich zu tun. Manche Dinge brauchten ein wenig mehr Zeit und Geduld, aber auch Aufmerksamkeit. Menschliche Geheimnisse ließen sich nicht schlagartig und schon gar nicht unter Zwang lüften. Er würde den Dingen schon auf den Grund gehen. Aber er durfte nichts übereilen. Gerade als er mit dem Tischabwischen fertig war, stellte sich Betti zu ihm: «Wir machen gleich noch einen kleinen Spaziergang durch den Garten und den Park; hast du Lust mitzukommen?»

Luisa fluchte und schwitzte. Das Moped auf dem Schotterweg war schwerer zu schieben, als sie es sich gedacht hatte. Schon nach zwanzig Metern musste sie keuchen, machte noch ein paar Schritte und blieb dann stehen für eine kleine Erholungspause. Sie sah sich ein wenig um: rechts und links vom Weg ging der Wald tief und dunkel ab; vor ihr zog sich der Schotterweg. Sie hatte keine Ahnung, wie weit es noch bis zur Psycho-Villa war. Sie ärgerte sich über Stoffel: nichts machte dieser Typ wirklich richtig! Das Handy nicht aufgeladen, der Tank seines Mopeds leer! Wie oft war es schon vorgekommen, dass er seine Hausaufgaben zwar gemacht, dann aber auf dem Küchentisch hatte liegen lassen? So etwas konnte wirklich nerven! Und die stille Marie ging ihr auch auf die Nerven. In letzter Zeit scharwänzelte sie zu sehr und zu auffällig um Stoffel herum. Sie wollte doch etwas von ihm.

SOKRATES – der kafkASKe Roman

Basti kann Luisas Ankunft kaum noch erwarten. Er wird schon unruhig beim Essen, hilft beim Abräumen des Tisches gar nicht mit. Luisa aber muss ihr Moped schieben, weil sie vergessen hat zu tanken. Uri Bülbül

Das war kaum zu übersehen. Aber Stoffel der Trottel hatte das noch nicht bemerkt. Noch hatte er nur Augen für Luisa; aber das konnte sich ja schnell ändern. Marie machte einen auf stille, besorgte Mütterlichkeit. Die „stille Marie" wurde sie deshalb genannt, weil sie mit Nachnamen „Ruh" hieß und sie den Namen immer mit den Worten vorstellte «Ruh wie still ohne „e"» Irgendjemand aus der Klasse hatte sie aus diesem Grund „die stille Marie" getauft. Sie war aber in der Tat auch eher ein stiller Typ. Hilfsbereit und zurückhaltend. Und dann doch immer präsent und raumgreifend. Eine echte Schleimkuh! Ich muss bei Gelegenheit mal dem Stoffelchen meinen kleinen Finger reichen, damit er auf den Geschmack kommt, plante sie. Aber im Moment schien sie von dieser Gelegenheit weit entfernt. Irgendwo im Wald etliche Kilometer hinter dem Venusberg. Wenn sie nun nach Hause schieben musste, konnte das mehr als eine Tagesreise werden – so fühlte es sich zumindest an, als sie sich mit dem Moped wieder in Bewegung setzte. Zweifellos war sie näher an der Villa als an Zuhause. Daher kam Umdrehen überhaupt nicht in Frage. Zur Not konnte sie von der Villa aus Johanna anrufen und sich abholen lassen. Natürlich wäre das eine elende Niederlage, aber besser als einen oder zwei Tage lang das Moped nach Hause zu schieben. Nach weiteren zwanzig Metern blieb sie wieder stehen. Ihr Unterleib schmerzte, ihre Stimmung ging deutlich in den Keller. Sie fragte sich, was besser wäre, umzukehren und auf der Landstraße auf ein vorbeikommendes Auto zu warten, um damit in die Stadt zurückzukehren, oder den Weg zur Villa weiter zu gehen. Ich werde dieses Moped bestimmt nicht die ganze Zeit und den ganzen Weg schieben, dachte sie wütend. Sie hätte es am liebsten an der Landstraße in den Straßengraben geworfen und wäre wieder nach Hause getrampt. Sollte sich doch Stoffel selbst um seine Dreckskarre kümmern! Währenddessen aber schob sie das Moped wieder Richtung Villa weiter. Wie um sich abzulenken, dachte sie an ihre Deutschlehrerin: Was hatte die Rosenberg-Kübel nur gegen sie? Sie konnten sich nicht leiden. Das war klar und beruhte auch auf Gegenseitigkeit. Aber Rosenberg-Kübel übertrieb es mit ihrer Abneigung. Statt sich als Lehrerin mindestens um Sachlichkeit und Distanz zu bemühen, machte sie überhaupt keinen Hehl aus ihrer Antipathie gegen Luisa. Manchmal unterstrich sie sie sogar durch deutliche Bemerkungen wie «Ich hätte dir gerne eine schlechtere Note gegeben, aber mehr Punkte konnte ich dir leider für deine miese Rechtschreibung und Zeichensetzung nicht abziehen!» oder wenn Luisa streckte und sich am Unterricht beteiligen wollte, nahm Rosenberg-Kübel sie mit dem Spruch dran: «Ich weiß, dass du nichts weißt, aber versuch dein Glück!»

Wann gibt es den nächsten Geschichten-Teil?

Jetzt nach 9 Stunden nach deiner Nachfrage, über die ich mich sehr gefreut habe :) SOKRATES Teil 75:

Aber Luisa war nicht auf den Kopf und erst recht nicht auf den Mund gefallen und schlug manchmal ordentlich zurück: «Haben Sie wirklich studiert, Frau Rosenberg-Kübel? Man kann es gar nicht glauben?» oder: «Vielleicht ist Deutsch ja eine Fremdsprache für Sie!» Sie hatte damit die Lacher auf ihrer Seite und davor

SOKRATES – der kafkASKe Roman

fürchtete sich Rosenberg-Kübel ein wenig. Letztendlich aber versuchte sie immer und immer wieder zu zeigen, dass sie am längeren Hebel saß. Da Luisa sowohl bei anderen Lehrern als auch in ihrer Klasse recht beliebt war und niemand sonst sie mobbte, konnte sie die Angriffe der Deutschlehrerin relativ gelassen ertragen. Aber dass sie Luisa heute das Handy abgenommen hatte, war mehr als ärgerlich und diesen Schlamassel würde sie der Kübel bei nächst bester Gelegenheit heimzahlen. Von ihren Gedanken wütend aufgeputscht schob sie das Moped weiter und vergaß darüber fast auch ihre Unterleibsschmerzen, bis es sie so heftig stach, dass sie sich krümmte und mit Tränen in den Augen stehen blieb. Ein blödes Abenteuer war das, und sie konnte nicht einmal sagen, was genau sie suchte. Einen sprechenden rosa Delphin, der bei ihr gelbe Legosteine bestellt hatte? Willkommen im Irrenhaus! Das passte. Diese dämliche stille Marie, die sich nun wahrscheinlich in diesem Moment an ihren Verehrer machte, hatte auch eine ältere Schwester – etwas jünger als Johanna, die auch an ihrer Schule Abitur gemacht hatte und irgendetwas mit Bauwesen studieren wollte. Sie hieß Katharina und war Luisa immer schon unheimlich gewesen. Von ihr ging irgendeine undefinierbare aber auch eine nicht von der Hand zu weisende Gefahr aus. Luisa sah sich mit schmerzverzerrtem Gesicht sorgenvoll um sich und fixierte links vor sich in etwa dreißig Meter Entfernung eine besonders finstere Stelle mit Büschen und dichtem Gehölz, wohinter diese Katharina lauern konnte, um jeden Moment hervor zu springen und Luisa etwas Böses und Schmerzvolles anzutun. «Du bist eine hysterische Kuh!» schimpfte sie mit sich und nahm damit ihren Weg wieder auf. Sicher würde bald die Villa vor ihren Augen auftauchen, versuchte sie sich zu trösten. Plötzlich hörte sie aus der Ferne Motorengeräusche.

SOKRATES - Folge 76. Die ganze Geschichte ist für einen Fortsetzungsroman vielleicht schon zu komplex. Aber man kann sie ja auch auf google-docs am Stück lesen. Ein Roman ist ein Roman ist ein Roman :) Uri Bülbül

Im Gartenhaus kaum 3 Kilometer von Luisa entfernt zog Rufus befriedigt und zufrieden seine Hose an, schnallte den Gürtel enger, zog den Reißverschluss an seiner Hose zu, um sich dann wieder liebevoll Ayleen zu widmen. Er streichelte die Reglose, küsste sie auf die Lippen, auf den Hals, dann tiefer auf die Brüste, was sie nicht rührte. «Ich ziehe dich nun an, mein Schatz. Es war eine gute Entscheidung von dir, zu mir zu kommen! Ich werde dir auch morgen neue Kleider mitbringen und frische Unterwäsche. Damit du ungestört bei mir wohnen kannst, schließe ich die Fensterläden und mache es dir schön gemütlich, mein Herz.» Zum Abschied küsste er sie noch einmal auf den Hals und auf die Stirn. Sie saß im Sessel, hatte die Augen geschlossen, wirkte, als wolle sie sich nun entspannen. Rufus verabschiedete sich von ihr, verschloss sorgfältig die Fensterläden und die Tür. Dann machte er sich auf den Weg Richtung Wald die Villa hinter sich lassend. Als er nach ein paar hundert Metern den Waldweg erreichte, hörte er aus der Ferne Motorengeräusche, die schnell näher kamen. Er erkannte den Zweitakter des Quads, mit dem Frank immer unterwegs war. Frank Norbert Stein, der von Zodiac auch scherzhaft Frankenstein genannt wurde, weil er dem Monster aus Leichenteilen sehr ähnlich sah, war der Gärtner und Hausmeister der Villa und Rufus' direkter Vorgesetzter. Rufus wartete einfach, bis Frank aus dem Wald rasend den Weg erreichte und mit blockierenden Reifen schlitternd knapp vor ihm zum Stehen kam. «Da bist du ja! Los spring hinten auf! Ich muss aus dem Geräteschuppen ein Kanister Benzin holen. Dann fahren wir in den Wald und machen ein bißchen Holz. Ich hatte kein Benzin mehr für die Motorsäge.»

Basti ging aus dem Haus; blieb vor der Villa am Haupteingamng stehen, um zu überlegen, welche Richtung er einschlagen sollte. Um Luisa entgegen zu gehen, hätte er eigentlich Richtung Landstraße gehen müssen; aber irgend etwas zog ihn mehr in die entgegengesetzte Richtung, in den Garten. Vielleicht ist sie schon da und spielt dort mit meinen Legosteinen. Womöglich kommt sie noch auf die Idee und baut aus Lego einen gelben Gartenzwerg. Das wäre gar nicht nach meinem Plan. Ich möchte nicht, dass sie einen gelben Gartenzwerg baut. Und wenn sie es getan haben sollte, bis ich sie gefunden habe, muss sie wieder in die Stadt zurück und muss mir eben neue Legosteine besorgen. Denn eines kam für Basti überhaupt nicht in Frage: einen bereits fertig gebauten Gartenzwerg zu zerstören, um aus den Steinen etwas anderes zu bauen – z.B. ein Kamel, wie es sein ursprünglicher Plan war. Er ging links um die Villa herum, wobei er aufmerksam nach Luisa Ausschau hielt. Es war nicht ganz logisch. Warum sollte Luisa mit seinen Legosteinen spielen? Aber konnte man das mit hundertprozentiger Sicherheit ausschließen? Nein, natürlich nicht! Es konnte auf gar keinen Fall schaden, Luisa jetzt zu finden.

Da kommt ein Wunsch nach dem anderen bei mir an. Aber Basti hat das Prinzip der Mitwirkgeschichte wenigstens voll verstanden. Ja, so funktioniert das und erfreut mich :) @Maulwurfkuchen bekommt schon fast einen Ehrenplatz in der SOKRATES-Geschichte. Hier Folge 77: Uri Bülbül

Er überlegte, ob er mit ihr in den Wald gehen sollte, oder ob es besser wäre sie mit auf sein Zimmer zu nehmen. Dort konnte er ihr seine liebsten Gegenstände zeigen – er mochte sie gar nicht seine „Spielsachen" nennen; das hatte etwas Kindisches. Und Basti war alles andere als kindisch. Der Neue würde das nicht verstehen. Er war etwas schwer von Begriff. Seine Art, wie er an seiner beschränkten Realität festhielt und dann noch sogar seine Träume vergaß, offenbarte eine ziemliche Blödheit. So in Gedanken suchte Basti den Garten nach Luisa ab und ließ den Gedanken daran, dass sie womöglich noch gar nicht angekommen sein könnte, gar nicht erst großartig aufkommen. Aus einiger Entfernung hörte er Frankensteins Quad. Die beiden Schwachköpfe fahren bestimmt zum Geräteschuppen, dachte Basti, denn er konnte am Motorengeräusch erkennen, dass zwei Menschen auf dem Quad saßen. Und wer sollte das außer den beiden Gärtnern sein? Er interessierte sich nicht weiter für Frankenstein und seinen Rufus. Er musste jetzt aber wirklich mal an die Legosteine kommen. Schließlich gab es noch eine Menge zu tun, und er wollte vor dem Abendessen sein Legokamel fertig haben. Wenn ich jetzt einen lieben weißen Tiger hätte, auf dem ich reiten könnte, wäre ich mit meiner Suche im Garten längst schon fertig; ja da könnte ich den ganzen Wald durchstreifen und nach diesem Mädchen suchen, das einfach mir meine Legosteine nicht bringen mag.

Luisa hatte im Moment andere Sorgen als die Legosteine in ihrer Tasche. Ohne zu wissen, wie weit sie es noch hatte, schob sie das Moped, ihr Bauch krampfte und Kopfschmerzen setzten auch noch ein. Am liebsten hätte sie das Moped einfach umgeschmissen, sich auf den Boden gesetzt und geweint. Genau diese Blöße aber konnte und wollte sie sich nicht geben. Ein wenig hatte der Motor aus der Ferne wie ein Hoffnungsschimmer auf sie gewirkt. Sie

SOKRATES – der kafkASKe Roman

hatte gebannt gelauscht und sich herbeigesehnt, dass das Motorengeräusch immer näher kommt, um dann in Form eines Fahrzeuges vor ihr aufzutauchen. Zunächst klang es auch tatsächlich so, als würde das Fahrzeug immer näher kommen. Doch dann hörte sie plötzlich nichts mehr. Es musste irgendwo stehen geblieben sein. Aber wo ein Motor lief, konnte Benzin nicht weit entfernt sein. Also schob sie ermutigt das Moped weiter. Sie hörte auch wieder den Motorlärm aus der Ferne, aber dieses Mal entfernte er sich von ihr und wurde rasch leiser. Das Fahrzeug, was nicht gerade wie ein Auto klang, musste umgedreht haben.

Basti sah aus der Ferne die beiden Gärtner wieder Richtung Waldhütte davon fahren. Ihm war, als hätte er Rufus' Stimme gehört: «Da geht der kleine Irre im Garten spazieren! Hoffentlich geht er nicht zum Gartenhaus!» Aber warum sollte Rufus das seinem Kollegen auf dem Quad gesagt haben? Und selbst wenn er das gesagt haben sollte, aus dieser Entfernung hätte Basti ihn unmöglich hören können. Mehr als dies interessierte ihn aber die Formulierung «der kleine Irre»;

Während @Maulwurfkuchen einen echten Kreativitätsschub bekommen und mich mit seinen Plotideen um das Lama und Dino bombardiert hat, fragt mich @simonalein, ob das Internet ein Wolf im Schafpelz sei und @VictorEremita meint, ich hätte seine Frage nicht beantwortet. Zeit für SOKRATES Teil 78... Uri Bülbül

so [kleiner Irrer] wollte er sich nun nicht bezeichnen lassen. «Das sagt genau der Richtige!» schrie er, so laut er konnte den beiden auf dem Quad nach. Aber sie konnten ihn natürlich nicht hören. Verärgert erreichte Basti das Gartenhaus. Die Fensterläden waren geschlossen. Er betrat mit einem etwas mulmigen Gefühl die Veranda und zögerte die Türklinke an der Haustür zu berühren. Dann aber fasste er sich ein Herz und drückte die Klinke vorsichtig herunter. Nichts passierte, woraufhin er noch einmal kräftig an der Tür rüttelte. Aber sie war verschlossen. Plötzlich wie aus heiterem Himmel fielen Basti die Augen zu und gähnend sank er an der Tür des Gartenhauses in sich zusammen.

Das kleine Vögelchen, wie die Furcht erregende Schwester Maja alias Lapidaria ihn nannte, fühlte sich in der Gesellschaft der beiden Damen Betti und Lara Lairya Malina SuperwomanKeks recht wohl. Während Betti ein sprudelnder Quell an Heiterkeit und Unterhaltung zu sein schien, wirkte Lara SuperwomenKeks deutlich ruhiger und schweigsamer. Ihre Augen aber signalisierten deutlich, dass man sich auch gut täuschen konnte, wenn man sie als „schüchtern" einstufte. Gut gesättigt und gemächlich spazierte Uri mit ihnen am Haus entlang und an der Südseite vorbei in den Garten. An der Wand der Villa waren Holzverstrebungen als Rankhilfe für den Wein angebracht. Lara hatte ihren Fotoapparat dabei und machte Detailaufnahmen vom Rebstock, seinen dicken Knospen und von dem Mauerwerk, an dem er bis zum Dach wuchs. «Hat dieser Basti keine Eltern?» fragte Uri. Es schien Lara seltsam zu beunruhigen, dass das Gespräch wieder auf Basti kam. Sie riss sich auch nicht gerade darum, dem Neuling zu antworten und ihn in die Biographien der Bewohner der Psycho-Villa einzuführen. Uri hätte aber auch nicht damit gerechnet. Er setzte eher auf das freudige Mitteilungsbedürfnis, das wie eine unaufhaltsam sprudelnde Quelle Bettis Augen zum Leuchten brachte. «Basti erzählt, seine Eltern seien tot. Seine Mutter sei sogar noch vor seiner Geburt gestorben – medizinisch ist das schier unmöglich. Da gab es zwar schon einmal einen Fall, was auch die Gemüter erregte, dass eine bei einem Verkehrsunfall verstorbene Mutter künstlich am Leben erhalten wurde, obwohl sie schon hirntot war, um noch ein paar Wochen lang das in ihrem Bauch befindliche Baby zu retten, das noch lebte. Das machte damals in der Presse eine Riesenwelle. Ist das ethisch zu vertreten, dass der Körper einer Frau als Brutkasten missbraucht wird – oder sagen wir mal nur noch als Brutkasten benutzt wird, um das Leben ihres Embryos zu retten? Aber so viel ich weiß, ist das damals sowieso nicht gelungen, auch wenn die Ärzte es versucht haben. Sie argumentierten eben damit, dass ihre Aufgabe es ja sei, Leben zu retten und alles erdenkliche und in ihrer Macht stehende dafür zu tun. Krankenschwestern mussten die Mutter bewegen, hin und her betten, damit das Baby Leben signalisiert bekam.»

Eine gepflegte Konversation gefällig? Betti, Lara und Uri Nachtigall gehen nach dem Mittagessen im Garten der Psycho-Villa spazieren. Betti erkennt sich nicht wieder. Sie würde im realen Leben keine Geheimnisse ausplaudern und schon gar nicht die anderer Menschen! SOKRATES Folge 79.: Uri Bülbül

Was, wenn nicht das Leben, schreibt solch eine Geschichte?

«Gruselig», sagte Lara kurz und widmete sich dann wieder ihrem Fotoapparat. «Ich glaube, die Ärzte wollten mehr als nur das Leben des Babys retten. Ich kann mir gut vorstellen, dass es für sie ein zukunftsweisendes Experiment gewesen ist. Tote Frauenkörper als Brutkästen für Homunkuli – was man damit nicht alles machen kann, wenn es mal funktioniert!» «Uri!» schrie Lara angeekelt. Aber in ihrem Schrei lag kein Ekel vor Uri, sondern vielmehr eine freundschaftliche Vertrautheit. Die Nachtigall mochte das. Bettis Augen funkelten neugierig, wieweit der Neuling mit seinen Phantasien gehen würde. Aber er ging nicht weiter. Er blieb stehen und zeigte auf einen Baum: «Schau mal, Lara! Da! Sieht der Baum nicht aus wie eine Alraune?» «Eine Alraune ist aber kein Baum, sondern eine menschenähnliche und etwas gnomenhafte Wurzel!» belehrte ihn Lara. Aber der Baum, auf den Uri gezeigt hatte, schien sie wirklich anzuschauen – unbewegt und konzentriert wie ein Schachspieler auf seine Figuren starrt. «Ich kenne ihn schon», sagte Lara. Und sie machte wider Erwarten keine Anstalten, ihn zu fotografieren. Uri kam auf Basti zurück: «Wie ist er denn hierher gekommen?» Das wussten die beiden Damen auch nicht. Sie sahen einander an, um sich gegenseitig zu versichern. «Er war schon da, als wir kamen». Am liebsten hätte Uri nach dem Grund gefragt, warum die beiden in der Psycho-Villa waren. Aber er verkniff sich die Frage. Betti hingegen konnte nicht nur eine sprudelnde Quelle von Informationen sein, sondern auch der Neugier. Das waren wie zwei Seiten einer Medaille: «Was hat dich eigentlich in die Villa des DoctorParranoia gebracht?» «Ach, dasselbe wollte ich euch auch fragen», lachte die Nachtigall. «Ich habe aber zuerst gefragt», erwiderte Betti und Lara fügte lachend hinzu: «Ich wollte fragen gilt nicht!» «Schon gut, schon gut. Ich werde es euch ja erzählen. Eine Freundin hat mich hierher gebracht – kurz gesagt», begann Uri und sah in zwei neugierig strahlende Augenpaare. «Vor ein paar Tagen, als ich noch unter der Dusche war, stand plötzlich eine fremde junge Frau in meinem Bad.» Er machte eine kleine Pause, um die Spannung zu steigern. Betti und Lara hielten kurz die Luft an, wobei, Betti mehr an einen Choke denken musste als daran, dem etwas dicklichen, kleinen

SOKRATES – der kafkASKe Roman

Mann mit langen Haaren, die Geschichte abzunehmen. Ihr lag es schon auf der Zunge zu sagen: «Das hättest du wohl gern», aber da erzählte Uri schon weiter: «Sie war mit einer Plastikkarte, die ihren Dienstausweis darstellt, in meine Wohnung eingedrungen, kam aber nicht alleine. Sie war nämlich von der Kriminalpolizei und hatte ihren Partner dabei, der sich in die Küche begeben hatte. Als ich ihn nach seinem Ausweis fragte, schmetterte er mir die Faust ins Gesicht und brach meine Nase. Stellt euch vor; als ich so blutend und hilflos am Boden lag, haben die beiden darüber nachgedacht, ob sie mich nicht erschießen sollten.

In einem Menschenleben ist diese Zahl als Geburtstag rund und groß, in einem Serienroman fast verschwindend gering. Werfen wir doch mal wieder einen Blick weg von der Psychovilla in das Leben der Kommissarin Johanna Metzger. SOKRATES Folge 80... Uri Bülbül

Und dann sind sie einfach abgezogen und haben mich liegen lassen, damit ich ihnen nicht das Auto vollblute, haben sie gesagt. Aber eigentlich sei ich verhaftet. Daraufhin habe ich eine Freundin angerufen, die Anwältin ist. Als sie sich die Geschichte angehört hatte, meinte sie, das wäre ein Fall für DoctorParranoia. Ich glaube, er kümmert sich als Forensiker unter anderem um paranormale Kriminalfälle.» «Hat dir das deine Anwaltsfreundin erzählt?» fragte Betti. «Ja, so ähnlich.» Er versuchte den versteckten Tonfall in ihrer Stimme zu deuten; war darin etwas Sarkastisches? Lara lenkte ihn ab: «Und nun traust du dich nicht nach Hause, weil dort wieder die Polizisten auftauchen könnten?» Uri sah auf den Boden. War das so? «Witzigerweise wurden mir meine wichtigsten Utensilien von meinem Schreibtisch in die Villa nachgetragen...» er machte eine kleine Pause, als wäre ihm plötzlich ein Einfall gekommen. «von der Kommissarin Metzger – Johanna Metzger.» «Basti hat erzählt, sie hätte dich besucht», sagte Lara. «Ja... ja, ja...» murmelte Uri Nachtigall.

Die Morgenruhe der Kriminalkommissarin Johanna Metzger war hin mit dem Anruf ihrer Mutter. Dabei hätte sie noch fast zwei Stunden Zeit gehabt bis zum Dienstantritt. Nun gingen ihr die Worte und die Stimme der Mutter nicht mehr aus dem Kopf. Warum ist unser Kopf rund? Damit unsere Gedanken besser kreisen können. In diesem Fall kreiste eine Kreissäge in Johanna Metzgers Kopf. Und diese Säge würde alles in ihrem Dasein zerstückeln – eigentlich bis nur noch Sägemehl übrig blieb. Aber nun war die Sache in Gang, nun ließ sich nichts mehr aufhalten, durch nichts und niemanden... Da war sie die Stimme, die sagte: «Er wusste dich zu nehmen und es dir zu zeigen! Er hat dir alles beigebracht, woran du Freude hast – ich meine wirkliche, wahrhafte, ganz körperliche Freude.» Nein, Johanna suchte schnell ihre Anziehsachen zusammen. Bekleidung wollte sie das nicht nennen. Nein, einfach nur den Geschmack des Morgens loswerden, schnell in die Klamotten und los – das Tagwerk der Säge verrichten. Nilam war wieder da und lachte. Nilam lachte sie aus: «Ruf Eike an, sag ihm, was du vorhast! Damit er sich kaputt lachen kann über deinen plötzlichen Heldenmut.» Und die Stimme ihrer ahnungslosen Mutter, was zumindest Ignoranz war, wenn nicht gar mehr: Mittäterschaft durch Duldung! Wirkliche, wahrhafte, ganz körperliche Freude! Dass sie nicht lachte! Schmerz, Scham, Irritation. Nichts fühlte sich richtig an, geschweige denn richtig gut! Jetzt aber rotierte die Säge, die Kreissäge, die Kettensäge, die Motorsäge, jetzt ging es ans Eingemachte! Aber was genau hatte die Mutter bewogen, sie anzurufen? Warum ausgerechnet jetzt, wo alles in ein bestimmtes schier ordentliches Gleichgewicht gekommen war? Was erzählte ihre Mutter da? «« Kaum war Luisa etwa drei Jahe alt, da hat euer Vater aufgehört sich für mich als Frau zu interessieren. Ich war plötzlich Luft für ihn, nicht mehr als ein gewohntes Möbelstück, ein Sessel, auf den...

Niemand fasst in eine laufende Kettensäge, um sie zu stoppen. Das käme einer Selbstverstümmelung gleich: SOKRATES - Der kafkASKe Fortsetzungsroman. Folge 81... Uri Bülbül

...man sich nicht mehr setzt, der aber einfach da ist und mit zum Mobiliar gehört. Ich gebe zu, es war mir erst gar nicht so unrecht. Aber manchmal habe ich mich schon gefragt, ob er vielleicht eine Geliebte hat...» Was redete diese Königin der Ignoranz und Dummheit da? Was hatte das Ganze mit Luisa zu tun? «Kaum war Luisa drei Jahre alt...» Na und? Sie wollte und wollte einfach nichts begreifen. Alles schön unter den Teppich kehren, den Schein wahren. Nach außen eine glückliche Familie abgeben. Nichts anderes war ihr wirklich wichtig. Nicht einmal sie sich selbst! Ein Sessel, auf den man sich nicht mehr setzt, der aber einfach da ist. Ja, das passte sehr gut auf sie. Man konnte sich nicht auf sie setzen, weil man sich niemals auf sie verlassen konnte. Verließ man sich auf sie, war man verlassen – vielleicht bis auf den grausamen Franz Joseph Metzger, ihren Erzeuger, den sie nie, nie wieder „Vater" nennen würde. Nun lief die Kettensäge. Jetzt würde sie den Baum fällen. Kleinholz würde sie aus ihm machen. Er konnte ihr nicht entwischen. So selbstsicher und unbeweglich stand er vor ihr, so gigantisch und einst imposant, nun aber todgeweiht. Nilam wagte sich nicht mehr zu rühren – so sicher gab sich Johanna, so entschlossen und unhaltbar wirkte sie. Niemand würde in eine routierende Kettensäge greifen, um sie zu stoppen. Das wäre die reinste Selbstverstümmelung. Johanna hatte ihr Zuhause, das ihr zum Ort der Erniedrigung und körperlichen Versklavung wurde, mit ihrer Aufnahme in die Polizeiakademie verlassen. Klar war das BAFÖG spärlich, aber genug, um nicht bleiben zu wollen. Und dieser dumm schwätzende Sessel, der sich nun telefonisch zu melden gewagt hatte, hatte ihr geraten, doch lieber zu Hause wohnen zu bleiben. Hier habe sie doch alles. Warum um Himmels Willen, wolle sie ausziehen? Ja, warum wohl? Johanna befestigte ihr Pistolenhalfter an ihrer Hose, wobei sie automatisch den Sitz der Waffe noch einmal überprüfte. Sie fühlte sich gerüstet. Warum rief die Mutter nun an? Was war der Anlass? Johanna hatte ihr damals klipp und klar gesagt: «Ich ziehe aus. Basta! Und niemand wird mich daran hindern!» Luisas traurige Augen, als sie es hörte, würden Johanna niemals aus dem Sinn gehen. Aber darauf konnte sie in jenem Moment keine Rücksicht nehmen. «Noch bist du sicher, kleine Schwester. Noch bist du hier bei Mama gut aufgehoben!» sagte sie Luisa und nahm sie herzlich in den Arm. Johanna hatte keine Zeit zu verlieren. Über die Tage nicht, über die Jahre nicht. Sie wollte und musste die Polizeiakademie bestens und schnellstens absolvieren. Dann erst konnte sie wirklich für ihre Schwester da sein und hoffte sehr, dass es noch rechtzeitig wäre. Als sie das Haus nun verlassen wollte, nahm sie ihre Umhängetasche, was ihr einen kurzen Moment lang seltsam schwer erschien. Dann fiel ihr der Grund ein. Diese Gelegenheit ergreifend, meldete sich Nilam doch noch zu Wort: «Sicher? Bist du sicher, dass Luisa in Sicherheit ist? Du denkst, sie ist in der Schule, ha,ha

Meine Güte! Wie konnte ich das nur aushalten? Vier ganze

SOKRATES – der kafkASKe Roman

Tage ohne SOKRATES, den kafkASKen Roman, und wie es sich gehört: der Vater ein Monster; die eine Tochter auf der Jagd nach ihm und die kleine Tochter allein im Wald irrend auf der Suche nach dem Irrenhaus :) Folge 82... Uri Bülbül

Das konnte Johanna nicht aus der Ruhe bringen. «Dann ist sie halt nicht in der Schule; vielleicht ist sie bei einer Freundin oder hat sogar einen Freund – na und? Sie ist jung und wird doch mal die Schule schwänzen dürfen. Sie ist auf jeden Fall dem Zugriff dieses Monsters Franz Joseph Metzger entzogen. Das allein zählt!» «Du solltest nicht so über ihn reden!» mokierte sich Nilam. Johanna griff in ihre Umhängetasche, um die Smith And Wesson Special 357MAG hervorzuholen. Sie war schussbereit und lag gut in der Hand. «Du solltest sie schleunigst ins Präsidium bringen!» ermahnte mit Besorgnis Nilam. Johanna platzierte die 357MAG lieber in ihrer Jackentasche. Sie konnte diese devote Schlampe, die sich nur Sorgen um ihren sadistischen Unterdrücker machte, ignorieren. Die Säge rotierte. «Ich rufe jetzt deinen Eike an, Nilam. Ich sage ihm, dass ich mich um einen Fall kümmern muss. Und du, meine, Liebe, musst nun tapfer sein; denn es ist Zeit, dass wir uns trennen. Du wirst demnächst deinen Weg ins Nirwana antreten und aus der Welt verschwinden. Deine Zeit ist vorbei.» Nilam lachte laut auf. «Und warum redest du dann noch mit mir?» Aber Johanna reagierte nicht mehr.

Im Auto telefonierte sie mit ihrem Partner: «Guten Morgen, Fredi. Bist du schon im Präsidium? Ich fahre noch zu meinen Eltern. Meine Mutter hat angerufen. Vielleicht hat sie etwas für mich... Nein, nein, du musst nicht mitkommen. Ich erledige das schon allein. Es geht um ein Paket, das ich abholen und auswerten soll. Also bis später.» Etwas war anders als sonst an Johanna. In ihrer

SOKRATES – der kafkASKe Roman

Stimme lag eine beängstigend konzentrierte Entschlossenheit. Alfred Ross wurde kurz von einem melancholischen und schmerzlichen Hauch umweht, sein Herz zog sich zusammen in der Ahnung, dass er ein liebgewonnenes Wesen verlieren würde. Er konnte nur zusehen, wie es sich von ihm entfernte, ohne etwas daran ändern zu können. Er wollte diese Machtlosigkeit jedoch nicht einfach hinnehmen.

Johanna stand vor der Tür der elterlichen Wohnung. Doch dieses Mal hatte sie keine Zeit für sentimentale Schwankungen oder ängstliche Anwandlungen. Mit der professionellen Eiseskälte der Ermittlerin, die sie nun einmal war, klingelte sie. Ihre Mutter öffnete mit aufgequollenem Gesicht, verheulten Augen und Würgemalen am Hals. Hatte das Monster sie verprügelt? Das wäre neu. Denn bisher war er stets immer bemüht gewesen, sie respektvoll zu behandeln. Wenn es auch nur darum ging, den elenden Schein zu wahren. Zu dieser Heuchelei, hätte auf gar keinen Fall eine verprügelte Ehefrau gepasst. Da war es immer leichter gewesen, sich an der vierzehn jährigen Tochter zu vergehen, bis sie fast zwanzig Jahre alt war und endlich bei der Polizeiakademie angenommen wurde. «Was ist passiert?» fragte Johanna, als ihre Mutter stumm bei Seite tretend sie in die Wohnung ließ. Misstrauisch sah sich Johanna um – auf das Schlimmste gefasst. Und das Schlimmste war nicht, ihren Vater mit einem Messer im Leib auf dem Boden liegen zu sehen.

wann gibt es den nächsten Geschichten-Teil? :3 Dino

Ja, da muss man manchmal bei einem Fortsetzungsroman wie SOKRATES geduldig sein. Nun kommt nach 7 Tagen die 83. Folge. Aber es geht dort weiter, wo Folge 82 aufgehört hatte ^^ Ab den mit *** gekennzeichneten Stelle ist der Text in Kooperation mit @NowhereMan8[17] entstanden:

Franz-Joseph Metzger war aber nicht zu Hause. Ihre Mutter ging heulend ins Wohnzimmer, nachdem sie versucht hatte, Johanna in den Arm zu nehmen und sie einen entschlossenen Schritt zurücktrat. Johanna folgte ihr und wiederholte ihre Frage in einem sachlichen und geduldigen Ton: «Was ist passiert?» «Gestern Abend», stammelte und schluchzte die Mutter, dass Johannas Geduld wirklich auf die Probe gestellt wurde. Es erschien ihr alles zu theatral und überdramatisiert. Ihre Mutter besaß einfach keine Würde und kein Rückgrat, um ihrem Mann kräftig entgegen zu treten und seine Rücksichtslosigkeit und Triebhaftigkeit deutlich abzuwehren, selbst auf die Gefahr hin, dass man Blessuren davon trug. Stattdessen hatte sie sich immer in eine Welt aus Lügen und Illusionen eingesponnen. Dieses dämliche Herumgeheule im Moment machte nichts besser. Johanna empfand nicht den leisesten Hauch von Mitleid.

Es war am Abend zuvor gewesen:

***Schweigend stand sie an der Küchentheke mit einem viertelvollen Glas Gin in der einen und einem geschärften Tranchiermesser in der anderen Hand. Ihre rechte, mit der sie das Glas hielt zitterte und sie sah voller Anspannung in die Richtung des Wohnzimmers. «Also Schatz, ich hab' Dir ja gesagt, dass es mir wirklich Leid tut, aber es lässt sich wirklich nicht vermeiden», erklärte er ihr mit Nachdruck, während er seinen Hemdkragen zurechtsetzte. Sie hörte nicht zu. Jedes Wort, das aus seinem

---

[17] www.ask.fm/NowhereMan8 Auch die nächste Folge entstand in Kooperation mit NowhereMan8, der Text wurde aber von mir sowohl inhaltlich als auch dem Wortlaut nach stark verändert.

SOKRATES – der kafkASKe Roman

Mund kam, verletzte sie nur noch mehr. «Wenn ich den Reiseantrag nicht heute Abend noch beim Nederkorn abgebe, dann kann ich mir das mit der Montage inne Haare schmieren», sagte er, während er sich vor dem Spiegel durch die Haare ging. Sie konnte nicht glauben, dass er sie derart belog - ihr eigener Ehemann! Ein Monster! «Wie gesagt, ich kann nicht anders», versicherte er ihr zwanghaft und sie glaubte es. Sie ekelte sich vor ihm. Er stand auf junge Mädchen; aber wenn es nur das gewesen wäre! Er unterwarf sie, er quälte sie, er vergewaltigte und demütigte sie. Nicht nur in seinen Phantasien, nicht nur auf all diesen Pornobildern von Sperma überströmten Mädchen. Nein, er vergriff sich tatsächlich an jungen Mädchen. Sie durfte jetzt gar nicht weiter denken. Ihre Töchter! Um Himmels Willen! Ihre eigenen Töchter! Sie fragte sich, was er in seinem Umschlag trug. Geld? Nichts? Schlüssel für eine heimliche Wohnung seiner Geliebten auf seine Kosten? Lärmgedämmt und mit Foltergeräten darin? Als er sich umdrehte und sie ansah, legte sie das Tranchiermesser zurück in den Messerhalter. «Hör zu, ich muss jetzt los» Sie funkelte ihn böse an, während er sich sein Formel-1-Capy aufsetzte. Seit einem ganzen Jahrzehnt hatten sie keinen Sex mehr miteinander gehabt.

SOKRATES, der kafkASKe Roman bekommt nun seinen 84. Teil. Wir sind noch immer in Johanna Metzgers Elternhaus; Johanna kommt auf einen Gedanken, den sie bisher nie gehabt hatte. Wird sie noch Verständnis für ihre teilnahmslose Mutter entwickeln? Uri Bülbül

Er hatte nach der Geburt ihrer zweiten Tochter in wenigen Jahren sein Interesse an ihr fast völlig verloren. Sie hatte es stillschweigend akzeptiert. Schließlich wusste er ohnehin nie, was ihr gefiel und was nicht. Er war grob, kurz angebunden und sehr selbstzufrieden. Die kleine Luisa war im Kindergartenalter, da erkaltete alles zwischen den beiden. Aber das war die falsche Zeitrechnung! Sie hatte ihre Aufmerksamkeit, wenn man denn überhaupt davon sprechen konnte, auf die falsche Person fokussiert. Niemals hätte sie gedacht. Nein, sie konnte diesen Gedanken noch immer nicht zulassen. Sie konnte ihn nicht vor sich selbst aussprechen. Sie hatte nur eine Schimäre irgendwo im Dunkeln gesehen und sich gefürchtet – furchtbar erschreckt. Aber wahrscheinlich, nein ganz sicher, war da nichts! Ihre Töchter aber gingen nicht ans Telefon. Es kränkte sie, dass es in der heutigen Zeit unmöglich ist, jemanden wegen Ehebruch anzuzeigen. Ohnehin war ihr Selbstbewusstsein durch sein ständiges Verschwinden im Keller stark in Mitleidenschaft gezogen. «Warum gibst du den Antrag erst heute Abend ab?», fragte sie misstrauisch. «Schatz, das hab' ich dir doch erzählt. Ich muss auf die Baustelle. Und danach wollte ich mit dem Nederkorn und den Jungs noch einen heben gehen», erklärte er. Ihre Welt war in Aufwallung geraten. Nichts war mehr, wie es war. «Der letzte Bauabschnitt – das muss gefeiert werden! Heute gießen wir die letzten tragenden Wände und Säulen!» Er war stolz und überheblich wie immer. Jetzt aber sah sie es, wie sie es nie zuvor gesehen hatte. Sie hatte sich immer der Illusion hingegeben, dass in seinem Verhalten ihr gegenüber Respekt enthalten war. Nun aber war die Fassade zerbröckelt und alles erschien wie eine billige Karnevalsmaskerade. Wie konnte sie das alles nur geglaubt haben?***

«Mutter! Hallo Mutter! Wo bist du nur im Geiste? Ich rede mit dir!» Johannas Mutter reagierte nicht. Sie hatte aufgehört zu weinen. Es war, als wäre ihre Seele aus ihrem Körper in weite Ferne entrückt. Ein Zustand, den Johanna sehr gut nachvollziehen konnte. Es ging ihr früher auch nicht anders, wenn sie mit ihrem Vater alleine war und es ihm beliebte, seine Spielchen mit ihr zu spielen. So war auch Nilam in Johannas Leben getreten. Plötzlich eines Tages war sie da. Sie schien diese widerlichen Spiele zu genießen, ja, geradezu obsessiv zu begehren. Johanna wollte mit Nilam eigentlich nichts zu tun haben. Aber sie war nun einmal da und wollte auch nicht wieder verschwinden. «Komm, frag doch mal deinen Vater, ob er nicht mit uns einkaufen gehen möchte, dann können wir uns wieder amüsieren, und du bekommst eine schöne Jacke, eine Tasche oder eine Bluse. Oder möchtest du lieber wieder schöne Schuhe? Dieses Mal Stiefel vielleicht?» Nun aber würde es bald endgültig vorbei sein mit Nilam – das stand für Johanna ein für allemal fest. Vielleicht hatte ihre Mutter ja auch so jemanden bei sich wie Nilam. Daran hatte Johanna nie zuvor gedacht.

Basti ist vor dem Gartenhäuschen, in dem sich Ayleen befindet, eingeschlummert. Wir wissen immer noch nicht, was er in seinen Träumen alles erleben wird. Betti, Lara und Uri gehen gemächlich spazieren und unterhalten sich, Luisa ist noch immer auf dem Weg zur Villa und Johanna ist bei ihrer Mutter.. Uri Bülbül

Johannas Mutter war einfach geistesabwesend; in ihren Gedanken und Erinnerungen bei dem Abend, als Franz-Joseph das Haus verlassen wollte und ihr mal wieder Lügenmärchen auftischte: Reiseantrag, Nederkorn, tragende Betonsäulen – alles einfach nur ein Lügenkomplex. Sonst nichts. Selbst wenn es die Betonsäulen wirklich gab, so dass man sich den Schädel daran weichschlagen konnte, blieb alles zusammen genommen ein Lügenkomplex.

«Vorher muss ich aber noch zur Baustelle und den Antrag offiziell beim Chef abgeben, damit der den Brief, zusammen mit allen anderen, direkt zur Zentrale schickt», führte er seine Erklärung fort. «Tschüs, Ica», rief er in ihre Richtung, während er seinen Schlüsselbund suchte. Sie antwortete nicht. Er sah noch ein letztes Mal in den Spiegel und ging aufgeregt durch die Haustür. Sie hörte das Anlassen des Motors und schaute durch das Fenster nach draußen. Ihren Spitznamen hatte er genannt. «Ica». Sowie sie den vorbeifahrenden Wagen hörte, rannte sie die Treppe hoch in ihr Arbeitszimmer. Ica schaltete hastig das Licht ein und öffnete ihren Kleiderschrank. Unter einem Regenmantel fand sie ihren Werkzeugkoffer aus ihrer Ergotherapie-Praxis, den sie als Ersatz bei sich zu Hause hatte. Sie lächelte bei dem Gedanken, dass sie sich mal geschworen hatte, Berufliches und Privates nie zusammenzubringen. Eine bessere Gelegenheit bot sich bisher nie an. Andererseits hatte sie ihren Gatten erst durch die Arbeit kennengelernt. Er klagte vor über zwanzig Jahren über heftige Rückenschmerzen. Der Ordnung halber kniete sie sich hin und öffnete ihren Koffer. Dabei fiel ihr Blick auf einen Hammer mit Metallspitze, eine Laubsäge, eine Ahle und einen Seitenschneider. Staunend nickte sie und schaute dabei auf ihren Hammer. Es klingelte. Hektisch legte sie ihren Hammer wieder zurück in ihren Koffer und stand auf. Sie nahm ihren Regenmantel und ihren Koffer mit und machte das Licht aus. Zügig schritt sie die Treppe hinunter. Unten angekommen legte sie nebenbei ihre Haare zurecht und stolperte. Sie war betrunkener als sie dachte und stützte sich an der Küchentheke ab. Sie schritt zügig zur Haustür, legte ihre dunklen Locken zurecht und sah vorwurfsvoll auf die

SOKRATES – der kafkASKe Roman

Uhr. Es war viertel nach neun. Im Vorbeilaufen sah sie in den Spiegel und nahm einen großen Schluck Gin aus ihrem Glas. Erneut legte sie ihre Haare zurecht und öffnete die Tür. «Guten Abend Mama», begrüßte sie Johanna, die den Tränen nahe war.

Wunschtraum! Es war nicht Johanna und niemand war den Tränen nahe. Ihre Nachbarin hielt einen Schlüsselbund hoch. «Guten Abend, Frau Metzger, Ihr Mann hat seinen Schlüsselbund beim Einsteigen ins Auto verloren und nichts bemerkt.» Der kleine Hund an der Leine wollte an Icas Beinen schnuppern. Sie unterdrückte den Reflex, nach dem Köter zu treten, und wich einen kleinen Schritt zurück. Die Nachbarin lächelte verlegen, während sie den Hund ohne Strenge zurecht wies. Ica nahm dankend den Schlüsselbund an. Ein paar Minuten später würde ihre Nachbarin ihrem Mann erzählen, dass «die Metzger wieder getrunken» hatte.

Sie schob ihrer Tochter eine kleine Kiste zu. Wortlos, schier reglos. Sollte doch die Kiste für sich selbst sprechen. „Ica" hatte keine Lust. Ihr war alles vergangen, Lust und noch mehr: jegliches Lebensgefühl war aus ihr gewichen. Wäre sie auf der Straße, wäre es äußerst zweifelhaft, dass sie an einer stark befahrenen Kreuzung an einer roten Ampel halt machen würde. Nicht etwa, weil sie sich umbringen, wollte. Sie hatte gar keinen Willen mehr. Wenn die Füße einfach immer nur voranschreiten wollten, sollten sie es doch tun? Was sollte dagegen sprechen? Dass sie überfahren werden könnte? Na und? «Was ist in dieser Kiste?» fragte Johanna, aber ihre Mutter antwortete nicht. Sie war nur noch die Hülle ihrer selbst, alles war aus ihr gewichen; in der Sonne würde sie nicht einmal einen Schatten werfen. Sie war dabei, zur Fata Morgana zu werden, sich in nichts aufzulösen, auf ewig zu verschwinden. Johanna musste aufhören, Antworten von

SOKRATES – der kafkASKe Roman

ihrer Mutter zu erwarten. Mit dieser Kiste hatte sie alles bekommen, was sie zu geben im Stande war. Und was sie nun darin finden würde, würde sie fassungslos machen – nichts war in dieser Welt so gewiss wie dies.

Wie durch eine göttliche Fügung war ihr der Schlüsselbund ihres Mannes in die Hände gespielt worden. Gerade, als sie sich mit ihrem Koffer als Physiotherapeutin auf den Weg zum „Liebesnest" ihres Mannes auf den Weg machen wollte, was sie bereits durch eigene gute Detektivarbeit heraus bekommen hatte, wurde sie durch ihre Nachbarin und ihrem Fund auf einen neuen Weg gebracht. Mit halb offenem Mund und benebeltem Sinn nahm sie den Schlüsselbund an und bedankte sich beiläufig. Der Schlüsselbund ihres Mannes! So war es nun plötzlich wie durch ein Geschenk des Himmels möglich und damit auch höchste Zeit, einmal in den Kellerräumen herum zu stöbern und die Geheimnisse des Franz-Joseph Metzger zu lüften. Zweifellos war das nun der bessere Plan, wenn man in dem anderen Fall überhaupt von einem Plan sprechen konnte. Mit ihrem Arbeitskoffer bewaffnet vor der Wohnungstür des Liebesnestes zu stehen und an der Tür zu läuten, damit die junge Mätresse die Tür öffnete. Sie wollte das Miststück einfach zur Seite schubsen, eintreten und womöglich Franz-Joseph ahnungslos rufen hören, wer denn da sei. Aber noch ehe die Geliebte antworten könnte, würde sie ihren Hammer aus dem Koffer holen und ihren blöden jungen Schädel einschlagen; dann im nächsten Schritt ihrem vertrottelten Mann, der ganz überrascht sein würde, erst einmal gezielt das Knie zertrümmern. Und dann würde sie den Jämmerlichen zur Rede stellen: «Was hast du, Schwein, mit unseren Töchtern gemacht?» Diese mehr Gewaltphantasie als

SOKRATES – der kafkASKe Roman

Plan hatte ihr bis zu dem Augenblick vorgeschwebt, in dem sie den Schlüsselbund überreicht bekam. Nun war klar, dass sie erst einmal in den Keller gehen würde.

Leben und Sterben im Hause Metzger Uri Bülbül

Was sie aber dort vorfand, überstieg jegliches menschliche Fassungsvermögen. Der Keller war eigentlich schon immer wie ihr Leben auch zweigeteilt. Es gab ihren Bereich mit Waschküche und Bügelbrett, Einmachgläsern und einem Weinregal – das war großzügiger Weise auch ihr zugeordnet worden; und es gab seinen verschlossenen Kellerbereich, was sie niemals betreten hatte. Auch war die feuersichere Eisentür stets verschlossen und abgeschlossen. Aber sie hatte auch nie das Bedürfnis gespürt, zu ergründen, was er sich dort für eine Welt eingerichtet hatte. Und wenn er dort eine ganze Bibliothek von Pornoheften angelegt hatte, scherte es sie nicht. Sie hatte ihren Mann abgeschrieben. An diesem Abend aber wollte sie das Lügengebäude sprengen. Sie musste wissen, was er trieb. Das konnte ihr nicht mehr egal sein. Als sie die Eisentür aufschloss, schien es ihr zunächst so, als habe sie mit ihren Vermutungen nicht falsch gelegen: hier lagerte die Sehnsucht- und Lustwelt ihres Mannes, womit sie -nun musste sie schon „Gott sei dank" sagen- nicht viel zu tun hatte: Knebel, Lederriemen, Peitschen, Handschellen, Fesseln, Masken, Nippelklemmen mit Gewichten... sie erschauerte nur wenig bei diesem Fund und wollte schon wieder in ihre eigene Normalität zurück kehren, als ihr ein gut gesicherter starker Stahlschrank auffiel, in dem man Waffen sicher verwahren konnte oder ähnliches, was nicht unbedingt einen Tresor aber doch so etwas ähnliches erforderte. Wie vermutet, war der Schrank verschlossen. Doch an dem Schlüsselbund fand sie schnell den richtigen

SOKRATES – der kafkASKe Roman

Schlüssel, der die Türen in die Unfassbarkeiten der Hölle öffnete. Plötzlich und ganz und gar unerwartet konnte sie am eigenen Fleisch spüren, wie es den ersten Soldaten ergangen sein musste, die die KZ-Tore aufschlossen und die Hölle betraten, ohne nur die leiseste Ahnung davon zu haben, was sie dort erwartete.

«Wo hast du das alles her?» fragte Johanna ihre Mutter tonlos, als sie ihre Stimme nach der Besichtigung des Paketinhalts halbwegs wieder im Griff hatte. «Aus dem Keller», antwortete sie kurz. «Das ist nur ein kleiner Teil, damit man mir überhaupt glaubt», erklärte sie. «Da ist ein Schrank mit all dem Zeugs; ein ganzer Schrank...» sie würgte. Johanna verspürte das erste Mal seit einer unüberschaubaren Ewigkeit das Bedürfnis, ihre Mutter in den Arm zu nehmen. Aber sie kam nicht dazu. «Oh, meine Hübschen sind wieder bei einander!» Franz-Joseph Metzger stand in der Tür. Kurz begriff er die Dimension dieser Begegnung nicht; aber eins und eins waren schnell zusammen gezählt: Sein Blick fiel auf das Paket. Johanna reagierte aber schneller. Sie hielt ihm ihre Dienstwaffe vor das Gesicht: «Franz-Joseph Metzger, hiermit verhafte ich Sie! Drehen Sie sich zur Wand; Hände hoch und Beine schön weit auseinander!» In seinen Ohren klang das vollkommen absurd, als spielte seine kleine Tochter einen Western oder passender: einen Kriminalfilm nach, dessen Szenen ihrem kindlichen Verstand unfassbar waren und sie nur oberflächlich ein paar Phrasen daraus wieder geben konnte. Die gegen ihn gerichtete Waffe machte ihn wütend und kurz und heftig griff er danach verdrehte seiner Tochter die alberne Hand und entwaffnete sie so schnell, dass sie ihren Schmerzensschrei erst ausstoßen konnte als er die Walther in der Hand hielt. Wütend schlug er ihr mit der flachen Hand ins Gesicht, dass sie zu Boden ging.

SOKRATES – der kafkASKe Roman

«Alberne Gans! Die ganze Polizeiausbildung umsonst!» höhnte er, inspizierte die Waffe, um festzustellen, dass sie nicht entsichert und durchgeladen war. Als sich der dunkle Schleier um Johanna wieder lichtete, war das erste, was sie sah, dass ihr Vater ihre Dienstwaffe durchlud. Ohne zu überlegen und zu zögern, handelte sie. Ein Schuss krachte und Franz-Joseph Metzger sah überrascht seine Tochter an, dann sah er sich selbst auf die Brust. Die Walther wurde ihm auf einmal so schwer, dass er sie fallen ließ und seine Knie so weich, dass er selbst zu Boden ging.

Er lag auf dem Boden. Johanna und ihrer Mutter dröhnte der Schuss noch in den Ohren nach. Ilka Metzger, die von ihrem Mann „Ica" genannt wurde, stand im Raum, als ginge sie das alles nichts an. Johanna steckte ihre Smith&Wesson, in die Tasche, nahm ihr Handy, um die Kurzwahltaste mit der Nummer ihres Partners zu drücken. «Ross, komm zum Haus meiner Eltern. Mein Vater wollte sich der Verhaftung entziehen, hat mir meine Dienstwaffe aus der Hand gerissen und mich zu Boden geschlagen. Als er mich erschießen wollte, habe ich ihn in Notwehr mit einer Zweitpistole, die ich zufällig bei mir trug, außer Gefecht gesetzt. Aber ich glaube, er ist tot.» Sie machte eine kleine Pause. «Nein, habe ich noch nicht. Es ist gerade eben passiert. Bitte, leite alles notwendige ein. Ruf auch den Notarzt, aber auch die Spurensicherung. Und komm bitte schnell!» Nach dem Ende des Telefonats sahen sich die Frauen in die Augen. Aus Johannas Knochen wich die professionelle Kälte. Ilka Metzger sah auf den leblosen Körper auf dem Boden. «Wir werden unseren dreißigsten Hochzeitstag nicht mehr feiern können», murmelte sie. Johanna, die gerade einen Schritt auf ihre Mutter machen wollte, blieb wie vom Donner gerührt stehen. «Nein», sagte sie, «das werdet ihr wohl nicht machen können. Aber du kannst ihm ja ein paar Grablichter auf seinen Grabstein stellen, worauf wahrscheinlich geschrieben stehen wird: „Hier ruht der liebevolle Familienvater Franz-Joseph Metzger"» Aus den Tiefen ihres Rachens sog Ilka den Schleim der letzten Ehejahre hoch und rotze dem Toten ins Gesicht. «Er wird eingeäschert! Und die Asche spüle ich das Klo runter.» verkündete sie entschlossen.

Auf dem Polizeipräsidium stieß Alfred Ross mit dem Polizeipräsidenten Dr. Alfons Albermann zusammen. «Entschuldigung!» rief er im Davoneilen. «Bin im Einsatz!» «Erwarte Ihren Bericht» murmelte Dr. Albermann. «Was für eine Eile! Sie sind doch nicht bei der Feuerwehr!» Ross aber hatte diese Worte seines Vorgesetzten sicher nicht gehört. Keine Minute später saß er in seinem Porsche, in dem er mit Blaulicht vom Hof des Präsidiums raste. Er traf mit dem Notarzt und einem Streifenwagen gleichzeitig am Tatort ein. Während der Notarzt schnell ins Haus eilte, gab Ross Anweisungen an die Streifenpolizisten Verstärkung anzufordern und das Haus für Schaulustige und Journalisten abzusperren. Einer der Polizisten ging zum Streifenwagen ans Funkgerät und Ross ins Haus. Der Notarzt über den am Boden liegenden Mann gebeugt richtete sich auf und schüttelte den Kopf. «Er war schon tot, als ich ankam. Nichts zu machen. Herzschuss.» Dann zögerte er kurz. «Da ist etwas komisch...» Er zögerte wieder. Ross interessierte sich weniger für den geschwätzigen Arzt. Er sah auf den Toten und sah die Polizeiwaffe neben ihm liegen. «So? Was ist denn komisch?» fragte er dann etwas genervt.

Was findet der Notarzt so seltsam? Nun aber wird Ayleen im Büro vermisst und ihr Chef geht zur Polizei. Bald werden wir

auch in eine phantastische Traumwelt eintauchen müssen und zwei Adlige Herren kündigen sich an - einer von ihnen Hieronymus Carl Friedrich von Münchhausen. SOKRATES Teil 89... Uri Bülbül

In der Rechtsanwaltskanzlei Kolbig und Partner wurde nun Ayleen ernsthaft vermisst. «Wo ist Frau Heersold? Wer hat sie gesehen? Wo steckt sie denn? Sie hat einen Prozesstermin und ist noch nicht da?» Markus Kolbig, der Gründer der Kanzlei war aufgebracht. Das kannte er von Ayleen nicht und so etwas wollte er in seiner Kanzlei auch nicht dulden. Es war schon schlimm genug, dass Besprechungstermine mit Mandanten verschoben werden mussten. Nun aber stand ein Prozesstermin an, und Ayleen Hersold, die gerade seit einige Wochen ihre Probezeit hinter sich hatte, war nicht aufzufinden. Die Rechtsanwaltsgehilfin sah ihn hilflos und eingeschüchtert an. «Ich versuche sie schon den ganzen Vormittag zu erreichen – wirklich! Zuhause geht sie nicht ans Telefon und an ihr Handy geht sie auch nicht. Das Handy ist ausgeschaltet. Ich habe mehrmals auf ihre Mailbox gesprochen – wirklich!» Funken sprühend sah er ihr in die Augen: «Ach wirklich? Und was sollen wir nun tun?» Der Zynismus ihr gegenüber machte die Gehilfin wütend und kurz flackerte etwas Rebellisches in ihr auf: «Woher soll ich das wissen? Sie sind der Chef!» «Ja», erwiderte er mit einer bedrohlichen Kälte, «ja, ich weiß, was zu tun ist. Geben Sie mir die Prozessakten! Ich hoffe, Sie haben sie heraus gelegt.» Das hatte die Gehilfin gewissenhaft getan; er riss sie ihr fast aus der Hand: «Wenn ich bei Gericht bin, gehe ich auch gleich im Polizeipräsidium vorbei! Ich werde eine Vermisstenanzeige aufgeben.» Er schlug die Tür zu seinem Büro hinter sich zu, um in wenigen Minuten ruhig und konzentriert die

Akten zu studieren. Kaum saß er in seinem Ledersessel, wurde er tatsächlich auch ruhiger. Und der Inhalt der Akten trug auch seinen Teil dazu bei; es handelte sich um Familienrecht, eine Scheidung im gegenseitigen Einvernehmen: «Die Ehe der Parteien ist endgültig gescheitert. Die Parteien leben seit über drei Jahren voneinander getrennt... Scheidungsfolgeangelegenheiten sind nicht regelungsbedürftig....» Ja, das konnte er vor Gericht vertreten. Dann würde er sich sofort darum kümmern, dass Ayleen wieder auftauchte. Und wenn sie für ihr Verschwinden nicht wirklich einen triftigen Grund hatte, würde er sie schriftlich abmahnen.

Im Polizeipräsidium schlug Markus Kolbig eine unbestimmbar seltsame Stimmung entgegen. Wo Türen nur angelehnt standen und Menschen darin flüsterten und tuschelten, wurden sie, als man ihn bemerkte, schnell zugezogen; man grüßte ihn nur flüchtig und mit ängstlichem Blick, als habe man sein Kommen schier furchtsam erwartet und wäre zwar wenig überrascht noch weniger aber erfreut. Der Rechtsanwalt fragte sich allen Ernstes ob er selbst irgendeinen wichtigen Termin verpasst und durch seine Abwesenheit provokante Zeichen gesetzt hatte. Aber dann sah er etwas, was mit ihm nichts zu tun haben konnte: Vor dem Sonderdezernat Cyberkriminalität waren uniformierte Polizisten als Wachposten aufgestellt worden, die niemanden in den Flur der Abteilung ließen, der keine Sondervollmachten besaß.

Der 3. Mai 2015 ist ein Tag, an dem sehr seltsame Dinge geschehen können. Eine Menge mysteriöser Fragen ist aufgeworfen: War gestern Vollmond? Warum hat Basti @Maulwurfkuchen seinen Account deaktiviert? Wird Luisa je die Psycho-Villa erreichen? SOKRATES - Teil 90... Uri Bülbül

SOKRATES – der kafkASKe Roman

Das Büro des Oberstaatsanwalts war verschlossen, Kriminalrat Reiniger war zu einer Besprechung beim Polizeipräsidenten, folglich hatte auch der Polizeipräsident Dr. Alfons Albermann keine Zeit für den Rechtsanwalt, der aber nun sehr neugierig geworden unbedingt versuchen wollte, heraus zu bekommen, was passiert war. Die Assistentin des Polizeipräsidenten tat so, als sei alles in bester Ordnung und überhaupt nichts ungewöhnlich. Für ein kleines Schwätzchen aber, hatte sie überhaupt keine Zeit. Kaum hatte sich Kolbig abgewandt, um sich einen anderen Gesprächspartner zu suchen, der hilfsbereiter und auskunftswilliger war, griff sie zum Telefon und rief an der Pforte an, man möge den Rechtsanwalt Kolbig aus dem Präsidium begleiten. Er habe heute hier nichts zu suchen. Kolbig machte sich auf den Weg ins Vermisstendezernat, wo er eigentlich seine Anzeige aufgeben konnte. Doch er kam nicht so weit. Zwei uniformierte Beamtinnen traten zu ihm: «Herr Rechtsanwalt Kolbig?» Überrascht nickte er. «Können wir Ihnen weiter helfen? Wir sind damit beauftragt, Sie nach Erledigung Ihrer Geschäfte aus dem Haus zu geleiten.» «Darf ich erfahren, was hier los ist?» «Nichts Besonderes. Heute sind Herrschaften im Haus, die erhöhte Sicherheitsbereitschaft erfordern. Wir sind angehalten, die Anzahl der Personen im Gebäude so niedrig wie möglich zu halten.» Mehr war für Markus Kolbig nicht zu erfahren. Im Vermisstendezernat gab er seine Anzeige auf; alles wurde genauestens protokolliert, er wurde gebeten noch ein Foto seiner Kollegin nachzureichen, und dann begleiteten ihn die Polizistinnen ohne weitere Wortwechsel hinaus. Wieder in der Kanzlei angekommen, befahl er harsch der Gehilfin ihn mit Hardenberg-Investigationen zu verbinden. Die aufgebrachte Stimmung ihres Chefs war nicht zu übersehen. Dabei war er ruhig und zuversichtlich zum Gericht aufgebrochen; der Fall, den er dort zu vertreten hatte, schien unkompliziert. Sie hatte zwischenzeitlich wieder mehrmals versucht, Ayleen Heersold zu erreichen. Das Handy aber blieb ausgeschaltet und zu Hause ging auch niemand ans Telefon. Dafür aber meldete sich jetzt unter der Nummer der Hardenberg-Investigationen eine männliche Stimme, die etwas verschlafen, etwas zerstreut wirkte: «Ja, hallo?» «Hier ist die Rechtsanwaltskanzlei Kolbig und Partner. Ich verbinde Sie mit Herrn Kolbig, einen Moment bitte... Herr Kolbig? Herr Hardenberg am Telefon...» Es kam nur ein unhöfliches und ungeduldiges «Stellen Sie endlich durch!» zurück. Der Rechtsanwaltsgehilfin war nach Heulen zumute.

Luisa war auch nach Heulen zumute. Mit Unterleibsschmerzen und Blasen an den Füßen schleppte sie sich Meter für Meter vorwärts, das Moped mit dem leeren Tank wurde von Meter zu Meter schwerer und sie wusste nicht, ob sie auf dem richtigen Weg war und wie weit die Villa noch entfernt sein mochte. Warum überhaupt hatte sie sich auf diesen Weg gemacht? Mit gesenktem Kopf schob sie das lästige Fahrzeug, wobei sie nur noch auf ihre Füße starrte.

Folge 91 wurde von der ask-Redaktion zensiert.[18] Die Zensur wird aber nicht kenntlich gemacht, sondern erscheint so, als ob auch der Profilinhaber selbst die Antwort gelöscht haben könnte. Nun ist aber gewiss, dass ich selbst keine Sokrates-Folgen gelöscht habe. Da auch keine anstößigen Wörter in der Folge vorkommen, ist mir der Grund der Zensur rätselhaft.. Die einzige Möglichkeit wäre, dass sich die Profilinhaberin @Iwillslaughteryou beschwert haben könnte, was ich aber nicht für wahrscheinlich halte, da ich sie

---

18 http://ask.fm/Klugdiarrhoe/answer/128781146553

SOKRATES – der kafkASKe Roman

zuvor gefragt hatte, ob sie in dem Roman vorkommen möchte.

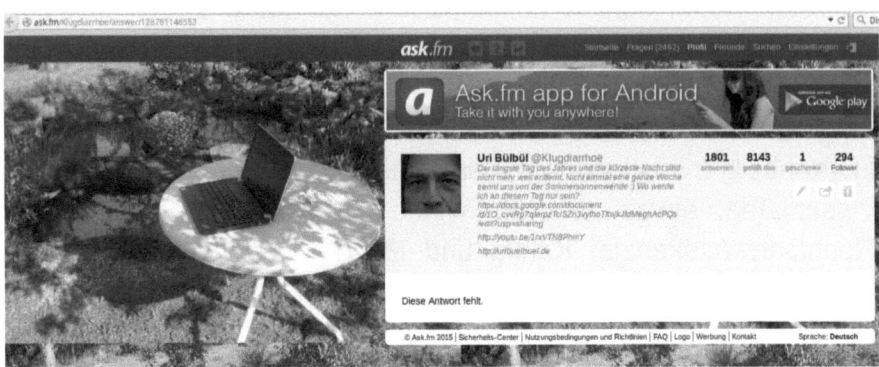

Und auch auf meine Frage, ob sie sich beschwert habe, schreibt Nadia @Iwillslaughteryou:

Und weiter schreibt sie als Antwort auf meine Frage, ob ich sie weiterhin als Figur in die Geschichte einbauen dürfe, in einer weiteren Nachricht über das Fragenfeld an mich:

```
Ja, natürlich und wie gesagt, falls du diese Geschichte mal als richtiges Buch rausbringen
solltest, kaufe ich es :3  Nadia
vor 3 Tagen
Antwort  /  Erstelle eine Videoantwort
```

Das ist sehr liebenswürdig. Ich freue mich über die Kooperation und will meiner verantwortungsvollen Aufgabe gerecht werden.[19]

Sokrates Folge 91 von der ask-Redaktion zensiert:

---
19 Bildschirmfotos vom 22. Juni 2015 00:26:42 Uhr.

SOKRATES – der kafkASKe Roman

Sie sah sich einen Schritt nach dem anderen machen, als gehörten diese Schritte nicht mehr zu ihr, als wäre es nicht ihr Weg, den sie langsam und beharrlich voran ging. Denn sie hatte längst nicht mehr das Gefühl, vorwärts zu kommen. Sie könnte sich ebenso gut auf dem Laufband eines Fitness-Studios befinden mit dem einzigen aber entscheidenden Unterschied, dass sie sich in einem unheimlichen Wald auf einem Weg befand, dessen Ende und Ziel nicht abzusehen waren. Irgendwo aus weiter Ferne kam der Lärm einer Motorsäge. Dann gab es wieder Pausen, in denen sie nur das Knirschen der Steine unter ihren Füßen und den Rädern des Mopeds hörte und dann wieder kamen die Sägengeräusche. Plötzlich erschrak sich Luisa und stieß unwillkürlich einen Schrei aus, als sie von ihren Füßen hoch sah und fast direkt vor sich in die dunklen großen Augen eines Mädchens schaute, die etwas mehr als eine Armlänge von ihr entfernt stand. Abrupt blieb sie stehen. Sie trug ein schwarzes Kleid, schwarze Stiefeletten mit Schnürsenkeln und auf dem Kopf eine Prinzessinnenkrone. «Wenn du ein Bad während deiner Menstruation nimmst, kann sich schon mal das Badewasser rosa verfärben.» «Was?» schrie Luisa, was eher ein Angstschrei als eine Verständnisfrage war. «Ach nichts», sagte das schwarzhaarige Mädchen im sonderbaren Kleid, als wäre sie einem Märchenfilm entsprungen. «Wer bist du?» fragte Luisa fröstelnd, obwohl sie soeben noch keuchend und schwitzend das Moped geschoben hatte, hätte sich aber auch denken können, dass sie darauf keine Antwort bekommen würde. «Nicht wichtig. Wenn du jedenfalls zur Villa des DoctorParranoia möchtest, bist du hier auf dem richtigen Weg. Etwa noch Tausendfünfhundert Meter, dann hast du es geschafft. Ach ja, noch eine Kleinigkeit: halt dich einfach von Rufus fern.» Die Informationen erleichterten Luisa. So war der Weg schon deutlich erträglicher. Schon klang etwas Freude in ihrer Stimme, als sie sagte: «Ich brauche wohl nicht zu fragen, wer Rufus ist, oder?» «Er ist der Gärtner und der Gehilfe des Hausmeisters.» Mit einem undefinierbaren Lächeln im Gesicht ging sie an Luisa vorbei, es war eher ein Tänzeln. Sie bog nach zwei, drei Schritten einfach in den Wald ein, direkt ins Gehölz. Luisa schüttelte den Kopf und als sie wieder in den Wald dem Mädchen nachsehen wollte, war es schon verschwunden. «Gespenstisch» war das einzige Wort, was ihr zu dieser seltsamen Begegnung einfiel. Sie sah noch einmal in alle Richtungen. Aber von dem Mädchen gab es keine Spur. Luisa dachte an eine Märchenprinzessin – ein Schneewittchen in Schwarz sozusagen. Sie setzte ihren Weg fort, vielleicht war es auch wichtig, genau von diesem Fleckchen, wo sie stand weg zu kommen.

„Kohlewittchen" soll nach Luisa die schwarze Prinzessin heißen, die ihr im Wald begegnet ist. Johannas SchwesterCHEN unterwegs in die Psycho-Villa im einsamen Wald, fehlt nur noch ein Wolf; die Prinzessin aber hat schon einen anderen Namen und die Paranoia im Präsidium ist schon perfekt. SOKRATES 92 Uri Bülbül

«„Schneewittchen" ist der falsche Name», dachte sie, «Diese Erscheinung müsste „Kohlewittchen" heißen» und weil ihr der Schalk im Nacken saß, um sie ein wenig von ihrer Angst abzulenken, die sie gruseln ließ, dachte sie an ein albernes Wortspiel: «Nein, nicht „Kohlewittchen" - diese Prinzessin ist ein „Kohleflittchen"», dachte sie und grinste einsam und irre vor sich hin, bis sie vor Schreck wieder erstarrte. Denn in etwa zwanzig Metern Entfernung stand sie wieder vor ihr auf dem Weg. Die

SOKRATES – der kafkASKe Roman

schwarze Prinzessin schlenderte gemütlich auf sie zu. Luisa überlegte kurz, das Moped fallen zu lassen und einfach in den Wald zu rennen. Aber wahrscheinlich hatte sie keine Chance gegen sie, die an einer Stelle verschwinden und an einer ganz anderen wieder auftauchen konnte. Sie machte auch ein paar Schritte auf die dunkelhaarige Erscheinung mit einem Krönchen auf dem Kopf, die so bösartig und furchterregend gar nicht wirkte.

Im Polizeipräsidium herrschte große Unruhe. Die einzige Nachricht, die nun alles zu beherrschen schien, lautete: Franz-Joseph Metzger ist tot, und noch bevor er das Leichenschauhaus erreicht, ist ein Sonderermittler aus dem Innenministerium eingesetzt, der den Fall untersuchen soll. Ein junger Mann, knapp über 1,90 m, blond mit Locken und einem deutlichen Stich ins Rötliche im Haar, rosa Bäckchen, freundlich lächelnd, kein Typ, den man je als unsympathisch oder mit einem unangenehmen Auftrag in Verbindung bringen könnte. Wer den Sonderermittler das erste Mal sah, wunderte sich über ihn, weil er etwas ganz anderes erwartet hätte. Ein Sonderermittler strahlte schon dem Begriff nach etwas Inquisitorisches, Dunkles, Gefährliches, ja auch etwas Hinterhältiges aus. Lord Francis Arthur Suthers hingegen, der trotz seines so englischen Namens in einer deutschen Behörde arbeitete, war das genaue Gegenteil von einem Inquisitor: freundlich, neugierig und offen wirkte er – durchaus als jemand, dem man gerne sein Herz ausschüttete und mit dem man schnell vertraut und herzlich werden konnte. Ruhig und gelassen betrat er das Büro des Polizeipräsidenten und bot ihm auch ohne Umschweife das Du an: «Lieber Alfons, das ist ja ein schöner Schlamassel! Frau Ministerialdirigentin Katja Hardenberg möchte so wenig Aufsehen wie möglich – natürlich.» Das Erste, was Dr.

jur. Alfons Albermann unweigerlich auffiel, obwohl es nun wirklich die nebensächlichste Sache der Welt war: Der Sonderermittler Arthur, wie er genannt werden wollte, lispelte ein wenig. «Ja, natürlich. Niemand möchte, dass diese Angelegenheit, sich zu einem Fall ausweitet. Franz-Joseph Metzger ist quasi eines natürlichen Todes gestorben – ganz natürlich für sein Leben», sagte der Polizeipräsident und verfluchte sich selbst zugleich für seine ungeschickte und undiplomatische Art, sich auszudrücken. Wie konnte einer nur mit solch einer Treffsicherheit genau die falschen Worte wählen?

Francis Arthur Suthers aber blieb gelassen, auch wenn er nicht genau einschätzen konnte, ob der Polizeipräsident es wagte, ihn zu veralbern. Pfeilschnell und absolut treffsicher, wie die Zunge eines Chamäleons nach einer Mücke peitscht, zielte Arthur, ohne größere Regung auf den wundesten Punkt des Doktor Albermann, der zu Albernheiten zu neigen schien: «Wie geht es deiner lieben Frau, Alfons?» Es klang wie die nette Frage eines alten Schulfreundes. Nun war aber der junge Mann weder alt noch ein Schulfreund des Polizeipräsidenten. Sie sahen sich zum ersten Mal und schon war eine derart bösartige Vertrautheit da, dass Albermann schier keinen Ton heraus brachte. Suthers lächelte freundlich. Wie konnte jemand so jung schon ein Sonderermittler werden? Das Naturtalent konnte man diesem großen, dünnen Mann nicht absprechen: «Danke der Nachfrage» sollte alles sein, was Doktor Alfons Albermann zu diesem Thema zu sagen haben wollte. Aber der Lord hatte seine Daumenschrauben schon angesetzt und drehte gnadenlos zu, dass der Polizeipräsident schon vor Schmerzen schreien wollte und es nicht mehr aushielt: «Der Rechtsanwalt Markus Kolbig hat schon etwas gerochen,

SOKRATES – der kafkASKe Roman

mein Lieber Alfons. Er hat Niklas Hardenberg angerufen und beauftragt, den Fall zu untersuchen.» «Was?» entfuhr es Alfons Albermann, der plötzlich seinen Schweißausbruch spürte und die Kontrolle über seinen Körper wie über seine ganze Person zu verlieren schien. «Das darf nicht wahr sein!» «Ja, nicht wahr?» sagte Arthur, «Vor allem darf so etwas nicht passieren? Aber ein Unglück kommt selten allein. Nun ist Franz-Joseph Metzger tot, Niklas Hardenberg auf den Plan gerufen, es fehlt das dritte Unglück...» schmunzelte Arthur. Wie konnte er in dieser Situation so gelassen bleiben? Alfons Albermann war jedenfalls die Stimmung gehörig verdorben. Nicht den leisesten Hauch von Souveränität konnte er ausstrahlen. «Ist das ein Polizeipräsidium oder ein Klatschcafé?» hörte er den Sonderermittler fragen. Was sollte er darauf antworten? Er ging ans Telefon: «Ross soll sofort zu mir kommen!» Arthur sah lächelnd den Polizeipräsidenten telefonieren, ohne dass nur ein Hauch von Fassung in seinem Verhalten übrig geblieben wäre. Er fragte sich ernsthaft, was in einer solchen Situation ein grober Klotz wie Alfred Ross ausrichten konnte? Und noch mehr interessierte es Arthur, was sich Albermann von dieser Aktion versprach. Die Daumenschrauben wurden noch ein bißchen enger zugedreht: «Der Notarzt hat in seinem Bericht schon festgehalten, dass der Erschossene bespuckt wurde. Das sieht nach einer hasserfüllten Hinrichtung aus!» «Möchten Sie die Täterin?» fragte Alfons Albermann, als habe er einen Hoffnungsschimmer erblickt. Arthur schüttelte über so viel Unverstand den Kopf. «Damit es noch mehr Ärger gibt?» fragte er. Es klopfte an der Tür. Die Sekretärin meldete Hauptkommissar Alfred Ross. Arthur reagierte schneller als der Polizeipräsident: «Er kann wieder gehen. Wir brauchen ihn doch nicht!

SOKRATES – der kafkASKe Roman

Basti @Maulwurfkuchen bombardiert mich mit seinen Lieblingsantworten. Bin ich froh, dass er wenigstens im Fortsetzungsroman SOKRATES schläft, wovon jemand mir geschrieben hat, der Titel würde ihn anschreien. Dabei haben die Großbuchstaben doch einen schönen Wiedererkennungseffekt :(Teil 94... Uri Bülbül

Er soll sich aber noch zur Verfügung halten.» Die Sekretärin sah irritiert und Hilfe suchend zu Doktor Albermann. Dieser aber hatte Kontrolle und Herrschaft abgegeben – über sich, über sein Büro, ja auch über sein Leben. Sollte doch geschehen, was wollte; er konnte es doch nicht aufhalten!

Doktor Leopold Lauster kam, klopfte kurz an, betrat das Büro des Polizeipräsidenten, der alles abgegeben und losgelassen hatte und sich so frei wie im freien Fall fühlte. Ja, dann sollte doch Leopold Lauster kommen – warum auch nicht? Ihm war alles egal und recht, recht und egal, am Ende recht egal. Leopold Lauster erblickte den Sonderbeauftragten und schritt mit offenen Armen auf ihn zu: «Arthur, mein Lieber! Wie schön dich zu sehen! Mein Gott, was für eine Karriere!» Die beiden Männer umarmten sich: «Hallo Leopold, ach was! Nicht der Rede wert!» «Oh doch, mein Bester! Und ob das der Rede wert ist! Direkt aus der Weimarer Klassik in die höchsten Kreise der größten Geheimnisträger! Und das allergrößte Geheimnis ist: wie macht er das bloß?» Arthur lächelte bescheiden. Und Alfons Albermann hatte ein sehr genaues Gefühl davon, wie diese Frage zu beantworten sei. Aber er bekam den Mund nicht auf und schwitzte statt dessen blöde vor sich hin, während es in seinem Hirn einen einzigen Satz immer wieder hämmerte: «Franz-Joseph Metzger ist tot!» Und dann stand noch die Frage des Sondergesandten aus dem Ministerium im Raum: «Ist das ein Polizeipräsidium oder ein Klatschcafé?» Und genau diesen Satz brüllte er nun unvermittelt aus sich heraus, schleuderte ihn gegen den unerträglichen Frohsinn des Oberstaatsanwalts. Dieser sah ihn mit offenem Mund und vor Staunen weit aufgerissenen Augen an: «Alfons, mein Lieber», brachte er endlich heraus: «Was ist mit dir?» Arthur lächelte milde und beschwichtigend. Dann kam aus seinem Mund, als wäre es eine nebensächliche Bemerkung wie etwa: «Morgen könnte es regnen» «Franz-Joseph Metzger ist tot. Er ist von einer Beamtin aus diesem Präsidium erschossen worden – genau genommen von seiner eigenen Tochter.» Leopold Lauster hätte vom Schlag getroffen tot umfallen können, er stand da, und es schien wirklich mehr als angebracht, nach dem Notarzt zu rufen. Wortlos ließ er sich erst einmal auf einen Stuhl fallen. Dann kam nur noch ein «Oh mein Gott!» Mitleidig sah er zum Polizeipräsidenten: «Das war's dann wohl, Alfons!» Arthur widersprach: «Nein, das war's nicht – noch nicht. Niklas Hardenberg ist unterwegs, im Präsidium herum zu schnüffeln!» erklärte lispelnd der Geheimagent. In diesem Augenblick kam der Dezernatsleiter Oberkriminalrat Reiniger. «Herrschaften! Was sind das nur für Nachrichten! Ich kann es nicht fassen! Ich werde dieses Miststück eigenhändig erschießen! Ihren eigenen Vater! Sie hat ihren eigenen Vater kaltblütig niedergestreckt und dann auch noch auf ihn gespuckt. Ich kann es einfach nicht fassen. Unfassbar ist so etwas! Sie, Dr. Lauster, müssen sofort Haftbefehl beantragen und diese Bestie einsperren!»

Er hat wenigstens einen klaren Standpunkt, dachte Arthur und beobachtete die Reaktionen der Männer. Der Oberkriminalrat erwiderte scharf Arthurs Blick: «Sie sind der Mann aus dem

SOKRATES – der kafkASKe Roman

Ministerium?» Nicht ein Hauch von Furcht oder Ehrfurcht schwang in seiner Stimme mit. «Ziemlich Jung für solch eine Aufgabe. Ein Karrierist?» Arthur verdrehte die Augen und winkte elegant ab: «Nicht jeder kann sich stolz rühmen, einen Herrn Doktor Alfons Albermann als Präsidenten vor die Nase gesetzt bekommen zu haben!» versetzte Arthur mit äußerster Gelassenheit und Klarheit in der Stimme wie im Ausdruck. «Wir werden sehen, was aus dieser Krise alles erwächst», murmelte der Oberkriminalrat. Genau das aber wollte eigentlich niemand in diesem Büro wirklich sehen und erleben! Es war zweifellos ein Super-GAU.

Johanna versuchte mehrmals, ihre Schwester zu erreichen. Der Verhörmist, war zunächst einmal vorbei. Sie hatte alles Detail getreu erzählt, hatte sich auch eine Speichelprobe nehmen lassen und den kleinen Revolver, den sie Basti abgenommen hatte, abgegeben. Dienstwaffe und Dienstausweis hatte sie behalten können. Sie war also nicht vom Dienst suspendiert, was aber noch kommen konnte. Ein Psychologe sollte sich noch mit ihr unterhalten. Aber er war nicht in ihrem Büro aufgetaucht. Alfred Ross hatte sie erst einmal allein gelassen, weil er unbedingt bei der Spurensicherung in ihrem Elternhaus dabei sein wollte. Das Paket, was ihre Mutter Johanna übergeben hatte, hatte er sorgfältig in seinem Auto verstaut und nicht der Spurensicherung überlassen. So oft sie auch Luisa anrief, immer klingelte es sechsmal, bis dann der Anrufbeantworter ansprang. Das war zwar ein wenig ungewöhnlich für Luisa; aber auch nicht recht beunruhigend für Johanna, da sie ihre Schwester in der Schule vermutete. Sie hatte keine Lust, ihren Bericht zu schreiben. Statt dessen gingen ihr Fragen durch den Kopf, wie etwa, ob ihr Vater in der Sado-Maso-Szene der Stadt eine bekannte Figur sein könnte.

SOKRATES – der kafkASKe Roman

Auch war sie sehr neugierig auf die Freundin ihres Vaters, von der ihre Mutter ihr erzählt hatte. Sie sei ihm in einer Nacht in seine „Liebeshöhle", wo seine Mätresse wohnte, gefolgt. Sie sah auf ihre Uhr, beschloss noch eine Viertelstunde auf den Polizeipsychologen zu warten und wenn er bis dahin nicht kam, sich auf den Weg zu dieser Mätresse zu machen. Was hatte dieses Schwein nur für ein Leben geführt? Wessen Leben hatte er noch versaut? Zwischendurch wählte sie wieder Luisas Nummer. Dieses Mal wurde der Anruf angenommen und Johanna wollte schon erleichtert aufatmen, als sie völlig überrascht eine fremde Stimme hörte, die ihr irgendwie aus der Ferne bekannt vorkam, die sie aber nicht einordnen konnte. «Ich bin nicht Luisa, ich bin Luisas Deutschlehrerin Sophie Rosenberg-Kübel!» «Was machen Sie am Handy meiner Schwester?» fragte Johanna empört. «Ich musste Ihrer Schwester leider das Handy konfiszieren! Sie hat im Unterricht damit gespielt!»

«Und warum haben Sie ihr das Handy nicht nach dem Unterricht wieder zurück gegeben? Oder befinden Sie sich gerade im Unterricht?» Die Deutschlehrerin wurde durch den ungeduldigen Verhörton der Schwester irritiert. «Nein, nein, der Unterricht ist schon seit zwei Stunden zu Ende. Ich will, dass die Erziehungsberechtigten persönlich das Handy abholen kommen. Ich muss mit ihnen sprechen. So geht es nicht weiter mit Luisa!» «Ich habe das Sorgerecht für Luisa! Dann müssen Sie mit mir reden. Jetzt aber muss ich erst einmal mit Luisa sprechen. Wo ist sie?» «Woher soll ich das wissen? Sie hat jetzt keinen Unterricht bei mir – schon seit zwei Stunden nicht mehr. Bitte melden Sie sich im Schulsekretariat zu meiner Sprechstunde an. Luisa sollte auch an dem Gespräch teilnehmen!» Nach dem Gespräch hatte

SOKRATES – der kafkASKe Roman

Johanna keine Lust mehr, länger auf den Psychologen zu warten. Was sollte sie ihm auch sagen, dass sie sich froh und erleichtert fühlte – so glücklich wie seit ihrer Kindheit nicht mehr? Und sollte sie ihm erzählen, dass Nilam verschwunden war, einfach gegangen. Sie würde nun für immer schweigen. Es gab sie nicht mehr, wie es sie zuvor nie gegeben hatte, bis sie sich eines Tages zu Wort gemeldet hatte. Und nun war sie wieder dahin zurück gekehrt, woher sie gekommen war: ins Nichts! Aber das brauchte den Psychologen nicht zu interessieren. Johanna verließ das Präsidium und stieg in ihren Dienstwagen ein.

Die Wohnung, die sie aufsuchen wollte, befand sich im tiefsten Norden der Nordstadt, was so viel bedeutete wie Plattenbauten aus den 70er Jahren erbaut von der Gewerkschaftseigenen Gesellschaft mit einer skandalös schäbigen Architektur, als wolle man die Massentierhaltung an Menschen exerzieren. Einige Renovierungs- und Verschönerungsversuche hatte es wohl in den letzten vier Jahrzehnten gegeben, aber im Grunde, hätte das ganze Viertel evakuiert und gesprengt werden müssen, um auf den Trümmern einen neuen Versuch architektonischen Versagens zu starten. Dieses Viertel war längst schon zum sozialen Brennpunkt avanciert. Von den Kollegen im Streifendienst wollte hier niemand patrouillieren und aus dem Auto aussteigen. Der Polizeipräsident hatte zwar einen verstärkten Streifendienst und bessere Polizeipräsenz hier angeordnet; praktiziert wurde das allerdings so, dass die Polizeiwagen zügig aber häufig durch diesen Stadtteil mehr rasten als fuhren. Schießereien waren in dieser Gegend ebenso wenig selten wie Jugendliche, die mit Steinen, Flaschen und Getränkedosen nach den Streifenwagen warfen; manche benutzten sogar Zwillen mit Stahlkrampen. Der

SOKRATES – der kafkASKe Roman

Streifendienst war hier lebensgefährlich. Verantwortlich für die Verbrechensbekämpfung in diesem Bezirk zeichneten Hauptkommissar Peter Hoffmann und sein Assistent Jürgen Oberländer, zwei wirklich ekelhafte Menschen, denen Johanna sehr gern aus dem Weg ging. Mit dem Kommissar Hoffmann, einem fetten, feisten Endvierziger hatte sie nie zusammen arbeiten müssen, aber dieses zweifelhafte Vergnügen war ihr bei dessen Assistenten nicht erspart geblieben; Jürgen Oberländer war ein unerträglicher Besserwisser.

Kommen wir zu der kleinen Geschichte, in der es eine Psycho-Villa gibt, einen Schriftsteller, der verhaftet wird und dem man dabei die Nase bricht, eine tote Rechtsanwältin in einem Gartenhäuschen, einen mordenden Gärtner ;) Eine Polizistin, die ihren Vater tötet, der sie jahrelang missbrauchte usw. Uri Bülbül

Für den korrekten Dienstweg wäre es sicherlich besser gewesen, den Kommissar über ihren Besuch bei der Mätresse ihres Vaters zu informieren. Das aber hätte ewige Diskussionen und Fragen nach sich gezogen, und sie hätte die Genehmigung in einer Woche noch nicht gehabt. Die Ermittlungen aber duldeten eine solche Verzögerung nicht. Sie musste diese Frau so schnell wie möglich erwischen, bevor sie vom Tod ihres Geliebten oder Peinigers oder was auch immer erfuhr und sich aus dem Staub machte. Sie war höchst wahrscheinlich nicht polizeilich erfasst und könnte nicht durch die Spuren in der Wohnung identifiziert werden. Also musste Johanna schnell handeln, bevor die Todesnachricht diese Frau erreichte, auf deren Identität Johanna schon sehr gespannt war. Wusste sie womöglich von den Videos und DVDs im Keller? War sie bei der Erstellung womöglich beteiligt gewesen? In Gedanken versunken erreichte Johanna den Block, in dem sich die besagte Wohnung befand. Vor dem Block gab es Parkplätze, auf denen teilweise ausgeschlachtete und ausgebrannte Schrottautos standen. Ein kleiner Fußweg führte von der Straße auf den Häuserblock mit mehreren Eingangstüren und Hausnummern. Johanna bemerkte einen dunkelhäutigen Mann etwa in ihrem Alter auf einem Schrottauto sitzen und mit einem Butterfly-Messer herumhantieren. Er sah ihren bösen Blick, lächelte jedoch freundlich zu ihr hinüber, als habe er sie erkannt. Sie ging auf einen der Eingänge am Block zu, blieb jedoch hinter einer Betonsäule, an die nicht nur Hunde gepinkelt zu haben schienen, stehen und beobachtete aus ihrem Versteck aus den Schwarzen, ob er nicht sich an ihrem Auto zu schaffen machte. Es dauerte keine zwei Minuten, bis eine Gruppe von Jugendlichen auftauchte und sich auf Johannas Dienstwagen zu bewegte. Der Schwarze mit dem Butterfly-Messer ließ es schnell in seiner Tasche verschwinden und sprang von seinem Sitz auf die Beine. Die Gruppe hatte nun den Dienstwagen erreicht, und zwei Jungs sahen durch die Seitenfenster ins Auto, als der Schwarze laut pfiff. Der Anführer der Gruppe bewegte sich breitbeinig auf den Schwarzen zu, der ihm offensichtlich Instruktionen gab, die der andere unterwürfig akzeptierte. Er ging zu seiner Gruppe zurück und hieß sie, das Auto in Ruhe zu lassen. Vielleicht war es nur ein Trick von dem Mann mit dem Messer. Aber das würde sie später eruieren. Jetzt betrat sie den stinkenden Hausflur, nahm den Aufzug zum siebten Stock, wie ihre Mutter es ihr erzählt hatte. Eines Abends war sie ihrem Mann gefolgt, als er mal wieder vorgab, spät arbeiten zu müssen. Als sie die Situation vor Ort sah, musste Johanna ihrer Mutter und ihrer Courage, bis hierher ihrem Mann zu folgen, Respekt zollen. In der Dunkelheit war dieses

SOKRATES – der kafkASKe Roman

Viertel gewiss gefährlicher als eine Schlangengrube. Es befanden sich auf dem Stockwerk fünf Wohnungstüren. Aus der ersten Wohnung drang orientalische Musik; aus der nächsten hörte sie sowohl ähnliche Musik als auch Menschen, die sich lärmend unterhielten.

kann in der Geschichte auch eine Tropfsteinhöhle mit drin vorkommen, bitte? :3 Dino[20]

Unaufhaltsam nähert sich die Folge 98 des kafkASKen Fortsetzungsromans SOKRATES und dabei dürfte eine Tropfsteinhöhle nun wirklich das geringste Problem sein:

Hinter der dritten tobten Kinder und schrien in ihrem Spiel. Hinter der vierten Tür aber war es nicht nur still, an der Klingel war auch ein Namensschild mit einem Doppelnamen angebracht: Meissner-Metzger. Johanna lauschte einen Augenblick, bevor sie klingelte. Es rührte sich nichts. Johanna holte ihr Dietrichbesteck aus der Tasche und begann sich am Schloss schaffen zu machen. Sie war darin sonst durchaus geschickt. Aber an diesem Schloss wollte es nicht so schnell klappen, wie sie es sich vorgestellt hatte. Sie begriff, dass von Innen der Schlüssel steckte. In diesem Moment kam ein alter Mann aus der fünften Wohnung heraus, um im strengen Ton zu fragen: «Was machen du da?» «Polizei. Ich will in diese Wohnung.» Johanna zeigte dem Mann ihren Dienstausweis. Vom gebrochenen Deutsch abgesehen, kannte er seine Rechte. «Egal Polizei! Du das nicht dürfen!» «Oh doch. Es ist Gefahr im Verzug, und ich muss augenblicklich die Tür öffnen. Und Sie gehen jetzt besser in Ihre Wohnung oder sonstwohin und lassen mich meine Arbeit machen.» «Arbeit? Ich rufe andere Polizei!»

---

20 www.ask.fm/Maulwurfkuchen

sagte der Mann, als er in seiner Wohnung verschwand. Verärgert hantierte Johanna an dem Schloss und fühlte, wie Wut in ihr aufstieg und ihre Hände zittern ließ. Endlich gab das Schloss nach. Hinter sich die Tür schließend ging sie in die Wohnung. «Hallo! Hier ist die Polizei! Ist jemand zu Hause?» Blöde Frage, dachte Johanna. Es musste jemand zu Hause sein; denn schließlich steckte der Schlüssel von Innen im Schloss. Aber es blieb unheimlich still in der Wohnung. Johanna konnte nur den nachbarlichen Lärm hören.

Unwillkürlich hatte sie das Bedürfnis, ihre Dienstwaffe zu ziehen. Sie lud durch und entsicherte. Sie hatte das starke Gefühl, dass hier eine weitere Gefahr auf sie lauern konnte, obwohl ja für sie die schlimmste beseitigt war. «Hier ist die Polizei! Kommen Sie mit erhobenen Händen sofort heraus! Ich habe eine schussbereite Waffe in der Hand. Kommen Sie sofort heraus und geben Sie sich zu erkennen!» rief sie in die bedrohliche Stille der Wohnung. Aber es rührte sich nichts.

«Was für eine Katastrophe!» sagte Oberkriminalrat Reiniger und wiederholte es immer wieder leiser werdend. Dann hob er die Stimme noch einmal bedrohlich an und ließ seine Befürchtung donnernd durch den Raum hallen: «Oh! Es werden Köpfe rollen! Ich sage euch: es werden Köpfe rollen!» «Vielleicht auch nur ein Kopf!» murmelte Alfons Albermann vor sich hin. Oberstaatsanwalt Leopold Lauster verstand die Dramatik nicht ganz: «Was soll schon groß passieren? Wir sind Beamte dieses Staates, meine Herren!» «Respekt für die Gelassenheit», sagte Suthers, «mit diesem kühlen Kopf kann man agieren!» «Was gedenken Sie zu tun?» fragte Reiniger, bekam aber keine Antwort, weil in diesem Moment Arthurs Handy klingelte. «Entschuldigen Sie, meine

SOKRATES – der kafkASKe Roman

Herren, ist dringend!»

Es geht rasend schnell auf die 100. Folge zu. Luisa unterwegs in die Psycho-Villa. Verliert sie die Nerven, dass sie schon eine schwarze Prinzessin sieht? Lara, Betti und Uri auf dem Spaziergang im Garten werden bald Basti schlafend vorfinden. Zuvor aber gibt es eine andere seltsame Begegnung... Uri Bülbül

Und ins Handy sprach er: «Osman Abi, hallo...» Dann verfinsterte sich sein Gesicht und während er noch zuhörte, ließ er seinen Blick von einem zum andern wandern. Es verhieß nichts Gutes, es war eher so, als würden die Todesurteile für die drei durchgegeben und müssten sofort vollstreckt werden. Nachdem Auflegen machte er eine spannende Pause von einigen nervtötenden Sekunden. Niemand wagte ihn aber anzusprechen. «Tja, meine Herren. Ich kann jetzt leider keine Zeit mehr mit ihnen verlieren. Unsere Kommissarin arbeitet weiter und der Super-GAU wächst und gedeiht. Die Kettenreaktion ist ausgelöst und wir werden mehr als nur einen Sarkophag benötigen. Das können Sie mir glauben.» Damit verließ er die Besprechung. Ratlos saßen sie da: Dr. Alfons Albermann, der Polizeipräsident, Dr. Leopold Lauster, der Oberstaatsanwalt, und der Dezernatsleiter Oberkriminalrat Horst-Eberhard Reiniger. Wie durch einen heftigen Kopfstoß etwas verblödet murmelte Dr. Alfons Albermann wieder seine Weisheit vor sich hin: «Es werden Köpfe rollen – vielleicht aber auch nur ein einziger!» «Machen Sie sich mal um Ihren Kopf keine Sorgen, Herr Polizeipräsident. Für Sie findet sich bestimmt ein Plätzchen im Ministerium. Ab einer bestimmten Stufe der Karriereleiter kann man nur noch nach oben fallen.»

SOKRATES – der kafkASKe Roman

Mit schussbereiter Waffe in der Hand lauschte Johanna in die Stille. Der Lärm der Nachbarn kam gedämpft aber deutlich bei ihr an, aber aus der Wohnung selbst war nichts zu hören. Wie kann das sein? fragte sie sich. Der Schlüssel steckte von innen. Sie näherte sich vorsichtig und schier geräuschlos einer fast verschlossenen Tür, die sich nach innen ins Zimmer öffnen ließ. In ihrem Kopf wirbelten Gedanken wild umher, sie konnte keine rechte Klarheit für sich gewinnen. Der Schlüssel steckte von innen, an der Tür der Familienname Metzger, ihr Vater tot, erschossen von ihr und bespuckt von ihrer Mutter. Von dieser hatte sie auch die Adresse dieser Wohnung; konnte das eine Falle sein? Johanna nahm vorsichtig ihren Finger vom Abzug. Sie wollte nicht, dass sie sich erschreckte und sich dadurch aus Versehen ein Schuss löste. Jetzt keinen Fehler, nur keinen Fehler, Johanna Metzger, suggerierte sie sich selbst und trat wild gegen die angelehnte Tür, die plötzlich aufgeschleudert wurde. Hätte sich jemand hinter ihr versteckt, hätte er jetzt eine blutige Nase oder eine Beule am Kopf. Aber das Zimmer war menschenleer. Das beruhigte die Kommissarin keineswegs; schnell musste sie nun die anderen Räume überprüfen; denn durch den Lärm, den sie gemacht hatte, war klar, wo sie sich befand. Doch bei allen Türen, die sie aufriss, es blieb dabei: keine Menschenseele in der Wohnung. Sie sicherte ihre Pistole und steckte sie wieder in den Halfter. Eine menschenleere Wohnung und der Schlüssel steckte von innen?

Der Epikureismus ist erklärt, weitere und weiterführende Erklärungen werden folgen. Aber nun folgt mir erst einmal in die Traumwelt im kafkASKen Fortsetzungsroman. Die Folge 100 ist nun da... Und wie versprochen führe ich Leyla ein, eine wunderbare Frau, die die nächsten Folgen rocken wird :) Uri

SOKRATES – der kafkASKe Roman

Bülbül

Es war nicht ihr kriminologischer Glanztag: jemand konnte einfach die Tür zugezogen und den Schlüssen innen vergessen haben. Als sie diesen Gedanken hatte, musste sie über sich selbst grinsen. Aber bei dem, was sie in der Wohnung an Utensilien für Sado-Maso-Spielchen fand, verging ihr das Grinsen wieder. Nippelklemmen, Gewichte, Halsbänder, Peitschen, Fesseln, Knebel, Handschellen, Masken, Käfige und Fotoapparate und Kameras. Sie zog sich schnell Gummihandschuhe an und inspizierte die Apparate in der Hoffnung, Aufnahmen zu finden. Die Speicher aber waren so leer wie die Wohnung. Dafür bemerkte sie auf einem Schraubstock Blutspuren. Die Spurensicherung musste gewisslich verständigt werden, aber gerne hätte sie sofort die andere Person ausfindig gemacht, die vielleicht ein Opfer ihres Vaters war oder ein Komplize. Bevor sie sich entscheiden konnte, was zu tun sei, hörte sie jemanden an der Wohnungstür am Schloss hantieren. Sie zückte die Pistole und war bereit, den Neuankömmling zu überraschen. Doch die Überraschung blieb ganz auf ihrer Seite.

Lara, Uri Nachtigall und Betti näherten sich dem Gartenhaus. Lara war ein paar Schritte vorausgegangen und rief plötzlich: «Hier liegt Basti! Mama, hier liegt Basti vor dem Haus!» Die beiden rannten sofort zum Eingang. Betti beugte sich wie eine geschulte Krankenschwester über den jungen Mann am Boden, fühlte seinen Puls und richtete sich beruhigt auf, ohne aber die Fragezeichen aus den Gesichtern der beiden anderen wegwischen zu können: «Er schläft ganz tief. Er leidet an Narkolepsie. Man muss ihn einfach schlafen lassen, bis er gleich aufwacht. Meistens dauert so etwas nur ein paar Minuten – höchstens.» Irgendeine fremde

SOKRATES – der kafkASKe Roman

Stimme war in Bastis Kopf und ließ ihn als Delphin nicht in Ruhe. Dabei wollte er aus dem Flussdelta am Strand von der Seligeninsel hinaus aufs Meer zu Ophelia, seiner Mutter, schwimmen. «Alles leere Versprechungen. Er hat es nur so daher gesagt. Er will mich gar nicht in seinen Roman einbauen – und schon gar nicht als Leyla, die schönste und intelligenteste Frau weit und breit, die ungekrönte Prinzessin des Theaters. Ein Faszinosum, eine gigantische Persönlichkeit, die Leuchte des Theaterbetriebs schlechthin!» «Lass mich in Ruhe, Leyla!» brummte Basti. «Ich habe keine Zeit für dich! Ich suche Luisa! Weißt du, wo Luisa steckt?» In diesem Moment erschien Kohlewittchen am Strand; sie hatte eine Violine in der Hand und begann zu spielen. Leylas glänzende dunkle Augen nahmen Anteil an Basti, etwas in seiner Stimme rührte sie. Leyla wollte diesem seltsamen Wesen helfen: «Ist sie das – dort am Strand? Schau mal, Kleiner!» «Nenn mich nicht „Kleiner"!» herrschte Basti Leyla an. Leyla war eine Frau mit einem sehr zarten und sensiblen Gemüt, aber sie war nicht überempfindlich, wenn sie merkte, und das passierte recht schnell, aus welchem Grund ihre Mitmenschen missmutig waren. «Wie kann ich dir nur helfen, Basti?» fragte sie mitfühlend. So war Leyla: ihre Sensibilität erschöpfte sich nicht bei sich.

Ein rosa Delphin in einem rosa Fluss auf der Insel der Seligen, steuert mit Leyla direkt auf einen Wasserfall zu. Leyla will ein funkelnder Diamant sein; der schönste Stern des Theaters. Indessen kommt es in der konspirativen SM-Wohnung zu einer seltsamen Begegnung. SOKRATES Teil 101... Uri Bülbül

Basti schwamm in einem rosa Fluss flussabwärts. Die Strömung wurde stärker und er immer schneller. «Wieso bin ich jetzt in

SOKRATES – der kafkASKe Roman

einem rosa Fluss?» fragte er sich laut. Ich war doch gerade eben noch auf dem Meer, hatte die Seligeninsel hinter mir gelassen. Er wollte unbedingt seine Mutter Ophelia treffen. Er hatte etwas ganz Wichtiges und Dringendes mit ihr zu besprechen? «Was ist es denn nur, was du mit deiner Mama besprechen musst, Kleiner?» fragte Leyla. «Lass mich in Ruhe, sonst komme ich nie aus diesem Fluss. Die Ströumung wird immer stärker, womöglich liegt ein Wasserfall vor uns!» «Bist du der funkelnde Stern des unterirdischen Theaters?» fragte Basti. «Ein Stern unter vielen, die alle Sonnen sind», meinte Leyla und es klang fast melancholisch. «Du bist der schönste Stern!» widersprach Basti und dachte bei sich: Es ist ein Albtraum! Ich mache dieser Frau schon Komplimente, um sie loszuwerden! Dieser rosa Fluss verheißt nichts Gutes. Es ist Blut im Wasser. Es ist zweifellos Blut im Wasser. Vielleicht habe ich mich an einem scharfen Stein unter der Wasseroberfläche geschnitten, verletzt, vielleicht verblute ich nun langsam und es tut gar nicht weh, nicht einmal ein leichtes Brennen. Oft tut es nicht weh, wenn man sich an etwas sehr scharfem schneidet. «Basti, du musst einen großen Sprung wagen! Schau da vorne ist ein Wasserfall! Mach dich auf einen gewaltigen Flug gefasst! Oder bremse endlich ab, kehr um!» «Lass mich in Ruhe! Du musst ja nicht mit mit fliegen! Ich weiß sowieso nicht, woher und warum du plötzlich aufgetaucht bist. Ich werde Uri Nachtigall fragen, wenn ich ihn sehe. Er hat mir die Frage immer noch nicht beantwortet, wer uns schreibt!» «Ich werde dich nicht alleine lassen! Selbstverständlich fliege ich mit dir, wenn es sein muss!» «Was bist du nur so anhänglich?» «Das Schicksal hat uns zusammen geführt», antwortete Leyla pathetisch. «Glaubst du etwa nicht an das Schicksal? Es gibt eine göttliche Fügung, die schwer verständlich und manchmal unnachvollziehbar für uns Menschen ist, aber es gibt sie einfach, und wir können nichts dagegen machen. Oh, mein Gott! Gleich stürzen wir in die Tiefe!» rief Leyla. Der rosa Delfin im rosa Fluss beschleunigte, nahm Anlauf wie bei einer Sprungschanze und löste sich von dem Wasser, das tosend in die Tiefe stürzte. Leyla schrie und jauchzte; es war ein Schreien wie bei einer Achterbahnfahrt; sicher schwang auch Angst mit, aber auch ungeheuer viel Lust an dem Sturz in die Tiefe, der nicht enden zu wollen schien.

Zwei Männer sahen in den Lauf einer Walther PPK und dahinter in die böse funkelnden Augen der Kommissarin: «Hände hoch! Polizei!» schrie sie. Einer der Männer war der türkische Opa, den sie vorhin weggeschickt hatte, als sie die Tür zu öffnen versuchte. Der andere ein junger Mann mit rosigen Bäckchen und rotblonden leicht gelockten Haaren, der den Alten um zwei Köpfe überragte: «Habe dir gesagt: die ist verrückt!» sagte der Opa empört, machte indessen keinerlei Anstalten zu gehorchen.

Während der erste Band von SOKRATES, dem kafkASKen Roman im Satzprogramm entsteht, geht natürlich auch die Geschichte weiter. Die konspirative Wohnung des grausamen Vaters der Kommissarin wird zum Ort einer Begegnung der wunderlichen Art... SOKRATES Teil 102. Uri Bülbül

«Ach, Osman Abi, das bekommen wir schon hin», erwiderte der junge Mann in einem schier unverschämt ruhigen Ton. Diese Reaktion der beiden Männer wirkte auf Johanna entwaffnend. Sie ließ ihre Pistole sinken: «Wer sind Sie?» fragte sie den Rotblonden. «LKA, Sonderdezernat interne Ermittlungen Francis Arthur Suthers» stellte sich dieser vor. «Darf ich Ihren Ausweis sehen?» «Wenn sie mich nicht gleich erschießen!» Johanna sicherte die Waffe und steckte sie weg. «Arthur, ich gehe», sagte der Opa, «Wenn du mich brauchen, ich gleich da!» «Danke, Osman Abi, bist der beste!» Zum Abschied warf der Alte noch einen überheblichen Blick in Richtung Johanna, als wollte er sagen: «Du wirst noch dein blaues Wunder erleben, Mädchen!» Arthur zog gemütlich seinen Ausweis hervor. Osman Abi verließ die Wohnung, an der Echtheit des Ausweises gab es keinen Zweifel. Sie gab ihm den Ausweis wortlos zurück. Arthur schloss die Wohnungstür. Als er an ihr vorbeiging, die noch immer unentschlossen da stand, aber auch etwas von einem trotzigen Kind annahm, sagte er: «Sie sind ohne Durchsuchungsbeschluss hier eingedrungen?» «Ich dachte, es besteht Gefahr im Verzug. Ich befürchtete, hier ein hilflos gefesseltes Sadistenopfer vorzufinden. Kommt deswegen extra jemand aus dem Innenministerium oder Landeskriminalamt zu mir?» «Ich habe meine Aufgaben und Sie haben Ihre!» antwortete der junge Sonderermittler. «Ich muss mir nun nicht das übliche Geschwätz anhören, dass ich vom Dienst suspendiert werde und so weiter?» staunte Johanna. «Nein, nicht von mir. Und wenn Sie es von irgend jemandem zu hören bekommen, rufen Sie mich an!» Er gab ihr seine Visitenkarte, die sie mit vor Staunen aufgerissenem Mund annahm. Und als sie glaubte, einen klaren Gedanken fassen zu können, fragte sie ihn: «Was machen Sie dann überhaupt hier, wenn Sie mich nicht von meinen Ermittlungen abbringen wollen? Und woher kennen Sie den alten Mann von nebenan?» «Letzteres geht Sie überhaupt nichts an! Und ich bin hier, weil ich mal sehen wollte, was Sie hier treiben.» «Ich suche die Gespielin oder Komplizin von Franz-Joseph Metzger», sagte Johanna. «Woher wissen Sie, dass es sich um eine weibliche Person handelt?»

fragte der Sonderbeauftragte. «Das habe ich aufgrund der sexuellen Vorlieben von Franz-Joseph Metzger angenommen» erwiderte sie. Arthur Francis Suthers schlenderte durch die Wohnung und sah sich die Utensilien für Sexspiele mit einer Mischung aus Ekel und Interesse an. «Und Sie sind mit den sexuellen Vorlieben von Franz-Joseph Metzger vertraut?» Johanna war kurz wie vom Donner gerührt, dann aber fasste sie sich sogar für sich selbst überraschend schnell: «Und das, mein Herr, geht Sie nichts an!» Arthur blieb groß, entspannt, fast ein wenig schlagsig. «Ach, meine Liebe, was haben Sie nun vor? Warum gönnen Sie sich nicht eine kleine Auszeit, eine Pause, wenigstens eine Woche?» «Ich werde jetzt die Spurensicherung anfordern. Mal sehen, was wir hier alles finden. Da am Schraubstock ist Blut.»

Fortsetzung folgt...